梁晓声

——

著

狐鬼
启示录

梁晓声说《聊斋》

中国出版集团　现代出版社

图书在版编目（CIP）数据

狐鬼启示录：梁晓声说《聊斋》/ 梁晓声著 . -- 北京 : 现代出版社，2019.7
ISBN 978-7-5143-7814-6

Ⅰ . ①狐… Ⅱ . ①梁… Ⅲ . ①随笔—作品集—中国—当代 Ⅳ . ① I267.1

中国版本图书馆 CIP 数据核字 (2019) 第 087631 号

狐鬼启示录：梁晓声说《聊斋》

作　者：梁晓声
责任编辑：张　霆　谢　惠
出版发行：现代出版社
通信地址：北京市安定门外安华里 504 号
邮政编码：100011
电　话：010-64267325　64245264（传真）
网　址：www.1980xd.com
电子邮箱：xiandai@vip.sina.com
印　刷：三河市宏盛印务有限公司

开　本：710mm×1000mm　1/16
印　张：21.25　　　　　字　数：340 千
版　次：2019 年 7 月第 1 版　　印　次：2019 年 7 月第 1 次印刷
书　号：ISBN 978-7-5143-7814-6
定　价：52.00 元

目　录

狐鬼启示录

《聊斋》新编

狐鬼启示录

《聊斋》中的仁义与报恩

余喜读《聊斋》，自少年始。所读皆"小人书"，即连环画。当年，凡小人书铺，必有几本《聊斋》。亦有成套的，或曰系列的更为恰当——并未出全过，十几本却是有的。每页以中国传统的白描画法画之，那是最见线条功力的一种画法。印象中，每本都画得极细。画中人物，眉目俊雅，衣裙褶皱，简而有美感。

谈及《聊斋》，多数人首先想到的是《画皮》。当年，我自然也是看过的，但从不认为是一个好故事。这乃因为，觉得故事的"主题思想"，显然是单向度针对男性的，而且首先是针对男青年的；无非就是告诫男青年，万不可被女性的外表美所迷惑，那是很危险的。因为，美女美的外表很可能仅仅是一张美人皮，其下包裹的是专吃好色之男人心的厉鬼。

我们那时若学一篇新的课文，老师必引导学生归纳"基本内容"，总结"主题思想"。故我们读什么课外书，也便养成了领悟"主题思想"的本能。

《画皮》的"主题思想"并不深刻，完全囿于一个大脑发育正常的少年的领悟力之内。

正因为我完全能够领悟，反倒极不喜欢，觉其单向度针对男性的"主题思想"对普遍的男性不啻是一种羞辱。

深层原因乃是，我既已为一少年，且属于相貌不俗一少年，对异性之美，遂日渐思慕，心颇好也。身处这样的年龄而喜欢《画皮》那样的故事，反倒是心理不太正常的少年了。

我当年喜欢的是《娇娜》《青凤》《婴宁》《聂小倩》《胡四姐》《莲香》《青梅》等爱情故事。在那些故事中，美女子非狐即鬼，然美而有仁义心。男子或"为人蕴藉，工诗"，或"静穆自喜"，或"狂放不羁"，或"性慷爽，廉隅自重"——总而言之，皆好男子，文学青年，还都属清寒之士。因无固定房产，每借宅而居，甚至栖身于旧庙荒寺，所以才有与那些狐姬鬼妹的艳遇。

以上故事中的爱情，有仁在焉，有义在焉；其仁其义，不仅体现于男之对女，亦体现于女之对男，互衔恩也，互报恩也。"知恩图报"四字，演绎得十分感人。于是，男女之爱具有了特别饱满的恩爱元素。

我们中国人说某一对夫妻感情深厚，常用"夫妻恩爱"加以形容。在现实生活中，夫妻之间真的一方对另一方有恩可言的例子是极少的，更遑论互有恩德了，又更遑论彼此欣赏，两情相悦了。非言"恩爱"，也无非是共同生活久了，互生体恤罢了。喜结良缘，便是相爱的男女之大幸了。对于绝大多数人，良缘也是谈不上的，所结只不过是婚姻，是"男大当婚，女大当嫁"的人生任务的完成。

所以，少年时的我，爱读以上《聊斋》故事，乃因那类故事中的仁与义、恩与报恩是其他故事少有的，不仅使男女之间的爱情显得极为特殊，即使以广泛的人与人之间的关系而论，对我也具有莫大的影响。

可以这样说，那类故事中的仁与义、恩与报恩，对我后来的人性养成，确乎起到了潜移默化的作用。

比较一下，我们便会看出那类故事的不同：

《梁祝》是中国最出名的爱情故事之一。但不论梁山伯对于祝英台，还是祝英台对于梁山伯，其实都无恩可言。这个故事与其说令我们感动，毋宁说令我们同情。我们希望梁祝有情人终成眷属，结果却不是那样——他们的爱情遭到了强势外因的破坏，双双殉情而死，于是令我们心疼。化蝶固然是浪漫的、恒美的，但若问——有谁理解梁祝二人何以互相爱得那么深，八成许多人是回答不了的。

同样的问题也存在于《红楼梦》中的宝黛之爱。

不论红学家、准红学家们多么着力地为我们解读宝黛之爱的动人处，像我这种少年时期就很理性的人，却一向难以被感动。

我每听人言（多是女性）读《红楼梦》曾为宝黛之爱多番洒泪，便常起一种冲动，想要当面问：具体读的哪一章哪一段？愿读给我听听吗？

其实，很想获得一种分晓——看彼们是否会一边读一边哽咽。

虽然并没真的问，却觉得彼们断不至于的。

我老老实实地交代，宝黛之爱从没感动过我。但我确乎是有点儿同情黛玉的——刚长成少女便失去了父母，从此寄住于外祖母家，爱上了表哥，却又明知爱不得，是以终日心有难言情愫而积郁成疾，以至于含悲早死。

说到底，不就是这么一档子事吗？

然莫忘了，其外祖母可是贾府的"老祖宗"，而贾府可是富甲一方的名府人家。她终日过的是衣来伸手饭来张口的锦衣玉食的生活，一旦头疼脑热的，那么多人嘘寒问暖，除了爱不顺心遂愿，其他方面是不是可以说过的是很贵族的日子呢？

这么一想，我对她的同情就只能止于"有点儿"了，"多乎哉？不多也"。倘要求我对她的同情再多"点儿"，难。

有人说《红楼梦》是旷世伟大的爱情小说，我从没这么觉得过。我认为，《红楼梦》固然伟大，却并非伟大在爱情的内容方面。甚至认为，恰恰是对于宝黛之间的爱情，曹雪芹没表现出应有的想象力。我总觉得宝黛之爱缺一种或可曰之为"直教人生死相许"的元素。因为缺，所以并不动人。

《牛郎织女》中是有仁、义与恩的元素在的。

牛郎被不仁的兄嫂以分家为名逐出家门时，仅要求将一头老牛分给自己。

为什么？

因为他自幼放牧它，对它有感情了。

更因为，它老了，干不动太多太重的活了。如果自己不要它，兄嫂不会善待它，其命运必特悲惨。

牛郎在与老牛相依为命的岁月里，对老牛是特别爱护特别体恤的。

这是什么？

这是仁。

这是一个人对一头牛发乎本性的仁。

这一种仁，在中国古今文学作品和民间故事中写到的是极少的。

牛郎的仁，对于老牛是恩。所以，老牛在自知将不久于世时，嘱牛郎怎样怎样去偷一位织女的衣服；又在自己死前，嘱牛郎剥下死后的自己的皮妥善保存，以备应急时用。

我们都知道，王母娘娘遣天神将织女押回天庭时，牛郎带两个儿子可是乘着牛皮追上天的。至于没追上，终于还是被银河隔开了，那是神力强大的原因。我们只能替牛郎叹息，却丝毫也不能怪老牛百虑一失。

它只不过是一头老牛，它都心甘情愿地将自己死后的皮贡献给有恩于自己的主人了，还要它怎样呢？

《牛郎织女》中的老牛，将义和"知恩图报"四字诠释到了极致。

我幼时第一次听母亲讲这个故事，确乎鼻子一酸流泪了。我的泪首先是为那头老牛而流的，其次是为牛郎和织女的两个孩子，因为他们将很难见到妈妈了——孩子总是更同情孩子的。

至于牛郎和织女之间的夫妻之爱遭到破坏，少年的我虽也同情，却比不上对于那老牛的敬爱深入内心。当然，主要因为我还是少年，难以感同身受地体会夫妻之爱的宝贵。

事实上，《牛郎织女》存在着一个人物关系的疑问，即织女对牛郎的爱究竟有几分是发乎真情的，又有几分是无可奈何的？

故事的情节是——若牛郎未偷走织女湖浴时脱下的衣裳，则她不会成为牛郎的妻子，因为没有那身仙衣，织女就回不到天庭。牛郎不但将她的仙衣秘藏了起来，后来还将它烧了，以使织女死心塌地做他的妻子。

如此看来，织女成为牛郎的妻子，当初肯定是无可奈何的。这不同于《天仙配》的人物关系。同样是天上的一位织女与人间的底层男子结为夫妻的故事，《天仙配》中的织女却表现为主动的一方：第一，她有思凡之心；第二，她已经在天上看得分明，董永不但是善良本分的人，且是大孝子，虽非什么"孝廉"，却具有孝廉品质，属于民间口碑承认的道德模范，令织女心生敬意。不消说，董永的容貌也是织女中意的类型。

那么，对于织女而言，下凡之前就已将董永锁定为自己的择偶之不二人选了。

正因为是这样，请槐为媒的情节才使我们看得会心。与织女会心了，由此乐见其成。董永与织女的关系，是先结婚后恋爱的关系。婚后之董永的幸福，必然先体现于织女的给予，后体现为互相的给予。在他们的夫妻关系中，不存在任何一方操控另一方去留自由的疑问。

这一类女方主动的爱情故事，在《聊斋》中举不胜举，占到一半以上。

故而，简直可以这样认为——一部《聊斋》，未尝不是中国最早的女子性解放主义文学的开山之作。

像《牛郎织女》那类表现为男子主动的爱情故事，蒲松龄大抵皆以正面评价的文字为他们的人品作交代。由于他们基本属于正人君子，便对所爱女子负有无怨无悔的道德责任。《画皮》是个例，不在此论之内。像《西厢记》中的张生那种"始乱之，终弃之"的男子，在《聊斋》中是没有的。

《白蛇传》就故事属性而言，与《聊斋》同属一宗。

《白蛇传》是有仁有义的爱情故事，也是女方主动的爱情故事。如上所言那种体现于男子身上的无怨无悔的道德责任，经由白素贞的行为传达得淋漓尽致，具有令人揪心的感染力。不论是为了救许仙之命而以有孕之身冒死去盗仙草，还是为了真爱与法海所进行的爱情保卫战，作为情节都是令人肃然起敬的。特别是后一情节，每使我联想到《荷马史诗》中的赫克托尔。赫克托尔是特洛伊国王的长子，在十万大军直逼城邦之际，敌方的不败战将阿喀琉斯终日在城门前挑战的情况下，其迎战具有"我不下地狱谁下地狱"的宿命的悲剧意味。因为他明白，对于自己，胜算几乎为零。他之迎战，既是为其王族存亡的迎战，也是为城邦荣誉所选择的殉身方式。

同样，白素贞迎战法海，也是明白最终的胜利根本不可能属于自己这一点的。她是为真爱而决一死战并且不惜殉身的。

故我一向认为，在中国一切形式的爱情故事中，《白蛇传》当列于经典榜首。

在希腊神话中，爱神和美神是分开的。小爱神丘比特是维纳斯的儿子。

中国没有公认的爱神和美神。

在绘画界，某些画家一厢情愿地将"山鬼"这一传说中的女性尊为美神，并画出了不少表现"山鬼"之美的画作。

那么，在中国，如果像评选一种国花般进行海选，哪一个爱情故事中的女性有可能被多数票选为爱神呢？

我要表明的是，即使反复选一百次，我的票也会一百次毫不犹豫地投在白素贞名下。这一文艺形象塑造得多么成功已无须赘言，还有另一原因在我看来尤其重要，即她的真身乃是一条巨蛇。

巨蛇啊！

自从人类有了编故事的能力，中国的《白蛇传》是迄今为止独一无二的。它产生之前，蛇要么被视为图腾，要么是邪恶绝无丝毫人性可言的可怕之物。

蛇，而且巨，则不但可怕，简直还令人闻之色变，一见必定魂飞魄散也。

将巨蛇变成的女子，塑造为不但令人必生大敬意而且令一个世纪又一个世纪的人深受感动的形象，这种创作之念太超出人类想象的理性了。

或换一种说法，一个编故事的人的头脑是会极其本能地排斥此念的——因为像赫克托尔迎战阿喀琉斯一样成功率也几乎为零，不论其多么善于编故事。

成功率几乎为零之事，在我们中国获得了完美的成功——这使身为小说家且以虚构能力为职业能力的我，每一思及此点便会对古代同行卓越的想象力佩服得五体投地——有找不到北之感。

评价小说、戏剧以及电影电视剧的一个至今尚未过时的标准——是否成功地塑造了一个或几个人物形象乃首要价值。

《白蛇传》中的白娘子、许仙、小青、法海四个人物形象，不仅皆成功，而且皆出色，各有各的性格光彩。

比之于《牛郎织女》《天仙配》，《白蛇传》之民间故事的经典性最牢固，不可撼动也，以至于不但在戏剧舞台上经久不衰，一再被搬上银幕，而且还被近年挺火的一首流行歌曲所唱。

就在此刻，邻家所放的音乐正传入我耳中——"法海法海你不懂爱……"

听来，不禁令我有穿越之感。

一个问题是——《牛郎织女》为什么越来越失去魅力了？

许多人肯定会这样回答——它在戏剧舞台和电影电视剧中再现的次数太少了。

那又是为什么呢？

乃因内容太简单了，简单得除了牛郎偷衣想要组成家庭和担着一双儿女乘着牛皮追织女追上天去两个情节具有故事性，此外再无任何具有故事性的情节可言。不似《天仙配》，虽然内容原本也很简单，但后人在原基础上加以丰富，使其内容足够一部电影。

每想，若《牛郎织女》是印度的民间故事会怎样？——大约彼们早已拍成电影了吧？印度电影载歌载舞的风格，必会使单薄的内容得到一定程度的充实。

若由好莱坞拍成电影，我推测，彼们必会在人与牛的关系上大做文章。

牛郎与兄嫂分家之前，兄嫂对老牛怎样，牛郎对老牛怎样，这无疑是有着很大想象空间的。

分家后，牛郎和老牛又是如何相依为命同甘共苦的，彼们肯定会想出生活化的好情节。

老牛教牛郎偷织女的衣裳这一原有情节，估计彼们会予以改变。这一原有情节有目的至上之嫌。虽然西方人中目的主义者也是不少的，但在文艺作品中，不顾当事一方愿意与否而以无礼方式达到目的之人，实际上便有了不可爱之处。以大多数西方人包括儿童的眼看来，牛郎靠偷正在湖浴的织女的衣裳使她回不了天庭而不得不成了他妻子的行为，显然是不可取的，甚至可能被认为是不光彩的。

彼们会怎么改呢？

偏偏那位织女的衣裳不知被鹰或猴子带到哪里去了，牛郎出于善意将不知所措的织女请回了家，并表示愿意为她寻找衣裳，而且真心诚意地带她四处寻找过，并终于找到了。

牛郎这么做，得到了老牛的支持。

织女恰恰是在牛郎将她的衣裳给她后，决定留下做他的妻子。这时的她，不但爱上了牛郎，对老牛也深怀敬意了。

后来呢，当牛郎和织女有了孩子，老牛成了他们的孩子最信任的朋友，孩子也从老牛身上学到了某些做人的原则和生活的常识。

如果《牛郎织女》在中国有着以上一种内容较丰富的版本，那么可以肯定这个故事的命运便不至于像现在这样被边缘化，甚至有可能成为当今的孩子们爱听爱读的故事。

从本源上说，《牛郎织女》是成年人为成年人所编的故事，目的在于给底层的男人们一种精神慰藉。当现实命运太清寒，与神女结为夫妻遂成为底层男人们的想象。但此种想象伴随着焦虑，目的主义的色彩就难免会掺杂进故事里。

中国人对牲畜一向缺乏西方人那种具有宗教情怀的爱心。中国人即使爱它们，也往往是视为大宗财物来爱的。若对它们发狠，则完全没有什么罪恶感。

所以，尽管《牛郎织女》的故事中明明有一头非比寻常的老牛存在，千百年来我们也就是任它在那故事中仅仅作为一个使故事能够编下去的因素而存在，并不曾多赋予它点儿更文学化、人性化的意义。

如果《牛郎织女》中的那头老牛被赋予了较为感人的文学化、人性化的意义，则它将会成为全世界一切故事中最令人敬爱的一头牛。

迄今为止，全世界的一切古今故事中还没有一头令人敬爱的牛的形象出现过。就我的阅读范围而言，当代一位保加利亚作家写的《老牛》的确打动过我的心灵，但那是一篇散文，非故事。

前边提到了"神女"，与之有关的民间故事是《劈山救母》——一位书生，不知怎么迷路了，闯入了二郎神的妹妹的人间领地。神女由敬佩书生的才华进而爱上了他，而他也对神女一见钟情并进而倾心。于是，相敬相爱、心心相印的二人在神女的洞府中结为夫妻，并有了一子。二郎神知晓后，觉得有辱神祇尊严，前来拆散。其妹当然不依，于是兄妹二人大战于华山，最终其妹不敌二郎神的法力被压在巨石下……

这个故事是文人为与自己同样在仕途上无望的同类而编的。文人们在仕途上无望，在爱情方面便也难遂心愿。文人们也需要以想象来自我慰藉，而这种情况下男主人公一向是书生。

之所以提到《劈山救母》，乃因此故事与《白蛇传》有相似之处，只不过后者中的女子是蛇精变的，列于妖册；而前者中的女子被尊为山神，列于神册。二郎神像法海一样，充当的同样是"替天行道"的角色，并都甚为强势，法力无边。二郎神的妹妹，则像极了白素贞，骨子里也有赫克托尔那么一股子"不战胜，毋宁死"般视死如归的劲头，为了维护自己的真爱敢于拼命。这个故事由于最终导致了亲兄妹之间的反目成仇、殊死较量，故也给少年时期的我留下深刻记忆。

在我这儿，以民间故事而论，《劈山救母》是当列于爱情故事经典第二的好故事。

《白蛇传》也罢，《劈山救母》也罢，若其一为蒲松龄所编，那么《聊斋》的文学价值当比现在高出许多；若都为他所编，那么蒲松龄与冯梦龙在中国古代短篇小说方面的成就则难分轩轾矣。所谓"三言"，百二十篇中，流传最广的无非《卖油郎独占花魁》《灌园叟晚逢仙女》《十五贯戏言成巧祸》《杜十娘怒沉百宝箱》《白娘子永镇雷峰塔》等篇。

不同的是，"三言"是白话小说，《聊斋》是文言小说；"三言"中的小说多为编选，而《聊斋》中凡能曰之为小说的，则大抵是蒲松龄的原创。蒲松龄虽然承认自己能完成《聊斋》，亦赖"四方同人，又以邮筒相寄，因而物以好聚，所积益夥"，但通读过后定会有此印象——凡"以邮筒相寄"的，大抵是那些没什么文学价值的民间流言罢了。

由是可以得出这样的结论——冯梦龙的贡献在于编选润色，蒲松龄的成就体现为创作。打着广泛征集的幌子进行创作，未尝不是一种自保稳妥的策略。

冯梦龙乃明人，蒲松龄是清人。

明人而以白话整理"古今传奇"，清人却以文言写狐鬼故事，这又是为什么呢？

估计是欲证明自己的文学才华吧。

须知，蒲松龄青年时期即有文名，曾被视为地方才子，却非考场宠儿，始终没考上过举人。只是秀才而始终考不上举人，乃是在人前不得不羞愧之事。他差不多是一辈子当私塾先生，一生郁郁不得志。《聊斋》中《嘉平公子》一篇，讲该公子"风仪秀美"，"年十七八，入郡赴童子试。偶过许娼之门，见内有二八丽人，因目注之"，故而与冒充娼妓名叫温姬的狐女发生了男女关系。

然此狐女非一般貌美之鬼女，且极富文采也。彼与公子在床笫亲爱之际，"听窗外雨声不止，遂吟曰：'凄风冷雨满江城。'求公子续之。公子辞以不解。女曰：'公子如此一人，何乃不知风雅，使妾清兴消矣！'因劝肄习，公子诺之。"

但是，这位公子委实只不过是腹中空空、徒有其表的"小鲜肉"而已。提笔落墨，每满纸错别字，如将"椒"写成"菽"，"姜"写成"江"，"可恨"写成"可浪"。

美狐女终于难忍其学浅薄，批语纸上："何事'可浪'？'花菽生江'。有婿如此，不如为娼！""遂告公子曰：'妾初以公子世家文人，故蒙羞自荐。不图虚有其表！以貌取人，毋乃为天下笑乎！'言已而没。"

对于徒有其表的世家公子哥，这样的讽刺足够辛辣了。蒲松龄还嫌温吞，又借"异史氏"之口评："温姬可儿！翩翩公子，何乃苛其中之所有哉！遂至悔不如娼，则妻妾羞泣矣。"——意思是，温姬呀可爱的人儿，他乃是世家之翩翩公子，你还计较他腹中有没有文才干什么呢？你这么要求，使他妻妾的脸往哪儿搁呢？

嘉平公子是《聊斋》故事中唯一一个"有幸"与狐鬼美女发生过亲爱关系，却因胸无点墨而遭弃的一个。与《西厢记》刚好相反，"始乱之，终弃之"的不但是女方，而且是美狐女。

由此可见，蒲松龄的怀才不遇之心结是多么块垒难消了，在明人冯梦龙的白话小说流传广泛的情况下，作为后人而偏以文言写小说，以证明文言功底的扎实，这一种有意为之也就大可理解了。

蒲氏之恃才自傲，确乎有其不菲资本。且看他的自序，与同是清代文人的他者的评序相比，辞藻之旖旎绚丽，显居上乘，大有唐宋行文之考究，且不乏《离骚》《橘颂》之遗风：

披萝带荔，三闾氏感而为骚；牛鬼蛇神，长爪郎吟而成癖。自鸣天籁，有油然矣。松落落秋萤之火，魑魅争光；逐逐野马之尘，魍魉见笑。才非干宝，雅爱搜神；情类黄州，喜人谈鬼……

人非化外，事或奇于断发之乡；睫在眼前，怪有过于飞头之国。遄飞逸兴，狂固难辞；永托旷怀，痴且不讳……

门庭之凄寂，则冷淡如僧；笔墨之耕耘，则萧条似钵。每搔头自念，勿以面壁人果吾前身耶？盖有漏根因，未结人天之果；而随风荡堕，竟成藩溷之花……

独是子夜荧荧，灯昏欲蕊；萧斋瑟瑟，案冷疑冰。集腋为裘，妄续幽冥之录；浮白载笔，仅成孤愤之书……

嗟呼！惊霜寒雀，抱树无温；吊月秋虫，偎栏自热。知我者，其在青林黑塞间乎！

字里行间，作者之清贫生涯，亦跃然纸上矣。

我犹爱最后几句中"寒雀""秋虫"之比拟，"抱树无温""偎栏自热"的形容，读来令人愀然不复有语。

顺带一笔，1990年代，马尔克斯的《霍乱时期的爱情》在国内出版，有评论者奉为"真爱宝典""爱情大全"。

那小说我看过，拍成的电影也看过，但小说真的一般般，电影简直可以说很平庸。

若以"真爱宝典""爱情大全"溢美之，窃以为《聊斋》倒是担得起几分的。用民间话说，可谓"五花八门"，以文学评论术语言之，便是"林林总总""多姿多彩"，"各有其悲，各有其仁，各有其义，各美其美"。

文言的精妙

我下乡前，从邻家叔叔收破烂的手推车上发现半本《聊斋》，页脆卷残，约上册三分之二，由《劳山道士》始。如获至宝，补角修边，加白纸书皮，写"个人批判资料"六字。下乡时，秘带之。

在知青之初年，无书可看，每避人阅，聊以解闷。少年时所读小人书，词句简白，不过是画页之说明。欣赏者，实非文字，乃绘画也。及读原文，几乎页页有生字，甚为古文之深奥所折服，亦被精准华丽所迷。后，对知青的思想监管不特严矣，遂胆大，敢于将字典放于一旁，边看边查生字也。再后，起一念，欲以白话改写之。

然感难矣，如"酒裁雾霭"，前二字自可白话，后二字则不知该怎样改写为佳了。"环佩璆然"之"璆"，美玉耳，以白话改写，顿觉俗不可耐。"翠凤明珰""麝兰散馥"之类，一经改成白话，不但了无炫绚色彩，其俗亦不可免。

"为人蕴藉"之"蕴藉"，本指言语含蓄；若指性格，内敛而已。以当下语"译"之，不妨曰"低调"，却又不尽是"低调"之意，亦有气质的儒雅在内。总之，欲将"蕴藉"在原文中的"含义"表达全了，啰唆至极，无非某些常见词的连缀，反莫如不改。

"丰彩甚都"之"都"，只不过是形容词，若改为"出来一位少年，气质相貌俱佳"，实在不成样子。古时形容令人刮目相看的男子，特别是书生、文人，绝非当今"颜值高"三字可比。但无论怎么形容，气质也必包括在内。形容高格调的美女亦然。若以白话，既写到容貌且写到气质，啰唆几乎难以避免。"娇波流慧""细柳生姿""画黛弯蛾""颊若桃花"之类描写女性美的词汇，不但在古文中频现，还成了公用词，若改写为白话，其实也甚少现代文学语言的生动与特别。

"及笄"或"未笄"，指古代女孩子到了某一年龄就按习俗改变发式，若以白话写来，近于注释文字，莫如干脆加一条注释了。

"踑"字其实也是跪姿，只不过昂首而上身挺直；"踑曰"便是那样子说话，若以白话写来，亦失古文洗练之优点。将"骇绝"以白话写为"大惊失色"或"吓呆了"，也便都没了古文那种想象空间较大的意味。

以"大雪崩腾"夸张雪况之大，是我这个见惯了大雪的北方青年从未读到过的形容，如果以白话改写，那就只能写成"仿佛雪崩自天而下"，结果必使人觉得夸大其词了。

形容一人肉体消失，"衣冠履舄如脱委焉"之后四字，无论怎样以白话写来，都难及原文的言简意赅而又形象精准。尤其那一"委"字，将常用字用活了，于是便也用得极佳。

最难以白话改写的是某些名篇中的对话，又尤以男女主人公间的对话为难。如《婴宁》，书生王子服对一位叫婴宁的女子一见钟情，非彼不娶。多处寻访，至某村，梦想成真。并且得知，自己还是对方"姨兄"——对方实为狐女，幼失生母，由鬼母抚育长大。于是，姨兄妹二人在她家花园中有了如下对话：

女笑又作，倚树不能行，良久乃罢。

生俟其笑歇，乃出袖中花示之（初见时女子弃于地的）。

女接之，曰："枯矣。何留之？"

曰："此上沅妹子所遗，故存之。"

问："存之何益？"

曰："以示相爱不忘……"

女曰："此大细事。至戚何所靳惜？待郎行时，园中花，当唤老奴来，折一巨捆负送之。"

…………

生曰："我非爱花，爱拈花之人耳。"

女曰："葭莩之情，何爱待言？"

生曰："我所为爱，非瓜葛之爱，乃夫妻之爱。"

女曰："有以异乎？"

曰："夜共枕席耳。"

女俯首思良久，曰："我不惯与生人睡。"

…………

女曰："大哥欲我共寝。"

生大窘，急目瞪之。

女曰："适此语不应说耶？"

生曰："此背人语。"

女曰："背他人，岂得背老母？且寝处亦常事，何讳之？"

…………

如上对话，若以白话写来，必显生之轻佻不轨，女之二百五也。同时，原文亦庄亦谐，令人忍俊不禁的冷幽默感极可能荡然无存，结果成了粗俗情节。

因为有如上种种难以改写的问题，当年的我虽有字典，亦自知文字功底不逮，实难了念，遂作罢，未敢强试之。

对于文言的敬意，由而愈增也。

我与《聊斋》

依稀是 1980 年，我在外地的书店发现了内蒙古人民出版社出版的上下两册《聊斋》。当年的书有"出版说明"，"说明"中言是由资深编辑比对了"解放"前后的各种版本集优而编，内容最为全面。

我曾有过的半本《聊斋》，当年虽残书自珍，业已因保存疏忽，被爱读的知青伙伴窃为己有了。见新书有售，自然惊喜，毫不犹豫地买了。那时国人工资仍低，物价也低，书价甚廉，才两元，首印八万余套。以今而论，估计定价会在一百四五十元。写至此，比今忆昔，亦如《聊斋》中之穿越实虚二界之人物，恍如隔世。

1980 年的中国，出版业正复苏，古今中外的许多书籍允许公开出版了。新版的"四大古典名著"甫一面世，即成轰动之事，购书者所排长队，每至绕书店数匝。

但对于《聊斋》，许多出版社出于顾虑，未敢贸然触碰，因为其即使在当时也容易被视为宣扬"怪力乱神"的有害之书。内蒙古人民出版社不畏"问罪"之可能，抢先一步，勇气委实可嘉。我推测，他们是那时出版《聊斋》的第一家出版社。

买是买了，以后却几乎未曾翻阅过。自忖其中主要故事，少年时看过小人书了，青年时也看过些原著了，记忆犹新，何必再读？置于书架，只不过是满足了对于自己从前喜欢的小说的拥有欲望。此欲望曾分外强烈，也可以说是一种情结的实现。

不久前，严重失眠，而家中的书皆看过了，有的是在睡前看的，有的是作为必读书看的。失眠是我的痼疾，只服过几次安眠药，后来再不服了。对于我，床读可医失眠也。两册《聊斋》，当年虽珍惜地包了书皮，但在敞开式书架上摆放了三十八年后，便成很旧很旧的书了。

1990 年前后，我曾写过几篇半文半白的短篇小说，自诩《新编聊斋志异》，散见于几家刊物，并收入过自己的小说集中，足可见我对《聊斋》的喜欢是多么的非比寻常。

一日，不由自主地从书架上取下《聊斋》，信手一翻，回忆种种。再看目录，原来有些故事是自己根本没读过的。于是决定自那日起睡前不看别的书了，只读《聊斋》，读过的也要重读。

半月内，将上下两册《聊斋》从头至尾细读了一遍。比之于读别的书，对医我的失眠效果奇伟，却从没做过"聊斋"梦。其实，少年时也没做过，青年时也没做过。大约因我自少年时起过于理性，从不信鬼魅神明之说的缘故吧！母亲曾为幼时的我算过命，算命先生言，按八字推导，属"霹雳火命"。属此命之人性刚烈，估计连狐仙鬼魅、花精树怪也会以远避为明智。何况我已七十岁的人了，一老朽也。在蒲松龄那时，落魄文人每自嘲为"长爪郎"。"爪"之所以长，盖因执笔久矣。

本老朽爬格子四十余年矣，"爪"并未长，然齿长确确也。《聊斋》中有一狐女，年四十许，风致犹存。一中年书生心仪其成熟美，欲求相好。

彼云："妾齿长矣。感君厚爱，然自愧难做君意中人也。"

方四十许狐姬亦自愧齿长，我这等满口假牙的文明人类更岂敢对彼此仍存非非之想哉！

然夜夜细读《聊斋》，却从无异类美人入梦，终究是有些遗憾。

所幸读感多，记录几则，冒昧以悦读者，亦一快事也！

"怪力乱神"

当年内蒙古人民出版社出版的《聊斋》，除蒲松龄本人的序外，还附有紫霞道人高珩和豹岩樵史唐梦赉的序。

高、唐二人的序，有共同点：其一都属辩论之文，文风亦皆有论战色彩；其二都对"圣人不语"之说颇多驳语。在唐梦赉的序中，则不避圣嫌，干脆将"圣人不语"明写为"孔子不语"。

"圣人不语"也罢，"孔子不语"也罢，其议都是冲着"子不语怪力乱神"而发的。

确乎，孔子一生不对"怪力乱神"发表任何看法。孔子既已被尊为"圣"，那么便是普天下之文人学士的"伟大导师"，楷模不言，君子们便也该自觉地不言，从而以固高端话语体系之一致。那么，妄言者，当不在君子之列也。倘还编写成书，使之流传，扩大影响，则简直等于冒天下之大不韪也。

高、唐二人，与蒲松龄一样，也都是大清之文人。

自唐以降，"尊孔"最为卖力的朝代非清莫属，且实行自康熙朝始。高珩、唐梦赉对"圣人不语"的微词，往轻了说是亵孔，往重了说是冒犯朝廷，足见二人都是脑后似有反骨的。

又，那唐梦赉的名字也起得幽默。"赉"字之意，赏赐也。岂非现实中从无受"赍"之幸，于是寄夙愿于梦耶。

于是，我们可以得出这样的结论——道人也罢，"梦赍"之人也罢，都是与蒲松龄同呼吸、共命运者。

紫霞道人是如何反驳"圣人不语"的呢？

他认为"吾谓三才之理，六经之文，诸圣之意，可以一贯之"，就是"君子以同而异"，就是"求大同，存小异"。若大义同，辄不应以小异划分君子的是与否。

进一步认为，即使"义"体现在异类身上，然符合圣人主张，那就未尝不可以"天下正道"而论。

他接着反问——人人都明白"君仁由义，克己复礼"便是善人君子，而那终日围在帝王左右假借圣贤之名呼风唤雨的人，每每说出话来迫于巫言鬼语，那又算什么行为呢？

弦外之意是，彼等亦属"怪力乱神"也。

他举《山海经》为例，认为该传世经典的文化意义绝不逊于"禹铸九鼎"的历史价值。

他再次反问——"岂上古圣人而喜语怪乎？"

于是，他发此议论："且江河日下，人鬼颇同，不则幽冥之中，仅是圣贤道坑，日日唐虞三代，有是理乎？"

意思是，若以双重道德标准评人论鬼，仁义之鬼也被视为邪，而对人则为尊者讳，纵见孽种横行，亦视而不见，听而不闻，那么圣贤们的主张岂非只在阴曹地府才能起良好作用吗？

这道人的序，对仙鬼精怪之传说，既未肯定，亦未否定，只不过借题发挥——"圣门之士，贤隽无多"，"非天道愦愦，人自愦愦故也"。关于"怪力乱神"，他给出的结论是"然天地大也，无所不有"，"异而同者，忘其异焉可矣"。

我自少年时起，深受无神论影响，既不信神，自然也不信鬼。故对道人为《聊斋》作文化意义解读的良苦用心以及所发之感慨全盘认同。

倒是唐氏的序，似乎对仙鬼精怪之传说是肯定的。

他的理由是——"人之言曰：'有形形之，有物物之。'而不知有以无形为形，无物为物者。夫无形无物，则耳目穷也，而不可谓之无。"

这种辩论逻辑，在当时显然也是说得通的。

到了现代，高倍显微镜下能见到的东西太多了，却没有一种科学仪器足以证明任何神鬼仙怪的存在。连"尼斯湖水怪"也被证明是作假欺世之事了，各地的"雪人""野人"之说亦成当代《聊斋》，则我这种人便更信"人死如灰散"了。

但我觉得他的结束语，对于为《聊斋》一书的意义和价值的肯定，却比高珩更加给力。

"惟土木甲兵不时，与乱臣贼子，乃为妖异耳。今现留仙所著，其论断大义，皆本于赏善罚淫与安义命之旨，足以开物而成务，正如扬云法言，桓谭谓之必传矣。"

也正是他的序告诉我们，聊斋先生"幼而颖异，长而特达。下笔风起云涌，能为记载之言"。

蒲松龄当年因编创《聊斋》而受到过某些文人学士的讥诮吗？我想是会的吧。文苑士林乃是分阶层进而分族群的，古代隔阂尤深，加之门派歧见、文人相轻，怎么会没有那样的事呢？世家子弟中的文人学士，科考场上一向被刮目相看，入仕顺遂，往往也是瞧不起出身平凡的同类的。纵观历史，唐宋时期，并非世家子弟的文人学士，虽科考背运，却还可以诗名和才艺在社会上争得一席之地。及至明清两朝，当局唯重论政治世之文，对诗名并不怎么青睐了，对非皇家想用的实用之文甚不以为然，一概贬之为杂文矣。是故，蒲松龄们那样的文人学士，不可避免地空前地遭到冷遇，并被极度边缘化了。这也就是蒲氏在《聊斋》中每亦嘲讽并无真才实学的世家子弟的原因，而紫霞道人高珩和豹岩樵史唐梦赉之序的辩论色彩显然并非多此一举，起码可曰之为有针对性。但是，估计那讥诮并未对蒲松龄构成过太大的压力吧。

清朝的官方对《聊斋》又是什么态度呢？

未有史料证明被禁过。

故可作如此推断——属于允许存在，但不正面评价而已。这其实便是蒲氏应该谢天谢地的了。何况，他在成书方面相当谨慎，极讲策略，避免使他的书和他自己遭到制裁。

在我 1980 年购得的《聊斋》的"出版前言"中有这样一行字："书中也存在着一些宣传忠孝节义的封建伦理观念和迷信色彩。"

联想到高、唐二人的序，似乎其辩驳言辞倒有的放矢了。

"忠"者，古代一向专指忠君。"忠君报国"，乃古代官场首律，名言。逻辑是，倘不忠君，何言报国？既思报，前提当必忠君。今人想来，此逻辑最封建。然而，在古代此逻辑等于常识。国即为一君之国，皇家社稷，那么"一心思报国"，当然应该自觉地做到"生死固为君"了。

我读《聊斋》，最另眼相看的一点正是竟无只言片语涉及"忠君"二字。其字里行间，"忠"只体现于爱情和友情。忠于爱情，忠于友情，只要不危害他人和社会，其实至今仍符合人类美好心性。

至于"孝"，《聊斋》故事中的"孝"反而比《二十四孝》中的"孝"更人性化一些。

《聊斋》中的"节"，每直接与"义"有关。

《聊斋》中的"义"像"忠"一样，主要体现于爱情态度、友情原则。

至于"迷信色彩"，高、唐二人的序已言之成理，不赘议。

当人性遇上道德

《聊斋》首篇《考城隍》，即一篇颂孝故事。

前面所言蒲氏编创的策略，由此可见一斑。

中国民间有言，"百善孝为先"。

历代圣贤认为，人的君子修为应从幼年起，分为三个层级——"首孝悌，守仁义，泛爱众"。至于"忠君"，其实他们并不谈的，因为非人间通则，乃官场之规。

蒲松龄编创《聊斋》，以颂孝故事为一卷首篇，意在表明自己的宗旨与圣贤主张保持高度一致。

《考城隍》情节简单——宋姓某人，死于睡中。其死恍惚如梦，被吏役押走，曰"请赴试"，于是到了冥府，面向诸考官，笔答关于善恶论的考卷。考官们对他的议论甚满意，这才向他宣告，他已被任命为某省一城隍。在民间，"土地爷"管乡村平安，城隍主城镇公义，属冥职，基层"干部"，相当于阳间县令。

宋某这才意识到自己死了，"顿首泣曰：'辱膺宠命，何敢多辞？但老母七旬，奉养无人，请得终其天年，惟听录用。'"。

阎王即命"稽母寿籍"，知其母仍有"阳寿九年"。

于是诸冥官合议，当护仁孝之心，给假九年。九年后，必复相召。

如此，他得以活转，继续在母亲床前尽孝九年。殡葬之事一毕，"完濯入室而没"。

《聊斋》中曾广为流传的颂孝故事首推《席方平》一篇，收在卷十之中。此篇故事较《考城隍》复杂，足够拍一部电影的内容。1980年代中期，也确由北京电影制片厂拍成过彩色片，由后来担任过影协主席的谢铁骊执导，并且是由他亲自改编的。

《席方平》的内容是——席生素孝。其父因被坏鬼在阴曹诬告，虽阳寿未满，却被鬼吏们镇了去。其父托梦于他，细诉自己在阴曹所受之冤苦。席生心如刀剜，但阴阳隔界，徒唤奈何。忽一日，顿悟，若死，可代父于阴曹伸冤也，于是自缢。然而，从阎王到一干阴官，受了巨贿，贪赃枉法，不但不纠改冤案，反而将席生暴打一顿，驱回阳间。如是三遭，席生之意志越挫越坚，下定决心，不达目的，誓不罢休。终于，在上天一位"九王"赴地府视察时，席生拦轿鸣冤，始得昭雪。阎王等一干阴官，皆受惩罚；阴曹众多冤鬼，命运也同时获得改变。

试想，该篇若非收于卷十之中，而是放在首卷首篇，蒲松龄及其《聊斋》影射现实的罪名很可能就坐实了。

谢铁骊乃北影招牌导演之一，有"红小鬼"革命经历，亦多届全国人大常委会委员。他当年拍《席方平》，许多人不解。1980年代末，官商勾结，腐败甚焉，不解之多数人，包括我在内，遂解其想也。

《聊斋》卷一，至《王六郎》，凡十一篇，除《画壁》，无非民间流言所记而已，既无文学价值，亦无风物民俗之认识意义。我推测，当属"邮筒所寄"之类。

《画壁》有些不同，首先是文字考究了，蒲松龄文言的美感初现旖旎。笔墨重点亦开始倾向于人物了，于是小说属性显明。其刻画人物的奇思妙想、神来之笔，给我留下栩栩如生的印象。

该篇讲一位朱姓孝廉，与友人偶游一观，见壁上画中有垂髫美少女，

"拈花微笑，樱唇欲动，眼波将流"，于是灵魂离体，飘入画中。又，画便非画，境皆真实，且与垂髫之女成就一夜之情，进而认识了她的众女伴。待前来祝贺的女伴散去，正两情炽燃，"乐方未艾"，忽有金甲使者查房而至，慌怯伏榻下。待四周复静，听到友人呼唤自己，始出，身已在画下也。望壁上画，垂髫女发已成髻也。

然老道士给出的答疑话语，却只不过"幻由人生"四字而已。

但是，画上明明多出了朱孝廉自己的形象。非言是"幻"，殊难成理。

若仅仅为了证明"幻由人生"，那么此篇除了人物刻画之生动一点，另外也没什么可圈可点之处。

我之所以也比较喜欢此篇，乃因以当下的文学概念来定义的话，它属较典型的一篇"意识穿越"小说。与《考城隍》《席方平》相比，其不同在于，前者是魂体同时"穿越"，而后者仅是意识的瞬间"穿越"，写法上是"意识流"与"穿越"的结合，构思有妙趣。

朱生是《聊斋》中出现的第一位孝廉人物，而《聊斋》中出现的孝廉人物不少于十几位。在古代，孝廉者，民选的道德模范也。在蒲氏笔下，"生"者为青年，"公"者乃中老年。

道德模范，非寻常人也。他们这种人，见了美女，虽然只不过在画壁上，居然也会顿时"神摇意夺"，灵魂出壳。——倘言蒲氏内心一点儿没有对某些孝廉人物的质疑，鬼才相信；起码，不存恶意的戏谑成分，肯定是有几分的。

"幻由人生"——人者，圣贤也罢，君子也罢，孝廉也罢，"食色性也"，概莫能超拔。

故此篇之深意乃在于——依蒲氏看来，人既为人，由善与义区分耳。过多的道德附加，未免反使人性受其累也。

《王六郎》一篇，余甚喜欢。倘自卷十二中荐"十佳"，余所荐其一必是矣；倘荐"五佳"，亦不忍去之。

该篇人物许姓，乃渔夫。

"每夜，携酒河上，饮且渔。饮则酹酒于地，祝云：'河中溺鬼得饮'，以为常。"

"一夕，方独饮，有少年来，徘徊其侧。让之饮，慨与同酌。既而终夜不获一鱼，意颇失。少年起曰：'请于下流为君驱之。'遂飘然去。少间，复返，曰：'鱼大至矣。'果闻唼呷有声。举网而得数头，皆盈尺。喜极，申谢。欲归，赠以鱼，不受，曰：'屡叨佳酝，区区何云报。如不弃，要当以为常耳。'……"

少年叫"王六郎"，这里实际上等于委婉相告，他非人也。

然而，许某性直通，未明潜意，相约见于明日。

这么着，二人成了酒友。

半年后，少年忽直言相告，自己正是一溺鬼，"明日业满，当有代者，将往投生"。

因为熟稔且有感情了，许骇，仍依依不舍。

"因亦唏嘘，酌而言曰：'六郎饮此，勿戚也。相见遽违，良足悲恻。然业满劫脱，正宜相贺，悲乃不伦。'遂与畅饮。"

许某问代者何人？

六郎曰是一女子。

二人饮自鸡唱，洒涕而别。

此篇的问题在于，六郎乃一少年。按现代社会的法理要求，成年人与少年对饮，显然是违法行为。但古代之少年非今之少年概念，只要十四岁以上，媳妇也是娶得的。故少年郎饮酒，社会见惯不怪。

再说许某，明日"敬伺河边，以觇其异"。

未料，所见是一年轻母亲，怀抱婴儿，"及河而堕，儿抛岸上"。

此时，许某"意良不忍"。救吧，怕坏了六郎投生大事；不救吧，实违善性。正矛盾之际，见女子浮而不沉，扑腾几下，上岸了，"藉地少息，抱儿径去"。

这是中午的事。

到了晚上，许某又渔于旧处，六郎复至，主动说："且不言别矣。"

问出了什么岔子？

六郎告曰——人家抱着孩子呢，以我一命，遂亡二命，太不道德了。所以，甘愿放弃投生机会。至于下一次机会在何年何月何日，我也不知道呀，就当你我二人的友情之缘未尽吧！

"许感叹曰：'此仁人之心，可以通上帝矣。'由此相聚如初。"

后来，少年再未投生，被神界封为某县的"镇土地"。

人鬼二者，分别之日终于到了。

六郎说，希望你有空常去看看我，免得我太想你了啊！

许某说，人神路隔，我的愿望可如何实现呢？

此时，人鬼之间，已不仅是酒友，早成知己了。

别时，六郎给了许某一个几百里之外的地址。

许某思念六郎了，欲制装东下。

许妻取笑道，即使有那么一个地方，你与土偶之间又有什么话说。

许某不听，执意前往。住下一打听，店家极惊。因为当地不但确有土地祠，而且神已梦嘱——有自己的好友前来探视，望好生招待。

于是，许某"乃往祭于祠而祝曰：'别君后，寤寐不去心，远践曩约。又蒙梦示居人，感篆中怀。愧无脘物，仅有卮酒；如不弃，当如河上饮。'"。

"至夜，梦少年来，衣冠楚楚，大异平时。谢曰：'远劳顾问，喜泪交并。但任微职，不便会面，咫尺河山，甚怆于怀。居人薄有所赠，聊酬夙好。归如有期，尚当走送。'"

许某归时，获当地居民诚赠不薄。"欸有羊角风起，随行十余里。许再拜曰：'六郎珍重？勿劳远涉。君心仁爱，自能造福一方，无庸故人嘱也。'"

这后三句话，其实还是嘱咐。真友谊，基于同德，此一例也。

一成年人，一少年郎，始于人鬼之交，续以人神之好，相互那等思念，读来令人心热脾暖。

许某回到原籍，因带回了不少赠予，家境遂好，不再以打鱼为生了。凡遇从六郎那边来人，辄问土地造福如何？皆答："其灵应如响云。"

岂能谓许某之嘱无轻重耶？

《王六郎》每使我联想到好莱坞电影《人鬼情未了》。该片似乎没有在国内上映过，但三十余年前影碟确乎大为流行过。后来，凤凰卫视也播放过。我对内容本身并无多高的评价，无非是某些《聊斋》故事的现代版，却特别喜欢片名，觉若作为《王六郎》之冠名，便有了诗意。

我这一笔耕四十余载的人，一直有一个未能实现的夙愿，便是总想写篇体现男人之间心心相念的友情的小说：年龄要有差距，但差距不大，如渔夫许某与少年王六郎；二人身份，也以底层劳动者与知识分子为好；或中篇，或小长篇，小长篇为佳。然苦于"可信度"不高，夙愿难了。

在我的人生中，知青时期是很有一些知交的。有的年长于我，有的同是知青，都是我人生中的贵人，有恩于我。不非以文结缘，仅仅意气相投者曾在焉。但，他们都先我而去了。为志友谊，曾一一写下过怀念他们的文章。既已如此，则不便再以我与他们的关系加以虚构和演绎创作为小说了。

我一直有一个文学观点，作家若能将男人之间的友情写成经典，亦是足可欣慰的文学成就也。"桃园三结义"，《水浒传》中男人与男人间的生死交，并不中我之意。在《水浒传》中，唯林冲与鲁智深之间交情，有些令我刮目相看。但他二人，又都是当时大大的名人，属名人之交。我所喜欢的，乃一方为名人一方为平凡人的两个男人之间的绵长友谊。人类的社会是分阶层的，故在人类之间这样的事本就极少发生。故言"可信度"不高，也是有一定道理的。在中国，"可信度"尤其不高。中国的政治运动以往甚多，男人们想要游离度外者可能极少，何况大多数情况下他们并不想游离度外，而是都踊跃参加，以期获得常态人生获得不到的益处。所以，卷入得深的男人们，身心往往都留下过彼此危害的伤痕。

我又认为，在人类的社会中，男人的责任感应该更大一些。因为男人虽同为人，但男人负有在特殊情况下保护妇女和儿童的义务，而从未闻反过来的强调。

那么，文学的一个任务——倘男人们在现实中做得并不好，文学作品除了应予以反映、否定，还应完成这样的使命——既写男人在现实中是怎样的，也应该写男人在现实中应该是怎样的。

回到《聊斋》，蒲松龄在鬼少年王六郎身上委实也寄托了男人应该怎样的现实理想。蒲氏大约在人身上同样遇到了"可信度"问题，所以寄理想于鬼。在中国，人应该怎样面对现实，往往反弹强劲，而这理想附丽于鬼，便没了异议。这是很奇怪的一种中国文化现象，是中国文学的一种悲哀，也是许多中国人的悲哀。在中国，情况似乎如此——文学作品中一旦出现好人形象，"不可信"之声每顿起，聚蚁成雷；倘出现的是好鬼形象，人们倒是肯于接受的。鬼嘛，又不是人，愿怎么好怎么好，好述的，诌书咧戏，骗看骗钱呗！

在许多中国人的心性里，对人在现实中应该是怎样的这一点，具有强大的排斥力。

但我如实招来，我的"好人"文学观形成，少年时受蒲松龄的"好鬼"小说影响甚深，青年时受雨果作品之继续熏陶。《王六郎》一篇，乃是我每在作品中不惜笔墨写男人之间绵长友谊的最初范文。

除《王六郎》外，《聊斋》中尚有《叶生》《陆判》《田七郎》《白于玉》等篇，亦以颂男人与男人的义交为主旨，其缘或媒以文，或媒以酒，或媒以礼，即使一方为阴曹判官，另一方也相敬如贵宾，渐至莫逆，推心置腹。所传达之思想，无非你敬我一尺，我敬你一丈，衔恩必报，以践俗常男人之义之节尔尔。但个中除《田七郎》一篇，其他了无意趣。《陆判》一篇，尤荒诞不经，毫无文学价值。

《田七郎》，即使对现代人，亦有警示意义。猎户田七郎，中年，已婚，有独子，奉七旬老母甚孝，安于过清贫生活。

忽有武某，大富户人家主，慕其有豪侠气，几番登门求交，如三顾茅庐。

七郎老母因见武某面呈凶兆，代儿挡于门内，并嘱儿："富人报人以财，穷人报人以命。他携厚礼求交，儿与之交，日后欠情尤多，一旦求报，儿除一命，复何相报？"

七郎虽深以母训为然，无奈武某特执着。日久，遂成座上宾也，不得已受赠与，纵尽量以猎物相抵，却终于还是受多回少。

后来，武某果遭遇横祸，事涉命案官司，虽属冤枉，但难辩清白，求七郎助解。

在七郎，明拒之，有背"受恩图报"之理，将义名不再。是以夜做，屠贪官，不得突围，自刭死。

按小说交代——"武闻七郎死，驰哭尽衰"，自家也因此厄而破产。

"七郎尸弃原野月余，禽犬环守。武厚葬之。"

"异史氏"评曰："一钱不轻受，正一饭不敢忘也，贤哉母也！……苟有其人，可以补天网之漏；世道茫茫，恨七郎少也。悲夫！"

我读此篇，有道德绑架之感。

窃以为，夫封建道德，虽不能一言以蔽之皆糟粕，但与其言意在优化人，莫如说意在驯化人。盖封建社会所以为封建，乃因几乎一切促人优化的社会资源，莫不由统治集团所掌控，由是建立在由封而在的系统内。进言之，人怎样便算道德，完全是由统治集团来界定的。

如"侠"，民间视为道义的伸张者，而官方却一向视为"以武犯上"的"异种"。"上者"，制度也，故按封建之逻辑，乃在人的价值之上。"舍生取义"，若言其为对少数人的要求，便也罢了；若推及向全社会，便有绑架之嫌。封建社会的人之所以容易被绑架，乃被驯化而不自知也。

以田七郎为例，其上有老母、下有幼子，从来正派做人、低调生活，与世无争，与人无争，若非与武某发生了超阶级的似乎相敬相知的往来，断不至于落得暴尸郊野的下场。正所谓，受人恩泽，替人消灾。不过，那恩泽却是武某单方面的强予，而那替人消灾的行动却明摆着要由田七郎抛母弃子并搭赔上自家性命。不然，田七郎必终生承受不义之民间谴责也。

故亦可以言，封建社会的民间，往往不自觉地充当道德绑架的强大助推之力。

现代社会之所以现代，其进步的显明标志是——人自然应当成为道德的人，自觉地伏己，但前提是首先成为自由之人。现代社会具有高度的制度自信，相信人越自由则越道德，并且这一点已被证明了。

故真正意义上的现代社会，道德非但不至于沦丧，反而会更加体现为自觉、自愿，于是道德绑架现象甚少。

倘一个社会道德绑架现象甚多，呼唤道德灾害声不绝于耳，而道德却越来越与人心相背，主要根源乃在于封建社会的不道德性已病入膏肓矣。

清朝到了蒲松龄那个时代，正是封建道德病至肺腑的时期。蒲松龄对此点感同身受，然不可能超越时代提出什么现代的道德观来，只能在《聊斋》中极策略性地不显山不露水地隐发对封建道德的质疑。

所以，《田七郎》一篇并非对封建道德所鼓吹的"义"的讴歌，而是挽歌。否则，蒲氏就不用"悲夫！"二字来结束他这位"异史氏"的评论了。至于"恨田七郎少也"一句，乃是针对"天网之漏""世道茫茫"所发的感慨也。

一个社会，没有一套广为认同的道德观显然是不行的，唯靠封建道德观来延续自身寿命也是不行的。在蒲松龄的笔下，每现此种纠结、矛盾，而这一点是他所在的那个时代的文人们普遍的内心矛盾，是人类全体封建社会的命门式的内在矛盾。

《聊斋》里的民间记忆

纵观《聊斋》，凡十二卷近五百篇故事、杂记，用民间话讲，内容可谓五花八门、光怪陆离，几近包罗万象；用文学评论语言概括，内容丰富、内涵丰富、认识价值丰富之"三丰富"，确乎是当得起的。

但，若归纳之，亦无非如下几类：

一、显然不足信的民间流言类；

二、虽也实属流言，却未尝不具有可信性一类；

三、文学性较高，小说特点分明的爱情故事；

四、借志异故事辛辣讽刺社会现实的。

《聊斋》中显然不足信的民间流言类杂记，几乎卷卷有之。那些流言，又显然是同好者以"书简邮寄"的方式传送给蒲松龄的，可以说没有任何史料记载并使之进一步传播的价值。蒲松龄在《聊斋》中收录了不少，究竟是出于对素材提供者的尊重，还是出于自我掩护的策略，或是出于吸引读者的动念，我们无法得知。

这一部分，实可谓糟粕。

仅以卷一为例，《耳中人》《尸变》《喷水》《瞳人语》《山魈》《咬鬼》《捉狐》《荞中怪》《宅妖》《鬼哭》《焦螟》等篇，皆属愚民喜闻爱传之流言，如当下某些网民明知所阅实谣言也，然乐见且相互转发，并分外来劲。

封建社会之所以封建，另一特征乃是愚民甚多而不知其愚。既愚，常识寡也。所见逾其常识，遂以为鬼怪；他人言之，但信不疑。如《山魈》《荞中怪》所记，想来无非便是猿类因饥而偶入宅舍，或在表现上公然与人抢夺新粮而已。后几卷中，《雷公》与《龙取水》两篇，尤可说明其流言性质。依文中描述，所谓"龙"取水，便是水上"龙卷风"现象无疑。至于什么"雷公"，实则一大蝙蝠罢了。

《瞳人语》是主题先行的流言故事——一轻佻书生，于郊外尾随美女，狎近以观芳容，结果归家不久双目先后长出了肉钉。

其行为，严重违背了"非礼勿视"。

用当下说法，此流言乃为维护当时道德正能量而口口相传的。

这一流言历史甚久，在民间具有强大的生命力。在我小时候，常听大人们如此教诲小儿女："见了不该看的要转身就走啊，万一看到了也要立刻捂眼睛，否则长针眼！"

当年的那些大人们成为城市人的年代不久，他们所言之小孩子不该看的事，盖指与成年男女的身体或亲爱行为有关的事。从文化内容的包含性上讲，迷信文化也曾是人类文化的组成部分，而且其历史比现代文化要古久得多。甚至可以说，人类最初的文化是涂着浓厚的迷信色彩逐渐过渡向现代文化的。

现代文化形成于城市，此点已被人类的文化史所证明。其形成过程，始终有迷信文化相伴随，至今迷信文化之基因影响犹在焉。在漫长的历史时期，农村是迷信文化最适宜的土壤，农民是迷信文化半自觉不自觉的传承者。

迷信文化曾有一个农村包围城市的优势时期。

现代社会之所以现代，则体现为现代文化竭力摆脱迷信文化的影响，并且反过来以文化的现代性影响农村。

我小时候，每听大人们议及黄鼠狼迷人之事。黄鼠狼，即黄鼬，比狐的体形小得多，大者尚不及狐尾，身柔如无骨，善钻狭隙，害鸡。据说，仅吸血，不食肉。

在城市是见不到狐的，却亦常见黄鼬，于是关于它的迷信说法盛行。因为它的样子，使人觉得像狐一样有媚态。在难得一见狐而黄鼬常见的农村，关于狐的传说便少，关于黄鼬的迷信流言则几成共识。

若单论媚态，貂也是不逊于狐的。但中国民间，关于貂惑人的迷信流言，至今仍是空白。

何故之有？

因为貂不但生活在寒冷的东北，而且只在林海中出没，除深山猎户，一般人根本见不到。

漂亮的猫也是媚态百生的。《聊斋》中写到了各种各样的精怪，大到虎狼蟒鳖，小到鹦鹉蝴蝶，就是没写到又媚又善于黏人的猫。

却又何故之有？

盖因猫如犬，与人类的关系既古老又亲密，并且在这种关系中首先体现为人类对猫的容纳、宠爱。凡人类所熟稔和容纳于生活的，一般不迷信也。文学家的笔，通常也就不会妖化之了。

狐则不然。它们是野生动物，不可能被人类驯化。人类谋它们的皮，又认为天经地义。故狐对于人类，是本能地有敌意的。

人对于狐，却难免会有罪孽之感——从体形到头脸都那么漂亮的小动物，对人本身从来构不成任何威胁，所谓危害也无非便是叼走只鸡或拖走只兔，这构不成见则捕杀的符合天道人性的理由。

人心既存此感，却又克服不了获无本利的欲念，于是只能将狐妖化。这么一来，见之则捕，捕之则杀，剥皮弃其骨肉，便心安理得了。

天地之间，只有人，纵使行冷酷事，也要找出足够正当的理由。倘现存的理由不够用，便会脑洞大开地编创出来。人不仅以此法为害于异类，也惯以此法加害于同类。

人的这种恶，可曰之为进化之恶，也可曰之为智后之恶。智后之恶，尤属邪恶。如人为危害某些既不能食其肉也不能用其皮的动物，只要编创出它们身体的某一部分可入药，或仅仅可壮阳，于是便似乎有了极充分的理由到处搜捕，大开杀戒。

蒲松龄之怜狐乃至爱狐，不惜冒天下之成见，以连篇累牍的关于狐的美好故事为狐正名，足见他是一个对小动物心怀大爱之心的人。

《聊斋》则不啻是中国之第一部文学形式的保护野生动物宣言书、倡议书。

在《聊斋》中，有些人事，既非虚构，亦非流言。其可信度，如今看来也并不存疑，可作为当时年代的民间记忆来了解。

例如，《龙取水》一篇，不过是发生于水面的龙卷风罢了。《水灾》则实录了康熙二十一年（1862）山东某地的水灾而已，只不过加入了孝子夫妇及儿郎幸免于难的颂孝情节，并且写明"此六月二十二日事也"，分明大体不妄。至于某地某人喜生吃蛇，又某人为救被蟒所吞之兄长力斩蟒头，都没什么可怀疑的。《义鼠》一篇，记甲鼠被蛇所吞，乙鼠"力嚼其尾"，迫蛇吞出死鼠"啾啾如悼之，衔之而去"。此类动物界中的感人事，今天的《动物世界》中亦屡见不鲜。

至于《蛇人》，讲一个"以弄蛇为业"者，曾饲驯两条小蛇，数年后长大无比，只有放归山林，于是每听人言，遇而骇绝，幸未殒命。某月，某人自己必经山林，也见到了。惊怖无措之际，忽忆起往事，急唤蛇名。"蛇昂首久之，纵身绕蛇人，如昔弄状。觉其意殊不恶，但躯巨重，不胜其绕，仆地呼祷，乃释之。于是嘱曰：'深山不乏饮食，勿扰行人，以犯天谴。'二蛇垂首，似相领受。"

一个"似"字，用得极好。"似乎"怎样，不过是主观感觉，非客观见证。

这样的事，涉及一个至今人类兴趣很大的话题——动物对于人类，具有感情记忆吗？

答案是肯定的——有。

中央电视台曾播放过的由国外拍摄的《动物世界》节目又一次证明了此点——男女保护动物饲养员到野外去寻找他们放归自然界的猩猩和猎豹，虽时隔二三年，但它们对给它们起的名字仍有敏感反应，并仍认得自幼关爱过它们的人，一见之下与他们的亲爱互动令人心暖、唏嘘。

猩猩之间以及猩猩与人类之间的亲憎之情，不但一再地被证明了，而且被想象为系列电影了，如《猩球大战》。

猎豹则是大型猫科动物中较容易被驯化为宠物的；美洲狮也有这种可能。人类与它们的个别亲密关系，至少也有两三千年了。

但人类与非洲狮、野生虎的关系会否如此呢？如果人是将它们从小养大的恩人，它们一旦回归自然界，时隔二三年后仍会认得那个人并与之亲密如初吗？

这一点却至今未被证明。

据说象的记忆力是最为长久的，可以记住十几年前杀害过它们父母或兄弟姐妹的仇人。真遗憾，现在尚无关于它们长期记住恩人的记载。

至于蛇，我虽五体投地般崇拜《白蛇传》，却从不相信蛇是可以与人产生任何好感情的。

我一向认为，《白蛇传》中的青、白二蛇应该属于蟒。蟒虽与蛇同类，但确乎是可以自幼家养的，及大，也会像牲畜一样与人形成依存关系，甚至在主人受到攻击时会产生保卫主人的本能反应。

印度的当代新闻曾报道过——有与小蟒同时长大的少女在水灾中被困树上，已成大蟒的小蟒泅水救之。

大千世界，确乎无奇不有。人与各类动物的个别关系，也真的不由人不信。

讲一件关于蟒的真事——十五六年前，某出版社编辑陪我去沈阳签售，来接站的是当地书店的一小伙子，忘了怎么一来便在车上聊起了宠物话题。彼言，七八年前，纯粹出于好玩心理，买了一条二尺长的金黄色小蟒，养于玻璃缸中。那时，已长至中号盘直径那么粗，四米多长，快重达一百斤了，而玻璃缸已早装不下了。无奈，腾出了家中的小书房，改造成了像动物园那种蟒舍。同时，每星期还要喂一只活鸡、活兔，开销不菲。老母顽儿，闲来无事，每将那蟒放入客厅。顽儿与之身体纠缠，老母则每训其费钱累人。蟒谛听之，似有愧感。此情此景，全家习以为常。

　　我问："那不是会将家里搞得很有味儿吗？"

　　彼言："是呀，是呀。特别是在夏天，每天都得用水冲一遍地。幸好预先做了防水处理，要不楼下人家准告我了。我家所有的纱窗，都是小手指那么粗的钢网做的。不怕一万，就怕万一啊！"

　　我问："以后怎么打算的呢？"

　　彼言："想捐给动物园，可人家动物园拒收：一是人家有了；二是若收得按规定办一道道手续，还得请专家检疫，太麻烦。想放生，可也不敢随便往哪放啊！有次收水费的阿姨来了，那天它房间的门忘了从外边闩上了，它爬出半截来，差点没把人家吓死！老师，你说真要吓出个三长两短，我不得吃不了兜着走吗？"

　　我也不禁说："是呀，是呀。"

　　小伙子曾央朋友陪着，开自家车载上那蟒，直开到南方的深山老林去，偷偷放它一走了之。没离开沈阳多远，被路卡给拦住了，连人带蟒一块被公安部门拖走了。

　　"我现在只有两个选择了——一是卖给饭店，那我家'大宝贝儿'

死路一条了。我才不会那么做，自己把它从小养大的，比养大个孩子也省事不到哪儿去，何况互相有感情了，怎么忍心？二是给它来个安乐死，但对于它，不总归还是个死吗？"

五大三粗的东北小伙子，那么说时都快哭了。

听他将他家大蟒叫"大宝贝儿"，还说出儿化音，觉那时的他仿佛是现实中的许仙，而他家那大长虫于是便有了白娘子般意味。

后来，我听人讲，他全家还是忍悲将那"白娘子"安乐死了。

蛇与蟒虽属同类，习性颇不同也。从前，中国民间并不区分，既大，统曰蟒蛇。蟒是可以从小家养的，家养的蟒逐渐长大，对养它的人另眼相看，也非是什么天方夜谭。

故，蒲松龄笔下所记的《蛇人》，未尝不可视为或许有之的民间记忆。

《聊斋》中有两篇关于狗的事，或记载义犬救主，或感叹它们为了守护住主人丢失于路途的盘缠宁肯饥渴而死也不离去的"忠心"，未加虚构，着实可信。古今中外，人类反复讲述关于义犬的种种故事，证明人类对狗是有感恩心的，而且忠犬、义犬也完全配得上人类一向以文字纪念它们。在以文字或其他方式的纪念过程中，实际上是人性之仁获得了不断提升。

卷一中有一篇是《犬奸》，记因丈夫每常外出经商，独守空房的妻子性心理变态，引犬与交，犬习为常。事发，遂成丑案，"人犬俱寸磔以死"。——这是我甚为排斥的一篇。在中国古代，若事涉奸情，从官方到民间，对女子的惩办一向极严。若奸情导致其夫丧命，则无论以怎样残酷的方式处死之，似乎都不为过，都是普天之下拍手称快之事。想象一下吧，"寸磔以死"，多么令人毛骨悚然。在古代，凡一施刑，围观者众。于是，《水浒传》中武松弑嫂，剖腹剜心；石秀助杨雄以此等宰杀牲畜式的方式处死杨雄不贞的妻子，也似乎尤显英雄好汉的气概了。对此，余厌极厌极，说一百个"厌"字，也难除心中反感。在国人的字典里，所谓"贞"，专指对女性的要求，若也同样要求于男人，古代的一多半男人则就个个都该死了。

《聊斋》中还有另一篇《成仙》也存在令我严重排斥的情节——二男子"少共笔砚，遂订为杵臼交"。其一修道成仙，不但为另一方化凶为吉，而且以所谓仙能替对方杀死不贞之妻，"剑决其首，胃肠庭树间"。杀便杀吧，何至于破其腹拽其肠，像晒腊肉似的挂得满树皆是?！何况，其妻还不像潘金莲，并未生害夫恶念!

该篇字数颇多，情节跌宕。凡此类故事，蒲松龄大抵要加"异史氏曰"的。然该篇属于少数例外，不知何故。也许，他的心中亦存与我同样的思忖?

不论谁是多么恶的恶人，若其罪当诛，也不过就该"斩立决"罢了。以车裂、凌迟、骑木驴等残酷方式将人折磨至死，其实也是变态现象。体现于刑典，乃刑典的异化。

西方人发明断头台，后以绞刑代之，再后来以电刑、注射死代之，直至在有些国家废除死刑，主张终身监禁，都是试图以较为人道的方式防止人性的变态以及刑典的异化。

鲁迅曾在日记中记下过夜读中国古代刑法的体会，一言以蔽之，也是"毛骨悚然"四个字。

故，也许可以这样认为，一个国家的酷刑历史越悠久，酷刑方法越是五花八门，其国民之心性离"不忍"越远。人类若逐渐丧失了"不忍"之心性，则孔子关于"仁"的谆谆教诲，实际作用必然大打折扣矣。

好在，这些都是古代的事了。

《聊斋》还记载了一些杂技现象、魔术现象，如《偷桃》《种梨》《口技》《戏术》等。

关于《戏术》，书中如此描写："戏人以二席置街，持一升入桶中；旋出，即有白米满升，倾注席上；又取又倾，顷刻两席皆满。然后一一量入，毕而举之，犹空桶也。"

此种无变有、有变无的杂技，至今仍在国内外各地的很多场合上演。但米也罢，爆米花也罢，其他什么东西也罢，都只能是少量的变无变有，多则属流言也。假如，当街所置非两方席片，而是两张整席，若使"两席皆满"，非二三百斤米不足以实现，便不足信了。《戏术》中同时记载了另一件事——一个买缸的人，在陶场与老板发生争执，不欢而散。至夜，他将人家窑内的六十余口大缸都"搬"到了三里外的地方。此即所谓在民间流言甚广的"大搬运""小搬运"。

"小搬运"，其实便是至今仍在表演的"招之便有，拂之便无"的魔术。"魔"字与"怪力乱神"有涉，古代忌之，言为"幻术""戏术"。

"大搬运"，各类民间杂志皆有记载，但没谁亲见，所记每以"据言"二字作为前提。

将六十余口大缸用意念转移到较远的地方去——民间为什么喜欢传播这类明显不靠谱的事呢？无他，对"特异功能"及奇人的迷信而已。这种迷信，不必完全从负面来评说，实际上也激发了人类的想象力，而想象力与科学方面的发明创造关系密切。

《偷桃》讲表演者抛粗绳向空，于是绳直如戟杆，自动向上延长，直达天穹，高不可见其端。遂命小儿郎奋力攀之，亦入云霄，频忽不闻回声。须臾，小儿郎顺绳滑下，手中有桃，自言摘自天宫花园。

这类记载，古代各地方史志中出现多多。唐以前，未现文字描写。

唐以后，几成纪实，其实都是道听途说、人云亦云的无稽之谈。显然，流言是从别国传入中土的，如印度、埃及、巴基斯坦，且彼国的各类杂志中皆不乏相同记载。几年前，国内电视台还播过一部关于魔术史的外国人制作的纪录片——采访者亲到印度，遍访城乡，呈现早期画册和报上的报道给人看。甚至，在一个古村落中，寻找到了一条极长的粗绳，众口一词，言之凿凿，都说便是可以通天的神绳，是一户人家祖上传下来的，可惜那种异能早已失传。当时，我连看了两集，就是为了看个究竟，结果大失所望，有被故设的悬念忽悠了的感觉。

《种梨》是讲表演者就地埋种，于是在众目睽睽之下可见发芽、成树、开花、结梨的全过程。不但可见，亦可摘之、食之。该内容被导演陈凯歌用在了他的电影《猫妖传》中，只不过种梨改成了种西瓜。《偷桃》也罢，《种梨》也罢，甚至像《劳山道士》中所写的那样将嫦娥从月宫请下为高人歌舞助兴也罢，像《狐嫁女》中将豪门中的餐具"搬"来以使婚礼显得更有档次的故事也罢，若在今天声光技术的配合下，由一流之魔术演员表演为节目，都将是小菜一碟，完全可天衣无缝、以假乱真，看得人瞠目结舌。

现代之魔术，对设备的依赖甚重，关窍也甚多，观看的人表现为自蛊式的上当受骗，其实已没多少看点。规模越大，科技成分越多，人技程分越少；倒是小型的侧重于体现指间功夫的表演，还有令人鼓掌叫绝的地方。

中国的传统杂技"五彩戏法"，凭的就是身手功夫，故行内亦曰"手活儿"或"手彩"。但也有要凭全身功夫进行表演的，曰"大戏法"，如"端火盆""端鱼缸"——表演者着宽绰及地之斗篷，多为外红内黑或绿，像舞台上架子花脸钟馗的戏服，在助手相接的配合下就地一滚，瞬间变出火盆或鱼缸。若为鱼缸，不但水盈盈然，且有游鱼。这是笨而令人不禁叹服的功夫，曰"硬功夫"。笨在观众心知肚明，晓得斗篷里边有挂钩，火盆或鱼缸是出场前挂稳的。叹服的是，火盆或鱼缸，最大直径一尺有余，挂许多个，只一滚，站起便托于掌上；火盆必须同时火苗升腾，鱼缸则不能洒出水来，太要劲儿了！又，变出单数不符合规则，只变出六个则太少，观众若不买账，只能在倒彩声中灰溜溜地下场，所以起码要变出八个。据说，高明者有变出大小十四个的，正是"台上几分钟，台下十年功"。

几年前，天津电视台的节目中尚有六旬开外老艺人表演过，估计那是此传统戏法的最后一次亮相了，因为根本招不到继承人。那么"要劲儿"的戏法，谁肯学呢？欣慰的是，已保留在录像中了，不至于使真的存在过的也成了将来的"流言"或"妄记"文字。

《聊斋》的这一小部分内容，具有对民间杂技史的参考价值，也具有对"民间"二字的认识价值。

在古代，对任何现象、人、事的记载，一向分为"正""野"两类。所谓"正史"，记什么，怎么记，一向由皇家依赖的史官、文人有明确选择性地完成。其选择的宗旨，有时未见得便是去伪存真。皇家需要怎样的记载，"工作人员"是不能不揣摩上意的。若会错了意，不但自身祸事当头，家眷也往往大受牵连。若被认为性质严重，诛灭其族也是可能的。不过，不应因此便说"正史"完全不可信了，但反"史"之道而行之去真存伪地为皇家文过饰非的现象确是有的。于是，古代的当朝"正史"，一向以歌功颂德为主，而匡正其伪多是改朝换代多少年以后的事。

"野史"则不同，大抵是民间记忆的整合。虽也有选择性，但却是以民间感受来记载的。例如，《聊斋》之《地震》一篇，将发生于康熙七年（1668）六月十七日戌时的大地震对民间造成的灾难，进行了极为写实的记载。此次地震，在皇家"正史"中，却只不过两行冷静的文字而已。《野狗》《公孙九娘》两篇，起笔分别写道："于七之乱，杀人如麻"；"于七一案，连坐被诛者，栖霞、莱阳两县最多。一日，俘数百人，尽戮于演武场中。碧血满地，白骨撑天……"。

所谓"于七一案"，乃是清王朝对一次民间反清复明运动的强势镇压，仅无辜冤死者亦近千人。"正史"中曰"平乱"，以"大捷"颂之，而"野史"一向无敢记者。蒲松龄能在《聊斋》中如实写下几笔，亦算勇气可嘉也！

狐鬼爱情

爱情故事，自是《聊斋》的主要内容。蒲松龄为笔下那些美且善的狐鬼佳人起的全是令人过目不忘的好名字，如"娇娜""青凤""婴宁""聂小倩""莲香""红玉""梅女""巧娘""小谢""青娥""细柳""阿纤""瑞云""晚霞""湘裙"等，大多皆妙龄女郎，大抵年少于故事中的男子；另有一些雌狐女鬼年龄要长几岁，或与故事中的男子同庚，或从年龄上讲可做他们的姐姐，如《胡四姐》《庚娘》《封三娘》《荷花三娘子》《花姑子》《葛巾》《黄英》等篇中之女子。

以人物性格写得活泼可爱、栩栩如生而论，《婴宁》第一敢当。其对话之诙谐、精妙，具有短篇小说之示范价值。初学写作者，赏读此篇，定会获益匪浅。篇名也起得好——"婴"字，意谓天真无邪，童语无欺；"宁"字，对应人物笑口常开，每至于前仰后合，即笑难止，反衬也。

定篇名之良苦用心，尽在尔耳。

但此篇令人怦然心动之处，乃在于婴宁因过"由是竟不复笑，虽故逗之，亦终不笑""一夕，对生零涕"。

何故？

怀念养母也。

原来，她虽狐产，却是鬼母带大的。狐母殁前，将其托于鬼媪。相依十余年，因与王生喜结连理，于是与鬼母两相分离。

"老母岑寂山阿，无人怜而合厝之，九泉则为悼恨。君倘不惜烦费，使地下人消此怨恫，庶养女者不忍溺弃。"

文中，此狐女曾问生："适此话不应说耶？"

生曰："此背人语。"

女曰："背他人，岂得背老母……"

好个"岂得背老母"！虽为狐鬼，养母庶女间情同骨肉的亲密关系非比寻常也。

婴宁的哭诉，着实起到了数语双关的文学效果。既写出了她对养育之恩没齿不忘的美善心灵，也写出了鬼母受人之托则身体力行、负责到底的人间女君子风范。须知，婴宁将嫁人间有才有貌有品有德家境亦殷实的王生，全靠老鬼母玉成之啊，且其恪守"功成身退""德不图报，仁不索赍"的君子原则，甘愿从此隐于阴间独受凄苦，从未相扰。比起当今有些母亲视丽质女儿为奇货，待价而沽；亲生儿女却不孝，视贫寡孤鳏之老父母如粪土的现象，人不羞对鬼耶？人不惭于狐耶？

因为此篇并非仅讲了男欢女爱的故事，亦称颂了鬼狐之间的温馨真情，故蒲松龄本人亦尤自爱，借"异史氏"之语赞曰"至凄恋鬼母，反笑为哭"，"我婴宁"何常憨耶。

对于自己笔下那些美且还善、可爱可敬的狐鬼女性，蒲氏仅在此篇中用过"我婴宁"这样的写法。

《小谢》一篇，刻画人物之生动传神，庄谐并现，可与《婴宁》有一比，难分轩轾。此篇不但写活了倜傥而贫，实则剑胆琴心、有豪侠气的狂生陶望之，而且写妙了两个美丽的女鬼——一对姐妹花。

那陶生，因无稳定居所而常借宿于敬其文才的"当地干部"家中。"干部"家有婢夜勾之，"生坚拒不乱，部郎以是契重之"。一年，溽暑难当，"因请部郎，假废第。部郎以其凶故，却之。生因作'续无鬼论'献部郎，且曰：'鬼何能为！'部郎以其请之坚，诺之"。

结果，不信鬼的偏偏在废第傍晚活见鬼了。"一约二十，一可十七八，并皆姝丽。"丽鬼先将他的书卷偷走，接着借还书之机，公然现身挑逗。

二丽鬼"逡巡立榻下，相视而笑。生寂不动。长者翘一足踹生腹（胆子也忒大了，怎么想得出来！），少者掩口匿笑。生觉心摇摇若不自持，即急肃然端念，卒不顾。女近以左手捋髭，右手轻批颐颊，作小响。少者益笑（皆得寸而近尺也）。生骤起，叱曰：'鬼物敢尔！'二女骇奔而散。……夜将半，烛而寝。始交睫，觉人以细物穿鼻，奇痒，大嚏；但闻暗处隐隐作笑声。生不语，假寐以俟之。俄见少女以纸条拈细股，鹤行鹭伏而至（形容传神，有舞蹈状）。生暴起呵之，飘窜而去。既寝，又穿其耳。终夜不堪其扰"。

二丽鬼之行为，决然顽皮捉弄亲爱自己之父兄的勾当也，故不可惧，反觉可爱。日一落，又来了，捣乱使生不能读。叫秋容的坐到桌上，一次次将书合上；叫小谢的则"潜于脑后，交两手掩生目，瞥然去，远立以哂。生指骂曰：'小鬼头，捉得便都杀却！'女子即又不惧。因戏之曰：'房中纵送，我都不解，缠我无益。'"

二丽鬼这才不闹了，都笑盈盈地转身为生淘米做饭去了。

生也及时予以表扬："二卿此为，不胜憨跳耶？"

人家将饭菜替他摆桌上了，他才又问："感卿服役，何以报德？"

人家说饭里可放了毒了！

他说："与卿夙无嫌怨，何至以此相加。"

"啜已，复盛，争为奔走。"

自此习以为常，熟了，两方面都愿促膝相谈了，于是问人家姓甚名谁？

小谢笑曰："痴郎，尚不敢一呈身，谁要汝问门第，作嫁娶耶？"

生正容曰："相对丽质，宁独无情；但阴冥之气，中人必死。不乐与居者，行可耳（不喜欢住这儿了，要走便走，我才不留你们）；乐与居者，安可耳。如不见爱，何必玷两佳人？如果见爱，何必死一狂生？"

此一番话，诚可谓义正词严，且情理交融，情中有理，理中含情。

"二女相顾动容，自此不甚虐弄也。"

态度诚恳的说服教育，某些鬼也是听得进去的，如秋容、小谢。何况她们并非恶鬼，只不过是未有过恋爱经历，因而偶见异性春心荡漾的纯情情鬼罢了。

情节陡然一转，忽而变化。因小谢见了陶生作的诗，忆起自己在人间时也曾受父亲影响对笔砚发生过浓厚兴趣，于是跟陶生练起字来。生喜出望外，自是认真指点。他俩影响秋容也跃跃欲试，而生亦手把手教之。于是故事到这里也易了风格，由初时的嘻哈戏闹转而庄重端肃了。又于是，二丽鬼敬视陶生为师，不但跟他练字，还乐于听他谈诗论文了。这么着，他如同收了两名女学生，三人成了师生关系。

"小谢又引其弟三郎来（招之即至的又多出了个三郎，且亦是鬼少年。小谢姐弟缘何都成早夭之人，并无交代，未免唐突），年十五六，姿容秀美。以金如意一钩为贽。生令与秋容执一经，满堂咿唔。生于此设鬼帐焉。部郎闻之喜，亦时给其薪水。积数月，秋容与三郎皆能诗，时相酬唱。"

古代的诗，大抵可以当歌来唱，此处又获一佐证也。

以金如意为学费，交者诚意，收者坦然，师生关系蛮正式的。二丽鬼还互生小妒，暗中较劲，不但各自好强上进，课罢还抢着为老师揉肩、捶腿、推腰，就差没进行足底按摩了。一言以蔽之，她俩都争着朝"三好学生"方面努力。这一情节发展看似陡然，细细一想，其实也极自然，符合规定情境中的生活。

三郎的出现虽然未免唐突，但蒲氏的构思在此篇也显示了周到的一面，即对"部郎"的提及。那两句十一个字，即表扬了部郎是一位"好干部"，不将发生在自己废第中人鬼结谊的现象视为邪事而粗暴干预，还实行赞助，端的开明厚道也。同时，也写了陶生工作和收入的可持续。否则，人鬼四口子的日常开销，"一钩金如意"卖了是不够用的，故事也就陷入瓶颈了。仅十一个字，使必然产生的疑问得到了顺理成章的预告。

情节接着又有了极富戏剧性的变化——陶生赴考，因"好以诗词讥切时事，获罪于邑贵介（与"界"同），日思中伤之。阴贿学使，诬以行简（涉嫌作弊），淹禁狱中。资斧绝，乞食于囚人，自分已无生理"。

于是，故事风格转向了苦情叙事。

老师有难，鬼弟子们岂有袖手旁观之理？

营救行动急迫开始——三郎与秋容代师四处鸣冤。秋容入狱使师知晓，再去打探音信，竟一去不返。

"忽小谢至，怆惋欲绝，言：'秋容归，经由城隍祠，被西廊黑判强摄去，逼充御媵。秋容不屈（见贞骨也），今亦幽囚。妾驰百里，奔波颇殆；至北郭，被老棘刺吾足心，痛彻骨髓，恐不能再至矣。'因示之足，血殷凌波焉。出金三两，跛踦而没。"

绝境逢生，峰回路转。三郎的状子引起了重视，我们的男主人公由而获释了。

归居处，"更阑，小谢至"。她说，三郎被神吏押赴冥司，冥王因三郎义，使托生富贵人家了，而"秋容久锢，妾以状投城隍，又被按阁，不得人"。

正是，冥王虽不乏仁心，下级鬼官鬼吏却多行不义。

陶生不禁又生愤慨，誓言天明即捣毁城隍塑像。

秋容却恰在此时出现了，泣曰："今为郎万苦矣！判日以刀杖相逼，今夕怨放妾归（大概因为风闻了冥王的恻隐决定），曰：'我无他意，原亦爱故；既不愿，固亦不曾污玷。烦告陶秋曹，勿见谴责。'""生闻少欢，欲与同寝，曰：'今日愿与卿死。'二女戚然曰：'向受开导，颇知义理，何忍以爱君者杀君乎？'执不可。然俯颈倾头，情均伉俪。"

直至彼时，人鬼尚无性的关系。情浓之际，唯肌肤相亲耳。女人爱男人至极，非奉献身体不足以明心；男人爱女人至极，则虽死可也。一人二鬼，阴阳相克，真若性爱一番，确关乎陶生性命也。

然好事虽多磨，多磨亦每促成好事，只不过条件尚未具备。

首先，"二女以遭难故，妒念全消"。

之后陶生偶遇一位道士，先言其"身有鬼气"，继言"二鬼大好，不宜相负"。

仿佛"偶遇"，分明是上仙前来玉成。

于是，秋容先获超脱，附富室亡女之体转生了。这么一来，生成了女婿。洞房花烛夜，仍是鬼女的小谢隐至，"哭于暗陬"。一对新人陪着落泪，哪还有心思颠鸾倒凤行枕席之欢呢？

陶生便依秋容之言，再往求道士，遂使小谢也转生了。又于是，二女同嫁，生并聚，得一对佳丽娇妻。出人意表的是，"生应试得通籍"，不但获得了高等文凭，还被同届好友认出小谢竟是自己夭亡的妹子。从此，陶生便有了两门都是富户的岳家，过上了幸福美满如神仙的日子，实现了一介布衣的"中国梦"。

若论内容的丰满，情节的一波三折，此篇实胜《婴宁》一筹。《婴宁》在刻画人物方面固然很精彩，然《小谢》此一点却也不逊。但《婴宁》内容单薄，若改编为电影，结论大分明矣。如此，前者难够半集，而后者则无须怎样补充，便可拍得时满事足也。

此等人鬼故事，创作它有什么意义呢？

对蒲氏而言，意义肯定是有的——人间永远需要对真爱的讲述，也永远需要对"仁""义"二人性原则的顶礼。陶生对二丽鬼始终是仁爱有加的；二丽鬼对他也做到了衔恩必极，虽千辛万苦却无怨无悔。如此，双方都为对方表现得仁至义尽。

蒲松龄的自我疗愈

在蒲氏那儿，另有一种个人创作意义的实现感——不要忘了，他本人便是清贫的教书匠，唯以设帐授学为业的不得志秀才。若幸收小谢、秋容那样的丽鬼弟子，不但美妻成双，而且一辈子的生活问题也不再是个愁了。一下子有了两位是富翁的老丈人，那还为生活愁个什么劲呢？两位美妻也不许他再愁呀！整天面对美女，多养眼啊！心情好，吃嘛嘛香身体也会好的。其实，蒲氏可是个身体一向不怎么好的文化人，而这是长期郁闷造成的。科举这条道歧视般地排斥他，屡屡落榜是他心口难以启齿的疼，而《小谢》不啻是他为自己研制的"创口贴"——在想象中衣食无忧，美妻成双，都爱听他评诗论文。那么，他完全可以让科举见鬼去了！

作家不但以文学疗人、疗社会，也每以文学疗自己——这是关于作家与文学的关系的真相之一。但后一种真相往往被忽略，一向不怎么被研究的。

都道是——苏轼以"不应有恨，何事长向别时圆？但愿人长久，千里共婵娟"这样的诗句疗彼弟思兄的深切苦绪，疗人间骨肉牵挂之幽情。其实，他也是同样思念弟弟的呀，他内心对世态炎凉、义缺谊薄的现状是很失望的呀！所以，他也是在以一首《水调歌头》（明月几时有）疗自己的忧伤。

如果说蒲松龄背朝寒壁、面对青灯在写《婴宁》时只不过是专执一念地想要创作一篇好小说，那么在构思《娇娜》时便已在尝试疗自己之积郁成疾的心病了。同时，他希望自己的小说亦能是许多与自己同命运的人的"创口贴"。

《娇娜》的故事是这样的——"孔生雪笠，圣裔也。为人蕴藉，工诗。有执友令天台，寄函招之。生往，令适卒。落拓不得归，寓菩陀寺，佣为寺僧抄录。寺西百余步，有单先生第。先生故公子，以讼萧条，眷口寡，移而乡居，宅遂旷焉。一日，大雪崩腾，寂无行旅。偶过其门，一少年出，丰采甚都。见生，趋与为礼，略致慰问，即屈降临。生爱悦之，慨然从入。屋宇都不甚广，处处悉悬锦幕，壁上多古人书画。案头一册，签曰'琅嬛琐记'。翻阅一过，皆目所未睹。"

此段传达三个信息——第一，少年气质好，所谓"腹有诗书气自华"；第二，乃书香人家，且主人尚文艺而崇古；第三，少年所读格调异雅，连工诗的孔生也"目所未睹"。

少年热情好客，孔生乐于陪谈，有共同语言。两个喜读之人，对话不消数语，便知对方腹中知识的成色矣。

少年很同情他的遭遇，劝他设帐收徒。

孔生回答，像我这等落魄者，谁肯做我的学生呢？

少年便说，如果不嫌我质浅唐突，我愿拜您为师啊！

"生喜，不敢当师，请为友。"

进而了解到，少年一家非当地人，更非单氏子弟，只因单府久旷，而自家焚于野火，遂在那里暂借安顿。

当晚，二人谈笑甚欢，都以相识为幸，于是孔生就住下了，且与少年同床。

忽然，人家老父亲来了，"白发皤然，向生殷谢曰：'先生不弃顽儿，遂肯赐教。小子初学涂鸦，勿以友故，行辈视之也。'已而进锦衣一袭，貂帽、袜、履各一事"。

接着，设拜师宴，甚为重视。

"酒数行，叟兴辞，曳杖而去。餐讫，公子呈课业，类皆古文词，并无时艺。"

此处所言"时艺"，指科考必学内容耳。

问之，笑云："仆不思进取也。"

这话弦外有音，明写其对"进取"的态度，却隐含对科举的不以为然。

少年又曰："今夕尽欢，明日便不许矣。"

这话也有分教，证明了家风的严谨。

就是在此一晚，孔生见到了其家之婢香奴，颇怀爱意。

少年是聪明人，于是笑言："兄旷邈无家，我夙夜代筹久矣。行当为君谋一佳偶。"

孔生便说，但愿容貌如香奴般姣好。

少年说，您要求不高呀，那您的愿望太容易实现了！

这一片段，乃为娇娜的出现作铺垫，诚所谓以雉衬凤之笔法。

"时盛暑溽热，生胸间肿起如桃，一夜如碗，痛楚呻吟。"

"又数日，创剧，益绝食饮。"

少年及父，自是朝夕省视，着急上火的。

在此种情况之下，少年的妹妹娇娜走亲戚回来了，年约十三四，端的是天生丽质，如出水芙蓉、带露桃花，聪颖且稳重。陪归的，还有兄妹俩的姨表姐阿松。

娇娜善外科手术，于是刃落病除。

"公子最慧，过目成咏，二三月后，命笔警绝。"

孔生自见娇娜后，"悬想容辉，苦不自已。自是废卷痴坐，无复聊赖"。

为人师者，单恋上了学生的妹妹。

学生看在眼里，慰解道："我已经为老师物色到一位佳偶了。"

老师却说："不必了。"

"面壁吟曰：'曾经沧海难为水，除却巫山不是云。'……"

学生只得明告："家君仰慕鸿才，常欲附为婚姻。但只一少妹，齿太稚。有姨女阿松，年十八矣，颇不粗陋。"

前边提到《嘉平公子》一篇，讲一丽狐慕其世家子弟之名，主动委身，及发现其胸无点墨鄙而速去，且言："有媚如此，不如为娼。"这里，"家君仰慕鸿才"一句，再次证明了狐族欲嫁女的原则是很强的：一要人品好，二要才貌双全。不似人类，以攀龙附凤为荣，只要是大家子，人品如何，是否俗到骨子里的俗人，便都不考虑了。

人家妹子确实尚不到谈婚论嫁的年龄，孔生又不便预订，也就只有徒唤奈何了。及见了阿松，竟与娇娜之美不相伯仲，遂亦大悦矣。

于是，成如愿婿也。

情况忽有变故，"单公子解讼归，索宅甚急"。

学生一家必须迁离了。老师也即表姐夫愿从去，而学生劝之返乡。

老师因路途遥远，且无盘资，面有难色。

学生却说："勿虑，可即送君归。"

由师生关系而近亲了，"太公"以黄金百两相赠。对一般人，其数可至富也。

"公子以左右手与生夫妇相把握，嘱闭目勿视。飘然履空，但觉耳际风鸣，久之曰：'至矣。'启目，果见故里。始知公子非人。"

阿松确乎贤妻孝媳，"艳色贤名，声闻遐迩"。

后，我们的男主人公也中了进士，服了官政。不久却以迁直指，被罢了官。偕妻同返途中，偶遇学生，还有初恋人儿娇娜——实为单相思之美少女也。此时之娇娜，已嫁作人妇矣。久别重逢，双方自是互动感情。老师虽知学生一族非人，但已亲如一家，且已与学生成为思想知音了，自然那种亲反而尤胜人与人的关系。勿忘，当初学生可是说过"仆不思进取也"一语的。想那做了人家表姐夫的老师，此时回忆起来肯定欲说还久。狐类无功名心，只不过有成仙的追求。中了进士又怎样，做了大官又怎样？倘遇昏君当朝，奸臣霸道，若不趋炎附势，下场好的又有几人呢？这么一想，追求成仙，不是比角逐功名还明智些吗？

于是，老师就在学生也是亲戚家小住下了，为叙别情，为祛闷绪。

忽一日，学生"招一家俱入，罗拜堂上。生大骇，亟问。公子曰：'余非人类，狐也。今有雷霆之劫。君肯以身赴难，一门可望生全；不然，请抱子而行，无相累。'"。

"以身赴难"四字，重如泰山也，可谓"直教人生死相许"。

"生矢共生死。"——"矢"，同"誓"。

"乃使仗剑于门，嘱曰：'雷霆轰击，勿动也！'生如所教。"

接下来，所见所闻，所觉所感，恐怖非顶天立地之猛士所能坚持也。

"生目眩耳聋，屹不少动。忽于繁烟黑絮之中，见一鬼物，利喙长爪，自穴攫一人出，随烟直上。瞥睹衣履，念似娇娜。乃急跃离地，以剑击之，随手堕落。忽而崩雷暴裂，生仆，遂毙。"

当然，蒲松龄是不会让男主人公就这么一死了之的，那就成了悲剧故事了。蒲松龄笔下的爱情故事，无一悲剧。最终，真爱总是会有好结局的，善也总是会有善报的。用评论说法，是"给人以希望"；用时下说法，叫"具有正能量"。

不但娇娜获救了，而且狐一族都保住了性命。

勇哉孔雪笠！以一介书生之躯，挥剑斗狰狞之恶神，其泰山石敢当之举，胡不令人钦敬耶？

娇娜救活了他。

但，娇娜自己成了年轻寡妇，其夫吴郎家同日遭劫，一门俱没。

尾声——"同归之计遂决。生入城，勾当数日，遂连夜趣装。既归，以闲园寓公子，恒反关之；生及松娘至，始发扃。生与公子兄妹，棋酒谈宴,若一家然。小宦(其子)长成,貌韶秀,有狐意。出游都市,共知为狐儿也。"

"异史氏曰:'余于孔生,不羡其得艳妻,而羡其得腻友也。观其容可以忘饥,听其声可以解颐。得此良友,时一谈宴,则'色授魂与',尤胜于'颠倒衣裳'矣。"

窃以为,蒲松龄之"良友胜艳妻论",言不由衷也。"艳妻"已成事实,心中仍恋别美,遂有此议耳。

但,在此篇中,他的出世思想已露端倪矣。他的失意文人梦——家宅不必阔绰,够住就行;生活不必奢侈,丰衣足食可耳。漂亮之妻是必须有的,但这是起码的。若如愿以偿,最好还要多一靓友,并且若是初恋人儿,又有层至近的亲戚关系,随时便能见到,见到能无拘无束地相处,则美满了。不,似乎还缺什么。什么呢?对了——像娇娜的哥哥皇甫公子这样一位能与之进行男人和男人之间的高端思想交流的知音,也是少不得的。过哉,松龄!

如此文人之人生,谁又不想过上一生呢?

但,若非高官富贾,岂不是梦想吗?

然如此美梦,乃古时候一代又一代的科举场上连年落榜的文人们的共同梦想。美梦做过了也就做过了,做多了反而有碍身心健康。但将美梦写成小说给人看,因为体现了文学本身的吸引力,满足了欣赏愿望,于是另当别论,既可浇自己心中块垒,亦慰千万人精神苦情也。

孔雪笠者,全部《聊斋》故事中唯一有几分侠气概的书生人物也。

这是我也比较喜欢的方面。

《聊斋》中有一篇为《聂政》。

讲的是——某王侯称雄一方,"时行民间,窥有好女子,辄夺之"。

某生妻，为王所睹，命恶仆闯入家门，女子号泣不服，强掳而去。其夫隐聂政墓后，冀妻经过，得一遥诀。结果被发现了，遭毒打。"忽墓中一丈夫出，手握白刃，气象威猛，厉声曰：'我聂政也！良家女岂可强占！寄语无道王，若不改行，不日将抉其首！'众大骇，弃车而走。丈夫亦入墓中而没。"

聂政者，古之侠也。《史记》之《侠客列传》中载有其名。

书生而不能为官，不能为官所庇，倘亦非名胄世家子弟，遭恶势力欺凌之时便可悲可怜可叹，亦如芸芸众生也。

与这个文人相比，孔雪笠拯救狐一族时，如聂政也。

但，若他所面对的不是天上恶神，而是人间霸王，肯定再逞能也救不成了，结果只有白搭上自己的命。

恶官歹吏狠仆之凶恶，恶于凶神恶煞。——蒲松龄的笔，见缝插针地总是会暗道此点。

这是他的勇敢，也是他像孔雪笠一样可敬的一点。

《青凤》是蒲松龄自己也喜欢的一篇。

何以见得？

因为他在某一篇故事中，借人间未婚女子之口说"自幼喜读《青凤》"。

蒲松龄偏爱《青凤》哪几方面呢？

此篇虽名为《青凤》，其实对于女狐青凤的形象塑造并无特别值得点评之处。她也不过就是一只被爱的女狐罢了，由被爱后来被救。其幸运乃是，因她自己被爱，唯一的长辈也是监护人的叔父亦获救。同时，她们那一族狐从此有了安全的居所。她们被救的过程，不似孔雪笠救娇娜一族狐狸那么惊心动魄。对于深爱青凤的耿生耿去病，不过愿遂成之事耳。

实际上，比之于青凤，此篇在耿生身上的笔墨反而更多些，若将篇名改为《耿去病》，似乎更顺理成章一些。但也确乎的是，《青凤》比《耿去病》阴柔隽永也。

《聊斋》之爱情故事的写法，大抵是双重视角的结构法，也大抵从男性写起。作者用文字引导读者了解一男性，再由该男子从其视角引导读者看一女性。双重视角也不是多么难能的写法，恰是较普遍写法，与并行的写法及两者交织的写法、始终主观讲述的写法，同为小说之四种基本叙事法，古今中外惯用。

耿生，耿去病，乃大户人家从子即侄子，"狂放不羁"，然而腹中还是有些学问的。若无后一点作为资本，前一点与"二杆子"没区别了。

耿氏，"第宅弘阔。后凌夷，楼舍连互，半旷废之。因生怪异，堂门辄自开掩，家人恒中夜骇哗。耿（去病伯父）患之，移居别墅，留一老翁门焉。由此荒落益甚，或闻笑语歌吹声"。

去病则"嘱翁有所闻见，奔告之"。

某夜，又有情况了——"生欲入觇其异。止之，不听。门户素所习识，竟拔蒿蓬，曲折而入。登楼，殊无少异，穿楼而过，闻人语切切。潜窥之，见巨烛双烧，其明如昼。一叟儒冠南面坐，一媪相对，俱年四十余。东向一少年，可二十许；右一女郎，才及笄耳。酒胾满案，围坐笑语。

"生突入，笑呼曰：'有不速之客一人来！'

"群惊奔匿。

"独叟叱问：'谁何人入闺闼？'

"生曰：'此我家闺闼，君占之。旨酒自饮，不一邀主人，毋乃太吝？'

"叟审睇曰：'非主人也。'

"生曰：'我狂生耿去病，主人之从子耳。'

"叟致敬曰：'久仰山斗！'乃揖生入，便呼家人易馔。……"

人家那长者是"儒冠叟"，证明人家肚子里也是大有学问的。那么，"久仰山斗"四字，也证明人家除了他的狂放不羁，对他的文名亦早有所闻。否则，单凭主人从子身份，人家不会那么尊敬他、礼遇他的。

古时书生文人没名片，所谓文名，如第二生命也。

那耿去病亦不见外，人家一敬酒，不但擎杯便饮，还说："咱们两家分明就如一家嘛，一家人还避见个什么劲呢，将您全家都叫来呗。"

于是，人家先将儿子唤出来陪饮了，那雅公子乳名孝儿。

"生素豪，谈论风生（有才学垫底儿嘛），孝儿亦倜傥；倾吐间，雅相爱悦。"

正是，你说得出，我接得上，不至于冷场陷于牛琴之尴尬。一谈得拢，便结了兰义。去病二十一岁，长孝儿两岁，遂以兄弟论。

老狐问："听说贵祖上编过《涂山外传》，您也知其一二吗？"

生得意地回答："当然啰。"

老狐说："我们一族正是涂山苗裔呀，唐以后谱系尤能忆之，五代以上失传了。请垂教。"

去病略述涂山女助禹治水之功，"粉饰多词，妙绪泉涌"。——肚子里有货，口才也好。显然的，吃着人家的，喝着人家的，亦甚通趣，不无取悦之心。

难道他对那"涂山苗裔"之说法深信不疑吗？

才不是。

他早已猜到那是一窝子狐狸精了，但心中明镜儿似的，不置一词，只管说顺水推舟的话而已。

"叟大喜，谓子曰：'今幸得闻所未闻。公子亦非他人，可请阿母及青凤来共听之，亦令知我祖德也。'"

至此，写出了一位不但狂放不羁，而且襟怀坦荡，直面群狐无拘无惧，谈笑自若，一视同仁，以自己的平等、幽默尽量使狐族各位也轻松愉快的书生。

他的心性，肯定为蒲氏所喜欢无疑，也肯定有他在现实中所无法效仿的方面。蒲松龄的一生，因为心心念念从没真的放弃过对仕途的追求，其实言行谨束，活得挺抽巴也挺拧巴的。

耿去病身上，既有他自己的理想人格的影子，也有与他同病相怜的一大批文人的理想人格的影子。

我们读者阅至此处，也会蛮喜欢耿去病那种潇洒不伪的性格的。"去病"二字，意味深长也。

于是，青凤出现了。

生"审顾之，弱态生娇，秋波流慧，人间无其丽也"。

聊斋先生笔下之美女，写来写去总是那样一些文字，这是其修辞老套的一面。所幸，他写她们性格时，每能做到桃红柳绿，各有风姿，各美其美。

儒叟老狐为什么也要请出侄女呢？

因为她"颇慧，所闻见，辄记不忘，故唤令听之"。

"生瞻顾女郎，停睇不转。女觉之，俯其首。生隐蹑莲钩，女急敛足，亦无愠怒。"

"隐蹑莲钩"这一小动作，显然与前面耿去病的形象有些不合。

但依蒲氏想来，必属小节，而且完全可以理解——窈窕淑女狐，君子亦好逑。"食色性也"，天道允焉，人性容焉。狂放不羁如耿去病者倘见"人间无其丽"之美女而反应不异，那还是他吗？

果然，"生神志飞扬，不能自主，拍案曰：'得妇若此，南面王不易也！'媪见生渐醉，益狂，与女俱去。生失望，乃辞叟出。而心萦萦，不能忘情于青凤也"。

原来，他是有妇之夫，"归与妻谋，欲携家而居之，冀得一遇。妻不从，生乃自往，读于楼下"。"夜方凭几，一鬼披发入，面黑如漆，张目视生。生笑，染指研墨自涂，灼灼然相与对视。鬼惭而去。次夜更深，灭烛欲寝，闻楼后发扃，辟之闳然。生急起窥觇，则扉半启。俄闻履声细碎，有烛光自房中出。视之，则青凤也。骤见生，骇而却退，遽阖双扉。"

耿去病跪下哀求道："我不怕鬼不怕邪地搬到这种杂草丛生的地方住，还不是为了再见到你青凤一面吗？趁这会儿周边没人，你就是能让我握一下，我也死而无憾了呀！"

这话不但符合事实，也颇能打动女子之心。

那青凤则在门内说："这我知道的呀，但我叔父对我管得甚严，不敢与你发生爱情关系呀！"

耿去病说："我也没敢奢望肌肤之亲啊，仅让我好好欣赏一番你的美还不行吗？"

此时，再不开面儿的女子，也会心软的。何况，她对他也一见钟情，于是坠入爱河了。

她便开了门，将他拉了进去。

"生狂喜，拥而加诸膝。女曰：'幸有夙分，过此一夕，即相思无益矣。'问：'何故？'曰：'阿叔畏君狂，故化厉鬼以相吓，而君不动也。今已卜居他所，一家皆移什物赴新居。而妾留守，明日即发。'言已，欲去，云：'恐叔归。'生强止之，欲与为欢。"

谁都看得出来，人家青凤并未失去理智，而耿去病却不管不顾了。到了这份儿上，男人个个如此。何况他"病"已重焉，非达目的难"去"之矣。

"方持论间，叟掩入。女羞惧无以自容，俯首倚床，拈带不语。叟怒曰：'贱婢辱吾门户！不速去，鞭挞且从其后！'女低头急去，叟亦出。尾而听之，呵诟万端，闻青凤嘤嘤啜泣。生心意如割，大声曰：'罪在小生，与青凤何与？倘宥凤，刀锯铁钺，愿身受之！'"

一恢复了理性，耿去病又是耿去病了，亦复可爱矣。

"良久寂然，乃归寝。"

从此，宅院中再无异事异声了。

他叔叔听了他的经历，很同情他的相思之苦，以便宜的价格将宅院卖给他了。

"生喜，携家口而迁焉。居逾年，甚适，而未尝须臾忘凤也。"

故事至此即将结束，尾声简单圆满，一如姐妹篇那般令人愉快——耿生偶在城郊路上见猛犬逐狐，其一择荒逃去，另一只逃已不及，向生伏首哀救。耿生恻隐，抱起于怀。归宅至榻上，转眼变为青凤。正是：踏破铁鞋无觅处，得来全不费工夫。

那逃走的一只，乃青凤贴身丫鬟。青凤推断，其向她叔父、兄长的报告必是——青凤已丧命矣。那么，他们也就会当她不在了，他和她，便可自作主张——有情人终成眷属了。他虽有妻室，她却十分懂事，从不争名分。

又不久，青凤的哥哥深夜出现在耿生的书房，一见即跪，哀求耿生救他父亲。救法已很容易——明日某公子狩猎归时，猎物中必有一褐色老狐，要下即可。

联生与某公子有世交，那是一句话的事。耿生想到自己曾受那老狐呵斥，冷拒之。但也只不过是为了挽回面子，实际上却极为重视，第二天便将青凤她叔也救了。

如此一来，耿去病没费什么周章便成了一门子狐的大恩人。他很豪爽，开通，诚邀一门子狐久住他的别院中。

耿生嫡出子到了该识字的年龄，青凤她哥担任起了蒙学先生的角色。那狐大舅子亦饱学之狐，教的又上心又得法，使学童进步飞快，估计日后出息大了。

对于一个二十多岁的男人，还有比这更幸运的缘分吗？狐有狐招，从此日常生活之入项开销，也全不必他操心过问了。

聊斋先生没提到快乐不快乐的只有一人，便是耿妻。若她快乐着丈夫的快乐，那么便皆大欢喜了；倘偏想不开，也就只有随她独不乐也。耿去病本一狂生，嫁给狂生凡事须早有思想准备，我们也只有但愿她能往开了想了！

《婴宁》《娇娜》《小谢》《青凤》四篇故事之人物联系，或一书生爱上了一狐女；或二鬼女同时爱上了一书生；即使《娇娜》中的孔雪笠虽与两位狐女发生了感情，实际上也只能一为佳妻一为俊友，不能同时为鸾凤关系；似乎这种不能，在聊斋先生那儿是种遗憾，所以才有了《小谢》，使陶生不但得以实现左拥右抱的无憾之爱，而且二鬼女亦相亲相爱，如姐妹共嫁。不过，二鬼女毕竟属于同类，说到底还是一场人鬼恋。

某一书生，是否可能同时与一狐一鬼发展一场生死恋呢？

这在创作上也未免显得太任性了。

但蒲松龄的想象，仿佛偏爱朝任性的方面想入非非，而且创作之

"初心"越任性，结果反而越和谐美满，越理想化。这一点或可曰之为蒲氏关于爱情的"任性的理想主义"。

于是，我们作为读者，便又能从《聊斋》中读到《莲香》一篇了。

美狐莲香

莲香，是狐美女的名字。

她爱上的书生，姓桑，名晓，字子明。

她为什么就会爱上他呢？

因为他"少孤"——这样的书生，每令狐美女们心生同情，产生怜爱。女狐的母性，有时比人类更容易发扬光大。

"桑为人静穆自喜，日再出，就食东邻余时坚坐而已。"——也就是说，像书痴，彻夜苦读，天亮了，便到邻家蹭口饭吃。

这种典型的具有定力且行为规矩的书生，每引起狐美女的敬意。

"东邻生戏曰：'君独居，不畏鬼狐耶？'笑答曰：'丈夫何畏鬼狐？雄来吾有利剑，雌者尚当开门纳之。'……"

既说出这等豪言壮语，别人就要对他进行恶搞了——当夜，彼们用梯子帮一名妓女翻墙而过，并让其敲他窗。

他问："谁？"

妓女答："鬼也。"

"生大惧，齿震震有声。妓逡巡自去。邻生早至生斋，生诉所见，且告将归。邻生鼓掌曰：'何不开门纳之？'生顿悟其假，遂安居如初。"

某些话，由某些人口中说出，尽管是戏言，那也会引起大小事端的，所谓尴尬人难免尴尬事。

不久后的又一个午夜，有人再次以指弹扉。

桑生以为又是坏小子们捉弄自己。"启门延入，则倾国之姝。惊问所来，曰：'妾莲香，西家妓女。'埠上青楼故多，信之。"

既然又是坏小子们的故伎重演，桑生也就不端着斯文的架子了，那还客气个什么劲呢？何况对方并非鬼狐，不过是青楼女子而已，且是佳丽。

于是，"息烛登床，绸缪甚至。彼此，三五宿则一至"。

但这一位"倾国之姝"，真狐仙也。人家对他那句"雌者尚当开门纳之"的戏言，认了真了，慕名而来。

不论女鬼女狐，一向都是亲近书生文人的，而在《聊斋》中大抵如此。

"一夕，独坐凝思，一女子翩然入。生意其莲，承逆与语。觌面殊非，年仅十五六，媚袖垂髫，风流秀曼，行步之间，若还若往。"

烛光不亮，细看不是莲香。"大愕，疑为狐。女曰：'妾良家女，姓李氏。慕君高雅，幸能垂盼。'"

但凡是一个男人，听了那么一番表白，哪里还忍心拒绝她的投怀送抱呢？

"生喜，握其手，冷如冰，问：'何凉也？'曰：'幼质单寒，夜蒙霜露，那得不尔。'既而罗襦衿解，俨然处子。女曰：'妾为情缘，葳蕤之质，一朝失守。不嫌鄙陋，愿常侍枕席，房中得毋有人否？'生云：'无他，止一邻娼，顾不常至'。女曰：'当谨避之，妾不与院中人等，君秘勿泄。彼来我往，彼往我来可耳。'鸡鸣欲去，赠秀履一钩，曰：'此妾下体所着，弄之足寄思慕。然有人勿弄也！'……越夕无人，便出审玩。女飘忽至，遂相款昵。自此每出履，则女必应念而至。异而诘之。笑曰：'适当其时耳。'……"

对世间男子而言，艳福乃仙羡之福。因为人一成仙，便超脱了"食色性也"的人类俗欲，虽可长生不死，亦算有得有失吧。想那桑生，本也不过是凡夫俗子身，忽地桃花之运接踵而来，可谓艳福大大的，其幸运颠覆了"福无双至"的民间经验，其美事也照应了"祸不单行"的墨菲定律。

莲香已是狐也，自言是"良家女"者，实为早夭的李通判之鬼女。一狐一鬼黏他，即使都是出于"耍朋友"的好意，绝无危害之心，但对他那书生的小身板，终究是不利的。何况，单就人类而论，房事勤亦必至肾亏。没过多久，病态显现了。

"一夜莲来，惊曰：'郎何神气萧索？'生言：'不自觉。'莲便告别，相约十日。去后，李来恒无虚夕。问：'君情人何久不至？'因以相约告。李笑曰：'君视妾何如莲香美？'曰：'可称两绝，但莲卿肌肤温和。'李变色曰：'君所谓双美，对妾云尔。渠必月殿仙人，妾定不及。'因而不欢。"

那小女鬼居然还是醋坛子，须我们的桑生哄着爱，爱着哄。爱是考验爱心的累活儿，如此这般地爱着双美，够累的。

十日后莲香来了，起初还谈笑甚洽，及寝，大惊失色，审问道："身子掏空到这种地步了，敢说绝无第三者插足？"

桑生狡辩。

莲香数落他："我以神气验之，你的脉象拆拆如乱麻，这明明是鬼症嘛。你不说实话，我不跟你亲热了！"

莲香赌气而去。

次夜小女鬼来了，说你的莲香昨夜在时我偷看到她了，人间哪有那么漂亮的女子呢！我尾随之，发现她住在南山一个洞里，是只狐狸呀！

桑生认为她是出于妒意才那么说的，不信。

小女鬼再来时，莲香也偷看，惊走了对方。莲香对桑生说："你呀你呀，处境危险了！她果然是女鬼呀！你要是再不离她远点儿，小命不保了！"

桑生也以为她是出于妒意而诽谤。

第二夜，莲香带来了药，逼桑生服下。片刻，桑生便觉神清气爽。她夜夜与他同眠，却不行房，即使他强烈要求也没用。十几天后，桑生身体复原了。

她千叮咛万嘱咐地告诫他，绝不能再与那小女鬼有染了。

但是那小女鬼一至，桑生还是难以拒之榻下。

莲香再来，怒道："你真想找死吗？"

桑生说："你认为她是鬼，她还认为我之前生那场病，是由于被狐所祟造成的呢！"

莲香叹道："你执迷不悟，我也有口难辩了。一百天后，我再来看你那时怎样了吧！"

狐说鬼害人，鬼言狐乱性——对于桑生，孰狐孰鬼，他是都不信的。他倒也不是一个贪色不要命的主儿，而只不过是一介痴情书生而已。狐也罢，鬼也罢，既都对他一往情深，他也就哪一个的心都不愿伤害。在一夫多妻尚属常态的古代，不能非说他一心两爱是多么不道德吧。

两个月后，他真的病入膏肓了，每天只喝得下一碗邻生派仆人送给他的稀粥了。直至此时，他才起了疑心，对"良家女"说："吾悔不听莲香之言，以至于此。"

说完，昏过去了。

再睁开眼时，"良家女"已不在了，自是遂绝。

于是，他陷入了无人照料的可怜境况。

到了这时，每"羸卧空斋，思莲香如望岁"。

一日，朝思暮想的人儿来了。

莲香说："你已奄奄一息，我没法医救你了。但毕竟相爱了一场，是来告别的。"

桑生哭着说："是非已明，只能请求你的原谅了。我枕下有一样东西，烦你代我毁了吧！"

莲香刚一从枕下摸出那小女鬼的鞋子，小女鬼不由自主地现身了。见莲香在，想逃，被莲香堵住了门。桑生数落她，她愧无言答。莲香质问之，"即投地陨泣，乞垂怜救"。小女鬼的反应，证明她还没有什么鬼的能耐，自知在年长于自己且分明已经修炼出了某些狐道行的莲香面前是弱者，只有承担后果，接受惩罚的下场。

但小女鬼也非全然无话可说。

她如此为自己辩白："妾早夭，瘗于墙外。已死春蚕，遗丝未尽。与郎偕好，妾之愿也；致郎于死，良非素心。"——"瘗"，掩埋。

那么，自从桑生就读于此院中，她这小孤魂便似乎有了一位阳世的异性伴儿了。虽阴阳相碍，却可闻其声，可见其形，久而久之，自然便生鬼情也。何况，生曾有言"雌者尚当开门纳之"。而且呢，在阴间无友，或有亲人，也不知到哪里去寻，孤独无依，斗胆向阳间来获得温暖，似亦可谅解。

听了小女鬼的辩白和陈述，桑生不那么怨恨她了，莲香也起了恻隐之心。

此处有一个问题需要说清楚——按当下的常识，十五六尚是少女，十八岁可通婚，于是桑生的行为起码违背道德。若发生在当代，绝对是该判刑法办的。但在蒲松龄的那个时代，女子十六岁即可明媒正娶嫁作人妻了，故桑生与其发生性关系也不是男人品格多么大的污点。

莲香对她一恻隐，也像桑生一样不计前嫌了，反以长姐的资格对她谆谆教导起"房事须知"来。

莲香说："小妹妹，你脑子进水了呀！夜夜为之，人且不堪，何况鬼耶？你阴气那么重，做爱频频，不要了他的命才怪了呢！"

小女鬼反问："狐与人做爱不是也会害人吗？姐姐，你靠什么方法避免的呢？"

"莲曰：'是采补者流，妾非其类。故世有不害人之狐，断无不害人之鬼，以阴气盛也。'生闻其语，始知狐鬼皆真。幸习常见惯，颇不为害。"

于是，狐姐鬼妹接下来就该发扬人道主义精神了——救人要紧。

百日内，莲香采药于三山，物料早已备齐。再加上她是修成了仙丹的狐，以丹反复哺之，桑生性命保全矣。对于莲香，那如同武林中人以气功疗人，对自身的损耗也是很重的。故结论是，其对桑生的爱，是不惜做出牺牲的。

小女鬼所能做的，无非便是在接下来的日子里"每夕必至，给举奉殷勤"，如同小阿姨那般。她"视莲犹姊，莲亦深怜爱之。居三月，生健如初。李遂数夕不至；偶至，一望即去。相对时，亦悒悒不乐。莲常留与共寝，必不肯。生追出，提抱以归，身轻若刍灵。女不得遁，遂着衣偃卧，蜷其体不盈二尺。莲益怜之，阴使生狎抱之，而摇撼亦不得醒。生睡去，觉而索之，已杳"。

莲的狐体既于生无患，甚至还有些益处，二人自可仍以夫妻般关系处。之间夹一个小女鬼，明摆着她的娇小鬼躯阴气还盛，那两位实际上是不知拿她如何是好。但人、鬼、狐感情都很深了，岂能疏冷于她？她也懂人事了，有自知之明了，也有自尊了。

再后来，她不出现了。不论莲香或桑生，反复摆弄她的鞋也不灵验了。这使他俩不但思念她，也担忧她的安危。

此篇故事的后半部，几可谓随心所欲，胡编乱造矣。

先是，富户张姓有女燕儿，"年十五，不汗而死。终夜复苏"，自言通判女魂，感桑郎眷注，"遗鞋犹存彼处"。

这就是民间流言借尸还魂之说也。

张氏夫妇使仆寻访，果晤桑生，索鞋而归，以验女儿之言。那燕儿急试之，然足肥鞋窄，哪里穿得下去！这才揽镜自照，见镜中人其貌平平，大哭曰："当日形貌，颇堪自信，每见莲姐，犹增惭怍。今反若此，人不如鬼也！"

于是绝食七日，但求复死。未达目的，却恢复了鬼时俏丽。浴后盛装，拜见父母。睹者皆愕异，独父母不排斥，宠爱如前。

莲香听说此事后，鼓动桑生赶快将燕儿娶回，莫失良机。燕儿父母嫌他穷，不同意他娶，只接受他入赘。

他向莲香如实汇报，莲香说："你去做入赘婿，我跟去怎么解释呢？我是真心愿意成全你和她的，莫如我出局吧！"

桑生自然是绝不答应的。

他又去向张家声明自己是有妻子的，入赘绝对不行。张家父亲一听就火了，怒道："那我女儿嫁给你不就成了妾了吗？没门！"

无奈那燕儿却拽住桑生不放，自言为妾也心甘情愿，否则又不想活了。如此一来，她父母便无奈了，只得顺从。

迎娶之日，桑生出门时，一切准备草草而已。及与燕儿双归，则"罽毯贴地，百千笼烛，灿列如锦"——乃莲香以仙术布置也。而且，亲扶新妇入洞房，"搭面既揭，欢若生平"。

燕曰："尔日抑郁无聊，徒以身为异物，自觉形秽。别后愤不归墓，随风漾泊，每见生人则羡之。昼凭草木，夜则信足浮沉。偶至张家，见少女卧床上，近附之，未知遂能活也。"

"莲闻之，默默若有所思。"——此又言者无意，听者有心，一伏笔耳。

其后，一夫二妻，若三位一体，未知如何做到的。此世上最难和谐之关系，该篇的理想主义可谓任性至极矣。

再后来，莲香生宝宝了，产后一病不起。某日，"捉燕臂曰：'敢以孽种相累，吾儿即若儿。'燕泣下，姑慰藉之。为召巫医，辄却之。沉痼弥留，气如悬丝。生及燕儿皆哭。忽张目曰：'勿尔！子乐生，我乐死。如有缘，十年后可复得见。'言讫而卒。启衾将敛，尸化为狐。生不忍异视，厚葬之。子名狐儿，燕抚如己出。每清明，必抱儿哭诸其墓。后生举于乡，家渐裕。而燕苦不育，狐儿颇慧，然单弱多疾。燕每欲为生置媵"。

也就是说，燕儿不能受孕，狐儿又身体不佳，万一早殁，桑生无后也。为他传宗接代考虑，她总想为他再娶一个能生养的女子。

事有凑巧，偏偏某日有妪过门，携女求售。

"燕呼入。卒见，大惊曰：'莲姐复出耶！'生视之，真似，亦骇。问：'年几何？'答云：'十四。''聘金几何？'曰：'老身止此一块肉，但俾得所，妾亦得啖饭处，后日老朽不至委沟壑，足矣。'生优价而留之。燕握女手，入密室，撮其颔而笑曰：'汝识我否？'答言：'不识。'……燕屈指停思，莲死恰十有四载。又审视女，仪容态度，无一不神肖者。乃拍其顶而呼曰：'莲姐，莲姐！十年相见之约，当不欺吾！'女忽如梦醒，豁然曰：'咦！'熟视燕儿。生笑曰：'此似曾相识燕归来也。'女泫然曰：'是矣。……'"

一男二女，共话前生，悲喜交至。

而且呢，"燕儿还对桑生说：'妾与莲姐两世情好，不忍相离，宜令白骨同穴。'生从其言，启李冢得骸，舁归而合葬之。亲朋闻其异，吉服临穴，不期而会者数百人。"

如果此篇故事并非辑于《聊斋》，而是出现于当下的网络文学之中，我偶读定会贬之曰："庸俗不堪，胡编乱造若此，尚敢自诩文学乎？"

但作为《聊斋》中较长且情节曲折的一篇，我则不禁由而想了些问题。——尽管，我对此篇给出的分数很低。

第一，需要说明的是，此篇不是蒲松龄的原创，而是他从朋友那儿看到的。作为鬼狐故事的收集者，未见则已，既已见到，却不收入，对朋友无法解释。

第二，原作万余字，由他缩写为两千余字，足见其缩写能力十分了得，这是不由人不钦佩的。

第三，既为缩写版，删舍定有疏漏。如那桑生，究竟有何德何能，何才何艺，何种性格美或心灵美？读者从故事中一点儿也看不出来。那两位狐姐鬼妹仅凭其当初一句"雌来尚当开门纳之"的戏言，便都不弃不离地两世以爱他为幸事，甚欠合理性。而且，小女鬼初现时年方十五六，莲香再现时年龄仅有十四，想那桑生时年已三十五六矣，此种构思使我觉得作者似有恋少女之癖，深嫌之。但转而一想，若她们转化为人时的年龄为十八九，即使是十七八，那么，非为人妻，也必订下了亲事，将会使人物关系复杂得拉不开笔，于是便也释然了。

第四，此篇故事有着"以人为尊，以狐鬼为卑"的显然主题，而爱情之不悔、亲情之铭记反为副主题，而这不符合蒲松龄的宗旨。他苦心孜孜地编创《聊斋》，就是为了构思出一个狐鬼世界——在那里，狐有狐品，鬼有鬼格，普遍高于人世间之人格，所以他才不顾非议地颂狐赞鬼，附丽爱情之理想。正因为如此，才借"异史氏"之口质疑曰："嗟乎！死者而求其生，生者又求其死，天下所难得者，非人身哉（简直有振聋发聩之天问的意味）？奈何具此身者，往往而置之（类行尸走肉），遂至然而生不如狐，泯然而死不如鬼。"

实际上，这等于批判了此篇的原创主题。

并且，又王阮亭的一句评语："贤哉莲娘，巾帼中吾见亦罕，况狐耶！"

这就使主题从尊人而卑异类又扳回到了"不以类别论尊卑，单以人品格言美丑"的方面。

第五，莲香究竟有什么贤的呢？

其贤如下：

既爱之，便爱得有责任。其一而再再而三地告诫桑生，而桑生执迷不悟，甚而疑其妒，却仍以救其性命为己任。这是白娘子精神的继承，除了女权主义者，天下男子所共思得之女子也。须知，桑生的缺点，实为天下男子所共有之缺点也。

她有同情心，一见小女鬼那弱得可欺的小模样，未以分明的强势欺辱之，反而包容、呵护、教诲，进而怜惜有加。此女子最难能襟怀也。人类常言爱是绝对自私的，彼狐女以自己的表现颠覆了人类的思维。

她还有幽默感，如戏对小女鬼曰："恐郎强健，醋女娘子要食杨梅也。"

她对男人的先天缺点还能持"理解万岁"的可贵态度，从未因桑生思念那小女鬼而说三道四。

如果不是她的"高风亮节"，桑生也根本不可能将那附体而生的小女鬼娶回家来。

她从和谐之愿望处理一夫二妻的三角关系，遂使和谐不难。此万难之事不难，乃一颗好狐心为前提也。

从古至今，科举也罢，现代教育也罢，教育的主体理念无非两条：一曰"知识改变命运"，二曰为国家培养人才。只不过，知识的内容有所不同，渐而全然不同；国家内涵和人才内涵也大相径庭，所谓两股道上跑的车，驶往不同之方向。古代的读书种子，自幼所接受的是"修身，齐家，治国，平天下"的学习目的，概言之为"修齐治平"。但真的以将来"治国，平天下"为学习己任者，少之又少，绝大多数学子首先还是为了改变自身命运，或延续家族地位，所以才有"书中自有颜如玉，书中自有黄金屋"两句话，才有"出人头地""光宗耀祖"的"励志口号"。"出人头地"四字，本就出于科举选拔，若未中举，那就无论如何沾不上"出人头地"的边儿。正如当今之学子，升学道路上竞争惨烈，首先也都是为个人命运将来怎样而比拼。其实，书中并没有"颜如玉"也没有"黄金屋"在古代"学而优则仕"之后兑现。正如在当今，只有成为某业界的精英才真的算学有所成。

又，在古代，学而未获学名，概谓书生。《聊斋》中的男主人公们，大抵是书生。学成了秀才，才算跻身于"士林"了；中了举人，才算名列"后备干部"队伍了。

蒲松龄虽然早岁有文名，少年得志过，但科场却屡屡失意，七十岁之前都是秀才，七十岁以后才被"援例"为贡生。贡生，也就类似官方授予的"学者"，给予一定的"政府津贴"；而"援例"，其实具有"关照"的意思。

这样的一个人，"修身"尽管"修"就是了。但倘无皇家恩典性的"关照"，亦无祖业支撑，仅凭所谓才学，"齐家"也是不可能的。若希望他的笔下竟能一味写出洋洋洒洒的家国情怀的文章来，实属"站着说话不嫌腰疼"。

蒲松龄也曾有过"修齐治平"的理想吗？

或许吧。谁知道呢？无任何资料显示有或没有。

即使有，那理想所经历的，肯定也是产生了，受挫了，接连受挫了，一辈子受挫着；受挫一次萎缩一次，一次次地萎缩，先是失望于考场，继而对官场看透了，又继而连对自己所处的时代也不抱任何希望了，终至于对世道人心备感厌嫌。

但他那样一个人毕竟非同樵伯渔父、贩夫走卒或有几亩地可种的自耕农，若没一点儿理想，他是活不不去的。

故所以然，他那萎缩、萎缩再萎缩的理想主义，最终萎缩到男女爱情方面了，凝固，成核。即使在爱情方面，以他的眼看来，也不能从现实中寻找到多少可参照的依据，于是干脆寄理想于鬼狐而歌之颂之，使自己的理想表达在鬼狐身上体现为极其"任性"地发挥。

聂小倩、连琐与狐奶奶

《聂小倩》一篇，在《聊斋》中甚为特别。

小倩者，鬼女也。

而且，还是个有严重污点，甚至可以说有罪孽，但能幡然悔悟，以自我救赎之方式终成人之贤妻的美鬼。

她曾经的罪孽是——被诸恶鬼胁迫，以色迷人，以金诱人，同眠共枕之际，阴使锥刺男人足底，"彼即茫若迷，摄血以供妖饮；又惑以金，非金也，乃罗刹鬼骨，留之能截取人心肝。二者，凡以投时好耳"。

在故事中，她以此法害死了投宿寺中的主仆二人的性命。似此等罪孽，不可谓不重大也。虽属胁迫下所为，起码也应以从犯论之。

故事中有两位男子：一名宁采臣，书生，性慷爽，廉隅自重；一名燕赤霞，士人，是先于宁的寄宿客。二人一见如故，成为朋友。

一夜，宁"方将睡去，觉有人至寝所，急起审视，则北院女子也。

"惊问之。

"女曰：'月夜不寐，愿修燕好。'

"宁正客曰：'卿防物议，我畏人言，略一失足，廉耻道丧。'

"女曰：'夜无知者。'

"宁又咄之。

"女逡巡若复有词。

"宁叱：'速去！不然，当呼南舍生知。'

"（南舍生，燕赤霞也。）

"女惧，乃退。至户外忽返，以黄金一锭置褥上。

"宁掇掷庭墀，曰：'非义之物，污我橐橐！'

"女惭，出，拾金自言曰：'此汉当是铁石！'……"

比之于《莲香》中那桑生，宁采臣可敬多了。

是否他的不动心，乃因女子不美呢？

非也。前边已通过他者语交代了——"娘子端好似画中人，遮莫老身是男子，魂将也被摄去。"

蒲松龄笔下的书生型男主人公，大抵都有品格美点。这，也是他的理想主义的体现。

第二天晚上，女子又来了。

这次不是来骚扰的，是来报信的——再取宁生性命的，该是极凶恶的妖怪了。

她说："妾阅人多矣，未有刚肠如君者。君诚圣贤，妾不敢欺。"

问怎么才能避害呢？

女曰："与燕生同室可免。彼奇人也，妖不敢欺。"

临别，泣曰："妾堕玄海，求岸不得。郎君义气干云，必能拔生救苦。倘肯囊妾朽骨，归葬安宅，不啻再造。"

宁"毅然诺之"。——"毅然"，在此处有"一诺千斤""一言九鼎"之意。

可想而知，接下来的情节便是异人燕生之小剑自行出匣，凌空而巨大，灭了妖邪。宁生亦向有为世除害之念，愿从而学之。

燕生却说："如君信义刚直，可以为此。然君犹富贵中人，非此道中人也。"

宁生践行诺言，"托有妹葬此，发掘女骨，敛以衣衾，赁舟而归。宁斋临野，因营坟葬诸斋外。祭而祝曰：'怜卿孤魂，葬近蜗居，歌哭相闻，庶不见凌于雄鬼。一瓯浆水饮，殊不清旨，幸不为嫌。'"。——白话之意是，将你葬在我的书房外，离我近，彼此一见甚易，再有地下恶鬼欺凌你，我也好及时相救。

他说的并非大话，燕生赠其剑囊，凭之亦可降妖驱煞也。

"怜香惜玉"一词，体现于人类，有性之作用使然；体现于人对鬼，确可谓宅心宽厚也。

聂小倩由是现身。

她说："君信义，十死不足以报。请从归，拜识姑嫜，媵御无悔。"

宁生素坦荡，无疑惧，圆其厚，携归。

其实，他是有媳妇的，只是在重病中。

他娘听他据实讲罢，免不了担惊受怕。

小倩又说："儿实无二心。泉下人，既不见信于老母，请以兄事，依高堂，奉晨昏，如何？"

宁母亦善良人，不忍再拒。诚所谓有怎样的儿子，自有怎样的母亲。

从此，"朝旦朝母，捧匜沃盥，下堂操作，无不曲承母意"。

宁妻还是不幸过世了，小倩以女儿、妹妹身份担起了一切家事。

这期间，兄妹关系，未尝有丝毫僭越。小倩自幼喜诵经文，若陪宁读得稍晚，宁必促曰："斋中别无床寝，且兄妹亦宜远嫌。"

小倩便悄然退去。

宁母这时也喜欢她了，隐有纳意，然恐于子不利。

"倩微知之，因以告：'居年余，当知肝鬲。为不欲祸行人，故从郎君来。区区无他意，止以公子光明磊落，为天人所钦瞩。实欲依赞三数年，借博封诰，以光泉壤。'"

又言："子女惟天所授。郎君注福籍，有亢宗子三，不以鬼妻而遂夺也。"

由是皆大欢喜，宁家遂广而告之，择吉日使宁生与倩正式拜堂，结成续婚。

这故事的特别之处乃在于两点：

第一，小倩既未投胎转世，也未借尸还魂，乃受堪称君子的人类之一的正气感召，并在一户好人家明受人间烟火和日常生活的熏陶影响，直接祛尽阴气而变得与人无异。说明在蒲松龄的思想深处，高尚之人文营养既不但可以化人，且能化鬼。

第二，书生宁采臣身上附丽了蒲松龄对于书生、士子之好人格的由衷理想。所以，愿使笔下之宁生中进士，并使他的三个儿子后来也皆在士林有文名。就儿子之数而言，"三"在中国古代非不祥，乃"中庸"数，不多不少，意谓君子风范有传承。

当然，君子不君子，要以一贯的做人准则来证明。近当代之小说，若证明此点，作家须为笔下人物设计桩桩可信事例。事例在那儿摆着了，未言君子，亦君子也。在《聊斋》中，却每以寥寥数语先入为主地予以肯定，类似"某某是正派人""某某心地善良"的人物介绍，后来的实际也证明大抵局限于雌狐女鬼的态度而已。这便使其笔下的好书生、好士子们的"好"形象总体单薄、苍白。倒是《王六郎》中的男鬼六郎，因不忍以自己一命之生而使陌生的女子两命俱亡，便毅然放弃了投胎转世的光明机会——那大约比北京人盼自己终于轮到了一次车牌的概率还小，故能使读者过目难忘。

《连琐》一篇，与上篇有同格之处。

此篇中的女鬼颜值既高，且内秀充盈，棋琴诗画，样样皆通。伊与杨生，可谓以诗相识，以艺相投，于是雅相知也。

"玄夜凄风却倒吹，流萤惹草复沾帏。"——此乃连琐反复吟诵于郊夜荒野的两句诗。杨生不但每每聆听到了，而且不禁离开书斋，攀自家宅墙循声久望过，"悟其为鬼，然心向慕之"。隔得远，又是夜晚，仅能从身姿和衣着看出是女子，难辨颜容也。

那么，杨生"心向慕之"，完全是由诗而慕矣。

我少年时看由此故事改编的小人书，情节后来记不得了，然两句诗却印在记忆中了，五十几年不曾忘了。

那的确是两句好诗。"玄夜凄风"无高明处，"却倒吹"三字甚精当，特别一个"倒"字用得活，实为"乱风"之意也。不言"乱"而"乱风"之象扑面一般，修辞考究。"流萤惹草"四字中的"惹"字，古诗中"比"之一法妙理在焉。"复沾帏"三字是此法的延伸——萤虫在草丛中挑逗似的纷飞飘舞，之后仿佛发光的花絮附着在腰际佩带的香囊上。

"幽情苦绪何人见，翠袖单寒月上时。"——相较而言，杨生隔墙所续的两句诗，只能说尚过得去了，还算合乎情境而已。凡五言绝句，大抵两类：一类前两句佳，后两句则往往难以更佳；一类前两句平实，后两句尤见意韵，于是成名句。例如：

"两个黄鹂鸣翠柳，一行白鹭上青天"两句，除了对仗之工，此外没什么令人叹服之处；但"窗含西岭千秋雪，门泊东吴万里船"两句，对仗不仅更工整，诗怀也更开阔了。

《登鹳雀楼》亦然——"白日依山尽，黄河入海流"，视域虽也开阔，却只不过体现于纯粹写景；"欲穷千里目，更上一层楼"两句，则诗怀顿在焉。

张九龄的《望月怀远》属于前一类，由是"海上生明月，天涯共此时"成千古佳句，喜欢古体诗者人皆知之，但能将全诗背出的人却不是很多。王勃的《杜少府之任蜀州》则属后一类，能背出它的前四句的人是不多的，但"海内存知己，天涯若比邻。无为在歧路，儿女共沾巾"这后四句可就太出名了，与其他古诗词中的佳句共同成了影响国人心性千百年的诗性"语录"。

举以上例子，不是想证明"玄夜凄风却倒吹，流萤惹草复沾帏"两句诗有多么好，而是强调要续得好委实不易。那杨生隔墙续上了，证明他是有诗才的。当然，归根结底，证明蒲松龄是有诗才的。

因为他续上了，叫连琐的女鬼也就不揣冒昧地会晤他了。

她说："妾陇西人，随父流寓。十七岁暴疾殂谢，今二十余年矣。九泉荒野，孤寂如鹜。所吟，乃妾自作，以寄幽恨者。思久不属，蒙君代续，欢生泉壤。"

那么，男人女鬼，可谓诗为缘也。

一见面首先声明自己非人，其坦荡不逊磊落君子也。这与前边那些对自己"身份"起初总是讳莫如深的狐鬼丽人是很不同的，令人不由得心生敬意。

"杨欲与欢。"——杨生对她的爱心，显然包含了对她的诗才的钦佩，这也与前边的诸书生不同。彼们的迷恋，起初皆由狐鬼丽人的佳色使然。

"（连琐）蹙然曰：'夜台朽骨，不比生人，如有幽欢，促人寿数。妾不忍祸君子也。'"

于是，人鬼自此成诗友也。即使相互恋慕，也主要是精神层面的。

她不仅腹有诗才，且于棋琴书艺方面也当起了杨生的老师——"每与灯下为杨写书，字态端媚。又自选宫词百首，录诵之。使杨治棋枰，购琵琶。每夜教杨手谈，不则挑弄弦索"，而且喜欢演戏，"挑灯作剧，乐辄忘晓"。

在诗才和文艺的综合素质方面，分明的，连琐绝对在杨生之上，还不止高出一个层次。这也是与前边的故事不同的——在前边的故事中，书生们是狐鬼丽人的才艺导师。

由是我们看到，蒲松龄对其笔下的狐鬼丽人所寄托的理想主义的完美性，是在讲一个又一个关于她们的故事的过程中不断升级。

接下来的情节就简单了，类似好莱坞电影《吸血迷情》的《聊斋》版，无非连琐与杨生亲昵久了人气渐盈，再纳他一点儿精，吸他几滴血，

"自然而然"地由鬼是人了。这类似聂小倩由鬼而人的过程，也是思路的提升，摆脱了借尸还魂、投胎转世的俗套。大概连蒲松龄自己都感到了，若按那俗套再三再四地写来，读者必将由餍足而产生拒绝心理。

在《聊斋》全部的美狐故事中，我掩卷沉思的倒不是以上几篇，而是《王成》。此篇中的王成，原也是世家之子，却极懒惰。家门终致没落，"惟剩破屋数间，与妻卧牛衣中，交谪不堪"，"时盛夏燠热，村外故有周氏园，墙宇尽倾，惟存一亭，村人多寄宿其中，王亦在焉"。

那是人们图凉快的举措。某日早晨，人尽散也，王成于草间拾得金钗一枚，其上镌有小字"仪宾府制"。他祖上曾为衡府仪宾，"家中故物，多此款式"。沉思之际，有位老妪来寻找了。王成虽贫，却拾金不昧，从不贪小便宜。这证明，他是可以教育好的人。老妪极喜，说："钗值几何，先夫之遗泽也。"

再一问，她的故夫是"仪宾王柬之也"。

王成说："他是我爷爷呀！"

老妪惊讶了："那么，你是王柬之的孙子了？我是狐仙。百年前，与你爷爷很恩爱的。你爷爷死后，我隐居了。路过这里，丢了你爷爷当年给我的这定情之物。我和你百年后相见，看来是天意啊！"

王成从父母口中听说过爷爷当年有狐妻，信其言，邀临顾。

至其家，狐奶奶见那家也不像个家样，王妻更是面黄肌瘦、破衣烂衫，叹曰："唉，王柬之的孙子，怎么竟穷到这份儿上了！"

那王成倒也真诚得可爱，竟挽留狐奶奶住下。

狐奶奶说："汝妻犹不能存活！我在，仰屋而居，复何裨益？"

留下金钗，让那两口子先卖了买粮，约定三日后再来。

到第三天，果至，谓王曰："孙勿惰，宜操小生业，坐食乌可长也？"

王成说没本钱呀。

狐奶奶说："汝祖在时，金帛凭所取；我以世外人，无须是物，故未尝多取。积花粉之金四十两，至今犹存。久贮亦无所用，可将去悉以市葛，刻日赴都，可得微息。"

真是天可怜见，幸而巧遇了此位狐奶奶，不但给做生意的资本，还指点理财之道。

王成做生意一波三折，最终还是赚了一大笔。携金归里，狐奶奶"命置良田三百亩，起屋作器，居然世家。妪早起，使成督耕，妇督织；稍惰，辄呵之。夫妇相安，不敢有怨词。过三年，家益富。妪辞欲去。夫妇共挽之，至泣下。妪亦遂止。旭旦候之，已杳矣"。

我不解，为什么此篇竟无"异史氏曰"。

但那位狐奶奶在敝人心目中的形象，自少年时起一向高于众狐美人。她真可谓是爱情专一的一个极致的例子。人活不了她那么长久，人间便也断无比例。所爱之人一亡，人家了断情缘隐居了，百余年内再无情事，岂非令每每"地老天荒""海枯石烂"挂在嘴边的人类羞煞愧煞吗？想那王柬之，当年恋上了一只有修行心的雌狐狸，的的确确是对头的。人家不但于百余年后拯救了他们孙子的命运，也重振了他们王氏一族的门第，而且并非靠法术。我们都知道的，一旦靠法术，必损人利己。人家靠的是谆谆教导、诲人不倦，指引的是经商理财、勤劳持家的正路。功成身退，其德大焉。

敝人不由得有感而发，愿为柳泉居士补上几句"异史氏曰"，当是："感恩缘分，敬畏因果。爱之既深，责任重大，倘有寸草心，莫忘狐仙晖"。

《聊斋》中隐藏的历史真相

柳泉居士笔下的爱情故事，读一篇兴趣盎然，读两篇必生感想，读三篇遂觉大同小异，读四五篇后难免审美疲劳。其身后之编者、印者，深谙此点，便以其他内容间隔书中，以弱化雷同。

窃以为，在其故事方面，鞭挞假丑恶、直接抨击时弊的，现实意义更高一些，如《梦狼》。

又如《三朝元老》，如投枪匕首。虽短，却可见柳泉居士的"三观"思想，抄之——"某中堂，故明相也。曾降流寇，世论非之。老归林下，享堂落成，数人直宿其中。天明，见堂上一匾云：'三朝元老。'一联云：'一二三四五六七，孝悌忠信礼义廉。'不知何时所悬。怪之，不解其意。或测之云：'首句隐王八，次句隐无耻也。'"

此短文中之"流寇"，要么指李自成之"李家军"，要么影射清军、因正史中并无什么明相投靠了"李家军"或降了清军的记载。实际情况是，明朝的官员投靠"李家军"者少之又少，降了清军的却大有人在。故，影射的可能大。虽未必是自己编造的，但收入《聊斋》中，胆量不小。若被揭发检举，罪甚重也。盖当朝大臣而入伙真流寇，那不叫"降"，叫"助逆"。只有归顺了敌国或反军，才叫"降"。在士林和民间，尤以后一种行径为耻，曰"卖身求荣"。蒲松龄那个时代的汉族士子，心理上都是有点儿分裂的：一方面，他们鄙视"卖身求荣"的明朝大小官员；另一方面，天下既已由明而清了，但科举还在继续，他们也仍要百折不挠地挤在科举的羊肠小道上。正所谓，天下变，由它变；科举未变，士子们出人头地的梦就还要继续做下去。——五十步笑百步也。

《天宫》一篇，以玄幻般的笔法，揭露了豪门之内权贵者不但穷奢极欲而且荒淫无耻的生活——男渔民色，女以狡淫。凡成了彼们目标的男人、女人，不但会被掳为性奴，而且往往难免一死——遭杀人灭口之祸。2000 年前后，北京亦有类似"天宫"的地方，却偏要美其名曰什么"人间"，出入者，非显即贵。在那种地方，虽不至于以杀人灭口为寻常事，但荒淫无耻勾当之存在却千真万确。后因坊间民口广议汹汹，遂关闭。

《冤狱》一篇，现实意义也很强——以一冤案为例，引出对明知积案多多却不作为如习的地方官员的批评。此篇的特别之处在于——"异史氏曰"比故事的文字还多，仿佛奏折，也仿佛当今的提案，且抄片段与读者共欣赏："讼狱乃居官之首务，培阴骘，灭天理，皆在于此，不可不慎也……一人兴讼，则数农违时；一案既成，则十家荡产！岂故之细哉！余尝谓为官者，不滥受词讼，既是盛德……每见今之听讼者矣：一票既出，若故忘之。摄牒者入手未盈（嫌贿金少），不令消见官之票；承刑者润笔不饱，不肯悬听审之牌……宁知水火狱中，有无数冤魂，伸颈延息，以望拔救耶！……早结一日之案，而早安一日之生，有何大事，而顾奄奄堂上若死人，似恐溪壑之不遽饱（欲壑难填），而故假之以岁时也者！……深愿为官者，每投到时，略一审诘：当逐逐之，不当逐芟之。不过一濡毫，一动腕之间耳，便保全多少身家，培养多少元气。从政者曾不一念及于此，又何必桁杨刀锯能杀人哉！"

凡十二卷《聊斋》，《冤狱》之"异史氏曰"最长，蒲松龄怜民的拳拳之心昭然于字里行间也。

故敝人敢作如是之评——爱情故事，乃"聊斋"之"颜值"；狐鬼佳人，为"志异"之"丽质"；《梦狼》《冤狱》一类，方见才子书之魂魄耳；至于《荞中怪》《鹰虎神》等无稽杂篇，不过掩饰之文，随手而记，不走心的。

我辈今人读《聊斋》，可获以下两点史料性知识：

第一，卷中之狐鬼故事大抵发生于荒宅弃第之内，或虚为大院豪庭、雅舍华屋，实乃高冢乱坟之地也。汉字深奥，点在上为"家"，点在下为"冢"；上一点为人之居处，下一点为鬼之栖穴，即使故事发生于庵寺，亦大抵颓败矣。

难道仅仅是故事需要吗？

有这方面的原因，却非唯一原因。

另一个原因，那也未尝不是当时大半个中国的实况。

宋元明清四个朝代，狼烟频升，战乱从未久息。"战火"是近当代词汇，它所引起的火灾往往也因爆炸性武器所致，不完全是主观意图。当然，像日寇在中国城乡实行的"三光"政策，另当别论。在古时候，凡有战争，必生"兵燹"，而"兵燹"是兵们成心放的火。"燹"这个字很生动，大火一烧，猪都跑了。"兵燹"不断，被烧毁的家园甚多，以城郊所受危害为重。古时的官员，卸职后大抵是不得久居城内的；若居京都，非皇帝亲批不可。官员们识趣，皆不敢惹上那种是非。于是，以回老家为明智，武官叫"卸甲归田"，文官叫"衣锦还乡"。——郊区的深宅大院，多数是他们的恒产，或地主富商的祖业，暴发户的新第。一旦毁于"兵燹"，他们往往也就不要了，举家迁往别处再买地再雇人修建罢了，但那地盘仍属于他们。所谓"故第"，往往指的是地皮。地皮之上，徒剩残垣断壁耳。此等"故第"，每成落魄书生、逃难流民的暂栖之所，并是狐族的最爱。荒废的庵寺，大抵也是"兵燹"造成的。

说句玩笑话，幸亏那时达官显贵还为数不少，"兵燹"虽频，但"废第"也多，否则很多很多的穷书生和逃灾的难民找一处可以暂时栖身的地方将难而又难了，而成族的狐狸们也不容易寻找到理想的繁殖之处了。正是在"废第"和断了香火的破庵败寺之中，人与狐的关系自然而然地接近了。《遵化署狐》一篇，为我们提供了间接的佐证。

且抄前半篇如下："诸城丘公为遵化道。署中故多狐。最后一楼，绥绥者族而居之（一拨又一拨，来来去去），以为家。时出殃人（狐固不能吃人，然害鸡衔鸭，使人日子不宁而已），遣之益炽。官此者惟设牲祷之，无敢迕。丘公莅任，闻而怒之。狐亦畏公刚烈，化一妪告家人曰：'幸白大人：勿相仇。容我三日，将携细小避去。'公闻，亦默不言。次日，阅兵已，戒勿散，使尽扛诸营巨炮骤入，环楼千座并发。数仞之楼，顷刻摧为平地，革肉毛血，自天雨而下。但见浓尘毒雾之中，有白气一缕，冒烟冲空而去。众望之曰：'逃一狐矣。'而署中自此平安……"

其一，狐族并非嚣张至极，自愿退避别处起码算是做到了识时务，诚恳表达了和平解决的意愿。

其二，"细小"二字说明此狐族幼稚辈多，转移不易，三日期限非诳语。

其三，丘官员不厚道，阴存赶尽杀绝之冷酷心。

同时，我们也能看出文言叙事的一得一失——得之者，言简意赅，倘以白话写来，必失精练；失之者，每以形容之虚数代可信之实数。试想，一道台能押几多重火力耶？"千座并发"，夸张甚矣。倘以此文风记史，则必留疑柄于严谨史家者也。

此篇故事（大约还真有丘公其人）的结局，以丘公"由此罹难"而终。看来，他也不是一位多么清廉的官——两年后，派人带千两之银赴都，将图买官升职，不顺利，匿银于属下家窖。"忽有一叟指阙声屈，言妻子横被杀戮；又讦公克削军粮，夤缘当路，现顿某家，可以验证。"

其叟，即逃狐也。

所谓"丘公"，命运想来悲惨。否则，当不至以"罹难"二字言之。

灭族行径，实可谓深仇大恨，不论人狐，岂有忘而不报之理？

故"异史氏"曰："狐之祟人，可诛甚矣。然服而舍之，亦以全吾仁。公可云疾之亦甚者矣。抑使关西为此，岂百狐所能仇哉！"

意思是，倘果严重危害于人的狐狸，自然应予诛杀。但明明要迁往别处的狐族，当表现出该有的仁心，你赶尽杀绝为哪般？不论多么权威的人物，也不能视天下之狐皆为仇敌嘛！——这是含蓄的批评。因为批评对象乃"公"，是口碑也不算太恶的一位不小的官员，所以含蓄。此《聊斋》的一贯臧否原则。

若某些年间，战事不断，必哀鸿遍野，难民阻路，陟死者从，于是坟冢随处可见，时或连丘。那么，人与孤魂幽鬼的"交际"，似乎亦非偶发事件了。加之各地民间"鬼婚"习俗相当普遍——这也是中外古代全人类曾经的习俗，于是为《聊斋》的人鬼故事提供了信手拈来的素材。例如，《连琐》——连琐，"陇西人，随父流寓"，其坟便在杨生的宅墙外，故"玄夜凄风"之时咿吟至耳。

第二，我们通过《聊斋》故事可知道古代是没有什么房地产开发商的。从皇族到达官富贾，凡起高楼盖广厦，也不过是先请风水先生代之相好了一片地，买下，雇一批工匠营建。建成了，付了钱，工匠们就散了。房舍买卖，是连同地皮的。在中国，房地产开发商始于1980年代后期，也可谓之曰"三千年未有之巨变"的现象之一。倘大清伊始，一概土地便归国有，买房子只不过是买房子，并不包括地皮，那清朝肯定也会因此现象而朝运不同，而中国之近当代史亦肯定会多出了另外的变数吧！

《聊斋》中有些小故事，如古诗词中的"小令"，亦如当今之网上"段子"，吾爱其短小有趣。

如《吴令》一篇，讲吴县一位县官，在任期间，某月某日公巡，路见城乡县民为城隍过"寿节"。"居民敛资为会，辇游通衢；建诸旗幢，杂卤簿，森森部列，鼓吹行且作，阗阗咽咽然，一道相属也。"

奇而问。

民答："习以为俗，岁无敢懈。"

"公怒，指神面责之曰：'城隍实主一邑。如冥顽无灵，则淫昏之鬼，无足奉事；其有灵，则物力宜惜，何得以无益之费，耗民脂膏？'言已，曳神于地，笞之二十。从此习俗顿革。"

诚哉斯言！

为民所虑，不畏神惩，刚介若此，实一可敬县令耳。

后来，他不慎摔断了腿，"寻卒"。

事还没完，"人闻城隍祠中，公大声喧怒，似与神争，数日不止"。——他认为，我当众笞你城隍，我的做法有理；你靠神威使我早亡，算什么能耐？正义面前，人神平等，老子死了也不服你，你得给老子个说法！

可爱！可爱！

不知城隍给没给他什么说法，但当地百姓给了他一种说法——"吴人不忘公德，集群祝而解之，别建一祠祠公，声乃息"。

或者，也是城隍自知理亏，奈何不得恤民之官，于是给了百姓某种暗示。谁晓得呢？

由是，当地长期存在人鬼两祠。

又如《潍水狐》一篇，讲一狐翁，率族租某氏别第，出价不菲，且诚信有礼义，于是与业主交上了朋友，"自言为狐"。地主怕了，逢人便说。有钱的人家却不怕，反而好奇，"日结驷于门，愿纳交翁，翁无不伛偻接见（行下礼，极低调）"。

县令也希望与之结谊了，却屡拒不见。

这时，业主认为老狐着实可交了，不怕了，于是问他为什么。

老狐私语曰："彼前身为驴，今虽俨然民上，乃饮糟而亦醉者也。仆固异类，羞与为伍。"

"异史氏"曰："愿临民者，以驴为戒，而求耻于狐，则德日进矣。"

人"而求耻于狐，则德日进矣"。——此乃《聊斋》之著书动意一方面耳。

即使在现今的中国地理版图上，有狐的省份也仅占三分之一左右。狐的踪迹，大抵出没于东三省，河北、河南，以及西北陕甘宁和新疆四省（区）。在古代，东三省和西北四省（区）之汉民族不多，至南宋时期连河北、河南也被北方少数民族占领了，之后又经历了元、清两朝由蒙、满民族统治的朝代，故可以这样说，汉民族关于狐的传说，主要是受少数民族和自身文化之影响才逐渐形成的。两者相较，自身文化的影响更悠久。追溯起来，商代便产生了，便是被后世说书人以国之祸水的罪名钉在耻辱柱上的九尾狐狸精——妲己。但是直至唐代，在汉民族之间仍没有什么狐文化产生的。武则天虽曾被民间定性为"狐狸精"，因为她的乳名"媚娘"，同时年轻时颜值也媚，且善以女性伎俩讨皇上喜欢——这些女人特点，恰也是狐给人类的印象；但关于武则天是"狐"的民间流言，传播并不多么广泛，远不及妲己对汉民族的影响那么深刻久远。

狐文化在中国成为一种民间迷信，确乎至清方兴。满人入关后，用以形容对男人诱惑力强大的女子之"媚狐子"一语，遂也被汉民族所接受和应用。然而在中国诸民族中，关于狐可化人、祟人的迷信，几乎又为汉民族所独专。

为什么呢？

因为汉民族的文艺特别是文学之流最为丰富、发达，而这激发了汉民族的想象。

"禅"字为汉字所独有，"野狐禅"三字却始于清晚期，民国时盛行于文人之间，用以嘲讽假正派而实属异端的文化现象。细思忖之，"野狐禅"当为"禅"与"媚狐子"的语言杂交。

语言和文字对某种文化形成的作用，虽广泛于文学，却难以像文学那么深入人心而刻在民间的记忆中。但，其为文学现象所做的准备，功莫大焉。

前边已经写到——由于战事、自然灾害、城市化进程所导致，狐族与人类的接触面空前增多了，人狐相遇已不足为怪，几成常态，加之语言和文字的长期浸淫、潜移默化，为汉民族关于狐的想象力的发散做足了铺垫。

但毕竟在蒲松龄的《聊斋》成书之前，中国之狐文化尚不成气候。没有任何汉人，像蒲松龄一样，集中写出过那么多关于狐的故事，并且基本是从正面来写的。蒲松龄是狐的白金级粉丝，是坚定不移的、无怨无悔的挺狐派。他用他的笔，校正了中国人主要是汉民族对狐的妖精化印象（实际上，其他民族对狐并无什么危言耸听的迷信），相当成功地"建设性"地完成了一种"好狐狸"文化的奠基。

对于中国人，一概的关于野生动物的传说，迷信也罢，不迷信也罢，即使都可以谓之为文化，那也只不过都是止于民间传说层面的初级文化，其影响不能与狐文化的影响之大相提并论。

蒲松龄提升了狐文化在中国的档次，使这种文化在中国文学史上占据了公认的、绚丽多姿的地位。

那么，当然可以得出这样的结论——蒲氏不但是中国文言短篇小说成就卓然的大师，也是中国狐文化完全可冠"文化"二字的开山鼻祖。关于狐的文化，即使放眼世界来看，中国的狐文化也是无可匹敌的。

《红楼梦》人物的"狐性"

在中国文学史界，相当普遍的观点是——《红楼梦》或多或少必定受到了《金瓶梅》的影响。《金瓶梅》成书于明中期，写了一个亦商亦官，且家出贵妃、富甲一方的旺族从鼎盛到一朝树倒猢狲散的过程。如果算上被西门庆长期包养的"王六儿"，主要写了六个依附于权钱而生存的女子的命运；西门庆既是一个主宰她们命运的男人，也是权钱的化身。对于西门家族的凭色而争风吃醋的女人们，命运由权钱主宰或由有权有钱的男人主宰，基本上是一回事。西门家族的瓦解是由于当家人西门庆纵欲过度结果死亡而导致的；贾家是由掌门人贾政被罢官进而被抄家遂覆灭的。"眼见他起高楼，眼见他楼塌了"这一结构，两部小说是一脉相承的。西门家族的故事着重写了六个女子，大观园内的主要女性曰"十二钗"，也有类似之点。

撇开俗雅之品相及男女人物关系之最大区别不谈，两部小说写日常"生活流"的水平都是出色的。此点与以往之古典小说大相径庭，皆属《源氏物语》那种风格。当然，《源氏物语》那时还没译到中国，不可能对《金瓶梅》和《红楼梦》产生任何影响。但《金瓶梅》写日常的风格，影响了《红楼梦》当不存疑。因为,曹雪芹不可能没读过《金瓶梅》,读过而未受影响尤不可能。套用当下语,其影响可用一句话概括——"原来小说也可以这么写"。

《红楼梦》受没受到《聊斋》的影响呢?

许多人也许会认为,二者风马牛不相及,问题有点二。

然敝人重读《聊斋》,掩卷沉思之际,每联想到《红楼梦》中人物,狐、人形象重叠之感再三再四。

贾政反倒不使我觉得有丝毫的狐性。他在官场上拱升的欲望十分强烈,而狐们鄙薄此道。——贾政太是个人了!

焦大身上也没什么狐性,他也太是个人了!

贾母身上有狐性,是一只炼丹成功,早已修成正果,于是功德圆满的享受"狐福"的"老祖宗"狐。她似乎本性不恶,却也非属"老糊涂仙"。贾府大小之事,伊皆心中有数,只不过常睁只眼闭只眼装出置之度外的样子罢了。在钗黛之间宝玉究竟娶谁为妻这样的关于贾府接班人的头等大事上,她却是幕后主要推手之一。她是只极其成熟,阅人历事多多,该狡猾一下绝不犯二的"老雌狐"。其本性不恶一点,乃我所言之狐性在她身上体现为较正面的评价。

宝玉甚像狐世家子弟,彼们讨厌人对仕途的追求。被由狐而人的族亲们逼着往官场上推送,他的苦闷正在于此。仅就这一点而论,宝玉太不是人了!哪有是人而又生在大富大贵之家的青年,偏对功名不来劲的呢?说他的前身是什么,都不如说是狐对头。

黛玉身上也无狐性,却有鬼气,像极了《聊斋》中的聂小倩、小谢,幽怨气太重。此亦阴气也,无论男女,与之相处,受其感染,损寿也。我一向不太理解中国的男人们(多是文化人)对她的赞扬,觉得是病态的审美观。当然，她是贾府中令人同情、招人心疼的一个人儿，却也不过就是如此而已。女读者们论到黛玉时那种往往大动感情的评价，每十足表现出对情场失意的感同身受。据我看来，她们大抵才貌平平，而又自视甚高；往超凡脱俗的层次上评价黛玉，或能使她们疗自己同病相怜的疼，于是仿佛自己也超凡脱俗了似的。黛玉的人生问题恰恰是深囿于人的桎梏而难自拔也。她若有点狐性，对她反而是幸事了。蒲松龄笔下的好狐狸个个都比她想得开，活得洒脱。

宝钗身上是有狐性的。若她并不谆谆教导男人们要以追求功名为重，以我这样的男人看来，成为俊友是幸运，成为妻子是幸福。她的前身也许是只好狐狸，后来被贾政那样的人带坏了。

凤姐身上的狐性最明显，但是是喜欢掌控人的狡诈狐的那种狐性。她有使阴招的坏狐狸的习性，如对贾瑞。此种阴招，《婴宁》中的婴宁也使过一次，但有忏悔表现。凤姐不同，每暗自得意，并且她赠贾瑞镜子一情节在《红楼梦》中是一回目故事的主要情节。

湘云与婴宁有相似处，都有"憨"丽人的可爱之点。"憨"区别于"傻"，意近"思无邪"；"邪"亦非指男女事，而指不揣度他人心，故己心也常处阳光净明之状态。

妙玉有洁身自好之狐性。此等狐，属于狐族"精神贵族"，不与人交近，亦不拒人千里，和则和矣，不和亦不走心，即或在爱情方面，估计也是拿得起放得下的。在《聊斋》中，此等狐甚少，独《汾州狐》一极短篇所记之狐属此类。妙玉之出家，实与看破红尘无涉，洁身自好之天性使然也。

大观园中的丫鬟们，也似都有狐性特点。晴雯如烈性狐，其有节，如好狐狸之有尊严。袭人身上可见良妾狐心性，仿佛天生是要为某类书生全职服务的，如家政公司训练的高级女佣。评论家对于她这样的女子贬论多多——苛也，未免"站着说话不嫌腰疼"。毕竟宝玉非薛蟠，更非纨绔轻儇之名府子弟，袭人尽心尽意地服待于他，不可以天生奴骨一概而论，当以爱护好人视之。正如《聊斋》中的某些好狐狸，一旦判定某男人是值得爱护的，于是无怨无悔地相陪伴，为妻抑或为妾为婢，在她们那儿都不是个问题。何况，在大观园中，也只有宝玉一个男子值得温良之女性爱护，而袭人对宝玉的爱护实在也近于母性在少女身上的表现。

蒲松龄终究是男人，非中性人。他寄托于狐鬼身上的种种理想主义的美德，说到底是"男子中心"主义的，我们得原谅一位清代的男人无法超越这一历史的局限性。

相较而言，《红楼梦》在最大的程度上克服了这一点，却也不是完全摆脱。若要求男人写女人写到《简·爱》那样一种状态，基本上是不可能的。因为，女性之主体意识的觉醒，首先是女人最明白的事，由女人写来也最得当。

重读《聊斋》，竟觉一部《红楼梦》若再翻开定会狐气扑面——贾府一族的女性们，似乎个个的前身都是狐类。但我这么说，非贬评也，而是至高之佳评。

为什么呢？

是比较之结果。

与什么比较呢？

与时下之一轮轮热播不衰的所谓"后宫争斗"题材的电视剧相比较的结果。

某日，去某君家谈事，其妻其女分别在各自房间看那一类题材的电视剧——其妻从电脑上看，其作为中学生的女儿从手机上看。她们虽考虑到了别妨碍我们谈事，未将音量放大，但还是想不听到也根本不可能。

半小时内，女子哭啼悲号"皇上"之声不绝于耳，约二三十句之多，忽高忽低，忽泣日忽怨叫，聒噪甚也。那些台词，大体可归为数语，便是："皇上呀皇上，你怎么不一心一意地爱妾，竟比爱我还爱别人呀！这可叫我怎么再活下去，我恨呀！……"

于是，我虽在别人家里，却还是联想到了《聊斋》；在蒲松龄笔下，若男人移情别恋，有尊严的狐们是不哭不闹的，她们往往选择悄然遁去。当然，后宫女子，无论为妃为贵人，想要遁去是不可能的。但也不过就是皇帝对自己感情冷淡了，喜新厌旧了，非关性命，至于那等心机用尽、如丧考妣吗？

又想到了"异史氏"那句评语："问耻于狐，则德与日进矣！"

那类剧之俗不可耐，乃因从剧中一干女子身上连半点好狐狸的狐性都看不出来，煞费苦心所表现的无非是女性争风吃醋的能事阴招而已，且以特理解的态度予以表现。

由是又想到，未来国与国的"进步"比赛，某种程度上也是母亲与母亲的高下之分。一个国家看哪类电视剧的女性甚众，必然注定了怎样的母亲多，怎样的女儿多，怎样的子孙多。

中国之种将亚于狐耶？复退化于 21 世纪乎？

某日在车站，见周围几名少女各持手机盎然观看，一女叹曰："此宫斗剧，真乃心机秘籍大全矣，可视为人生成功学教材耳！"

众女皆回应曰："是也！是也！"

同行友人问我："做何感想？"

吾无语可言，暗思——彼们之事，与我何干？

垂首阅《聊斋》，继生一念：何不将种种杂感写出？

于是，成篇。

《聊斋》新编

犬　神

猹姓某男，当代人，中年。

余不敢以一人之狞恶，而使一姓之众受辱，故假其姓也。且狞恶之徒，有名毁名，无名也罢，以"猹"代之可耳。

猹天性残忍，自幼喜虐生命，有大快感；昆虫禽鸟，抑或小畜，倘被逮，每任性折磨，乐而不疲，以为极娱之事。若遭呵止，则心恨恨也，再虐尤甚。其恶难教诲，如上天蓄意播撒之坏人种。

数年前，忽起经营念，购门面房，开饭店。几易招牌，绝无长性。人以为其利可久，猹每言何足挂齿，朝思暮想速富之策。后定向于专厨狗肉，扩面积，再装修，雇名厨，聘美眉任侍应。举债颇多，然自信满满，意气风发，对妻誓言："三年后，本市富户，多吾家也！"

猹喜亲自持刀宰杀，步骤熟练：先以锤击犬头，昏后吊店前树上，活剥皮，命员工以手机摄过程，发网上。亦亮相于网上，宣传曰："活犬快烹，滋补高招，壮阳佳法。"又首创"子母羹"——选母犬及其幼犬之嫩肉部分，佐以冬虫夏草、西洋参、灵芝、海马、鹿鞭等温炖之。多数网民不忍视其杀生手段，谴责声浪汹汹。亦有铁心硬肠之吃货力挺之，遂食客盈门，迎送不暇，生意大隆。有关方面虽厌其恶，然禁止无法可依。

一日，猷剥罢犬皮，吸烟歇手之际，吊绳断，无皮之犬落而醒，带绳沿街奔窜，哀号不止。行人大怖，有掩目欲昏倒者。有关方面怒，禁其在店前公开宰杀，逆以"破坏治安"罪论处。

猷迁怒于犬，虽将宰杀过程转移至店院内，但其怒耿耿于怀，残忍变本加厉，方法之冷血尤甚前。其妻视为正常"工作"，益于生意，向不阻止，且每相助。

又一日，宰杀母犬之际，有临死小犬于笼中悲鸣不止。猷踢笼数次，使笼门忽开，小犬逃往街上。猷持刀追之。

恰一老僧出现，小犬力竭，瘫伏于地，悲鸣似求救，状甚堪怜。僧驻足弯腰，悯抱于怀。

猷追至，詈言蛮悍，迫僧弃犬。僧睹其裙血迹淋漓，刃粘毛肉，劝其一发恻隐。

猷冷笑曰："千元先入吾兜，不然纵天神于对面，亦妄想！"

僧解襟绊，纳小犬于怀，首尾皆蔽；后缩袖及时，指蘸别人家浣盆中水，俯身于砖地写两行字——"为救犬命，现场化缘"。遂当街盘膝而坐，微合二目，双手合十，口中喃喃诵经不止。

猷见其法相庄严，心有忌惮，未敢造次。

奇哉异也！时近盛夏正午，赤日炎炎，道砖上字迹竟不干褪。

驻足行人知遇高僧，纷纷放钱于地，相效慷慨。

僧忽开目曰："足矣！"

围观者未见其身稍动，则已屹然而立也，四面致礼谢罢，飘履而去。

猷急拾钱，快速点数，忽无兆而风起，刮走两币，其手所持，恰千元也。

猿诅曰："多事秃驴，不得好死！"悻悻返之。

僧救小犬归寺，慈爱复加。小犬依恋如母，纵讲佛事或闲步之时，须臾不离。或卧膝侧，或随足旁。僧每抱于怀，轻爱抚之。木鱼声中，众僧齐诵，经语绕梁，小犬竖耳聆听，其态全神贯注，似能悟。僧眠，亦伏腋下。僧不嫌之，喜搭手搂之。

一夜，有金甲神倏现榻前，披紫战袍，眉心多一目，所视射光，如电如炬，分明杨戬是也。僧急离榻，敬问圣君所来何由。神曰："吾哮天爱犬，功勋卓著，由玉帝钦点，列神籍矣。汝所救小犬，与吾有缘，吾即刻携它去，着意训之，以补爱犬之缺。"

僧曰："此大好事，老衲岂敢阻止，悉听尊便。"

神又曰："猿者，狞种也。吾当惩之，为所害犬申正义。"

僧曰："人啖犬肉，狃习久矣，不可以害论之。猿虽可憎，尚应救赎，敢代乞恕，以彰神恩。"

神厉曰："佛有佛戒，神有神威，不关汝事，无复多言。"——其袍骤拂，刹然顿杳。

僧猛醒，却是一梦。视腋下，小犬不见矣，所系铜铃遗榻上。

翌日，天将明时，猿如常剥活犬皮，吊犬忽化其儿，目眈眈直视，惨言："阿爸何残忍若此，疼杀儿也！"

猿极骇，失手落刃，直插足背。拔出，血流如注，哀叫连连。妻闻声至，未见异常，钩上所悬之犬，皮剥一半，喘息尚剧。

从此，每将"工作"，悬犬或化其儿，或变父母。但他人看来，一切如常。

妻欲送其入精神病院求医，猿暴怒不肯。

有戚信因果，言中邪，进策往寺中拜佛求僧，或可解。

猿嘿然依之。

其所见僧，恰老和尚也。

僧劝其关店、戒杀、捐慈善款，供二郎神像，以超孽海。

猿又怒，怼曰："吾所为，店家常务而已，何孽之有？民皆非僧，以食为天。肉市厨间，日日杀生，剖剁由人，烹炸任己，大快朵颐，享受津津。凡此种事，佛允神许，岂不谓天经地义乎？"

僧曰："差矣！人虽万灵之长，然不应堕为遍食万灵而心安理得之恶魔兽。上苍恩宠，教人种五谷杂粮、百类蔬果，且教人驯化三禽六畜，或代人劳役，或供人食肉蛋，尚难足口福矣！况凡水族，无不尽入人之胃肠，故当自明，有可食，亦有戒食也。犬，自古为人之忠友，戒食甚合人性。即若非食不可之人，亦应宰杀有度。缓慢至死，实为残杀。生剥活割，概属此例。宰杀，残杀，一字之别，人性或在或泯也。汝未闻古戏中有台词云：'要杀便杀，给我一个痛快'也乎？似汝行径，罪孽深矣！老僧观汝貌相，定有天生恶根，残杀成习，狞忍显然于面矣！头顶三尺有神明，佛眼睽注尔矣。拒进劝言，惩罚在即也！"

猿骂曰："秃驴！吾来烧香拜佛，捐款求签，乃为听宽心话，解幻象忧，非愿被尔当面羞辱恫吓也！若复多言，大耳光扇尔！就在今日，吾便将所囚之犬悉数吊起，依次活剥其皮。看那头顶三尺之神，端的能奈吾何！"

言讫，唾僧面，扬长而去。

归店，寻绳觅刀，却不见了犬们。原来，其妻甚觉不安，疑迁于犬，折价全卖之矣。猿因亏钱怒吼如雷，迫妻相随，驾车追上高速路。巧也，买犬者所驾笼车爆胎，停于匝道，正换轮耳。

猿亦停车，声言取消买卖。买犬者不依，与之呕呕理论。猿妻亦混账妇，为取悦猰，不秉公论事，反狐假虎威，与夫沆瀣一气，大要泼妇之悍，共欺对方孤身无援。

忽而异事发生，一犬自天降。夫妇二人认出，乃店中逃生小犬也。落地即变，须臾巨大如恐龙，利爪铮铮，排牙森森。

夫妇二人及买犬者皆惊慄如偶，不能稍动。

巨犬向笼低吠，笼门自开。众犬自笼中出，包围猰与妻，龇牙咧嘴，目露凶光。然未便扑，纷纷睃视巨犬，似待其许。

巨犬扬颈长啸，如狼，声有悲恨。哮罢，以爪按猰于地，咬撕一股下，甩头掷之，众犬争相食；又下一股，顷刻亦被食光，唯剩白骨。猰惨号甚怖，而巨犬随声变小，渐缩如当初，跃卧于猰家车头，观众犬分食猰之其余。

斯时猰妻及买犬者，已避于各自车内，隔窗颤望而已。虽频发动，轮不能转。

异之又异乃是——过往车辆，畅行无碍，仿佛匝道发生惨况无隔车见之者也。

猰被食光。地上血迹，亦被舔净。众犬或叼骷髅，或衔衣鞋及骨，与小犬聚为群。瞬间，化烟升空，成白云一朵，俄而消散。

是日猰失踪耳。公安介入，经年案不可破。买犬人失当时忆，一问三不知。猰妻疯矣，收在精神病院，终日惊骇万状，言所见似历历在目。医生护士皆以病话听之，每缚于床，使其无法躁动。

线索全无，遂成悬案。

老僧领养猰子，怜爱甚对小犬。着意授之以学业，且导悟经文。少年颇慧，其智日高于同龄郎。三载后，携云游，消息遂绝。

今之"异史氏"曰："人即为人，娱当有品，食亦讲德。盖国人之吃，泛而残忍之例，举世无双也。睹全球生灵，有国人不欲啖肉吸髓者乎？龙凤幸为传说，倘果存在，所谓'龙席凤宴'，早成国人所好也。吁哉愚也，人而贪口福若此，其灵智必受累，于是堕也！"

聂小倩别传

"富则任性。"——网络语也，诚哉斯言！

富者层级若干，如文艺现象，向有俗雅之分，由是追求另类也。

某人乃暴发"土豪"者，排行二，鼻肥厚，人送绰号"二犴"。富甲一县，喜炫财力，建富人庄园。每聚富友旦夜寻欢作乐；比车，比宅，比排场，比享受，比任性，自诩"人生五高度，高处赛神仙"，常言"无此'五比'资格，贱活如粪土耳"。

犴贯主张之享受，非常人所生之念。然于富友间，呼应成习。

忽一日，突发一想，以半百之龄，而思日饮人乳能尽足。时与友谈天说地，举座附和，皆曰："妙极！可操作也。"

友中一人略知《聊斋》，戏言："贵庄园偌许大，未必不令狐姬鬼妹羡。倘至，当开门以纳，既与床笫欢，亦可待其孕，肆饮其乳，定寿比南山！"

犴曰："此尤上上之想，但期狐姬鬼妹至，吾愿成真！"

又一友曰："若得小狐鬼多多，终日吵闹于庄园，且皆兄种，不厌聒噪耶？"

犴曰："吾将组小鬼狐团，命雌狐母鬼散以异术全国巡演，岂非别开财路？"

左右大笑，齐拍手，曰："高招！"

犴得意，命置酒席，陪酣饮，大快朵颐。杯盏交错间，荡语羞词，涉《聊斋》人物婴宁、青凤、连琐、聂小倩等，辱、乐无底线。

犴之所想，未以戏言而终。自忖狐鬼之乳难享，人母之乳易得也。专执一念，迫待事成。

盖人世间，有所好者，必有所奉者，无非"钱"字畅其行。

由是，日有数妇，皆初做母亲之女，经人引荐，前来售乳。犴视颜值如何，分价收购，颇不吝钱。遇容貌中意者，既收乳，亦要人。每于枕席间狎问："汝乃青凤耶？小倩耶？"

若获答，则纵笑傲言："有钱能使鬼推磨。狐献身，可证也！"

坊间巷里渐知其事，然以情愿交易，市场现象视之。虽恶其行，却无谴责言论。有关部门平素每受其贿，亦置若罔闻。

收乳既多，请老中医制延寿膏，调兑而冷储之。贴小标签，其上注"婴宁乳""青凤乳""小倩乳"等，或随时自享，或聚友共品，甚得如愿以偿之快意。

又自书对联一副：

上联：有钱实属吾命；

下联：无愁敢役鬼狐。

横批：何不可为。

一夕，有美妇自荐而至。犴悦其容，引入卧室，解襟观乳，形盈若玉。遂与欢，继而捧吮不释。方足，照例问："汝阿谁？"

108

女曰："我真小倩也。"

问："吾闻友言，《聊斋》之狐姬鬼妹，与人每自谓'妾'，今何答以'我'？"

女曰："人与人不同耳。狐鬼识人亦有分教，君子面前言'妾'，丑猎面前言'我'。"

犴凶相顿现，力劈其颊，骂曰："什么东西！逗尔玩，竟不识趣！未收钱耶？既收，供吾淫乐，交易耳！复敢放肆，削尔乳生啖之也！"

骂未休，忽觉气浪如山，冲击竟至壁前。

骇然之际，女亦至对面，柳眉倒竖，杏眼圆睁，怒斥曰："丑类辱我狐鬼姐妹久矣，本欲亲自教诲而已。然汝之俗劣，殊不可变。倘留汝于世，玷污人间也。今代姐妹除汝，铲人间腌臜事也！"

犴始觉怖，慌乱欲逃，但见女乳骤巨，刹那如玉山之倾，似冰崖抵面，压迫喘息。唯转目四睃而已，又见偌大豪室，渐膨满矣。耳畔则闻裂碎声不绝，分明一概或石或木家具，皆挤散而毁之矣。

天明，雇佣诧其迟现，推门，自内反锁。破窗入，皆呆如偶——凡室内物什，不计大小，悉数成片耳。床橱桌椅之类，亦薄如板。最薄者，若纸叠。细寻犴而终见，小至二尺，压入壁矣。体似裸婴，尚活，亦能言。

问所历。

泣云仅一语："小倩开恩，适才不死。"

轻拉硬拽，未能出也。招工匠至，以专业之法凿周身壁，其貌随凿随变，及下，头脸亦如婴也，鼻仍肥大，哇哇啼哭不止。一人急捧秘调人乳喂之，拒食。换牛乳再喂，方缩腮贪吮。

子继其富，畏父之事累己，售庄园，埋储乳于人不知处，从此低调行事，正派经营，家业未衰反兴。

子亦孝，雇保姆抚育乃父，如多一子。及三岁，与孙同入托。龄小于孙，呼为兄，诲而难改。子与媳无可奈之何。妻本厌犴当年放荡行径，因其变而犹嫌之，避不见。偶遇，则戳额拧耳训曰："自作自受，活该耳也！鬼女令尔逆活，便吃够奶乎？"

彼黯然动容，似有所忆。及学，智力日显愚也。

其媳每愁叹："本是公公，竟成吾子！似这等笨孩儿，长大定败家种也！"

今之"异史氏"曰："富则富矣，何必因富而任性至荒唐？凡荒唐事，必至荒诞之果也。然小倩恻隐，未夺其命，实可谓临时一仁念也！"

狐惩淫

某官，权倾一方，今古不详。坊间或言为当代人，或言古之官场丑类，曾嚱议纷纷，莫衷一是。

某官深谙所谓仕途"潜规则"，擅伪作，有奉上"天赋"，阿谀诌媚，不显山水。人格分裂既久，遂成习惯，渐变常态。每正襟危坐于台上，大言不惭，严以律己之词，连篇成套，夸夸其谈，尤喜训诲下属，仿佛正气浩然，如三娘教子，不由人不肃然起敬心。背地里，却属"下三烂"者流也，贪赃受贿，蟒口吞张；吃喝求奢，嫖赌无耻，丑态百出，难以言表，尤喜渔色，纵欲变态。

一年，某官五十岁矣。竟迷信"采阴补阳"之法，拟订计划，两年内必淫百少女，以为若长命百岁，非实行不可。寻租其权力者，赖以提拔者，无不投其所好，暗觅穷家少女，诱以钱财，阴荐之。

适有山区农女小俊，年方十六，姿容姣好。幼失母，父患癌，希延父命，违心成交。然终非所愿，临事前夕，至夜独卧，不免伤心，嘤嘤而泣。

忽一丽人入，着古装，劝止悲，愿代往。

俊疑为梦。

丽人曰："非梦也。忘五年前救狐之德乎？"

俊始忆起，当年邻人套获一蓝狐，知皮甚昂，决意勒死，剥而售。俊怜放之，致使其父举债赔偿，家愈贫。

丽人继曰："勿疑，亦勿惧。实相告，姐名婴宁，修炼数百年之狐仙也。当年事乃运中一劫，不然铁索钢夹难为害也。幸小妹使我逃脱，否则一命呜呼，数百年修炼付东流矣。救命之恩，岂可不报？姐铭记未忘，今能如愿耳。"

俊觉兹事涉贞，愧由别人代耻。

婴宁笑曰："人以为耻，狐亦同感。然姐既修炼数百年，自有对策，当无虑。"

翌夕，俊依婴宁所言，避去。皮条人至，婴坦然随行。

某见婴宁，大喜过望。几度宣淫，直至身软如泥。

及明，婴不知何时遁也。觉疼而坐，见掌许大鳖含其根，骇而惑。掰鳖嘴，使蛮力而未开。且愈掰之，鳖愈大也，咬愈紧也，疼愈甚也，似手铐。片刻，鳖大如团扇矣。

某怖至极，捧离床，寻刀在手，欲斩头。刃方触颈，鳖化石矣，若重量级铅饼。

某无措，不顾羞耻，以手机召家人。其妻其子惶至，然亦穷技。妻架臂，子代捧石鳖，使入车，至医院，挂急诊。

医生惑事奇异，某嗫嚅讳言。遂以伽马刀断石鳖颈，复以激光碎鳖头。其根虽得脱，然伤矣，废矣。

由是，仕途终结，官场除名，一干罪名坐实，成囚徒耳。

今之"异史氏"曰："噫！勿论古今，'下三烂'而服官政者，终为少数。然一旦为官，伪正两面，浑然一身者，多乎哉？寡乎哉？官场清风，倘不去伪存正，何别于缘木求鱼乎？"

异邦奇谈

　　澳大利亚某市近郊，风光旖旎。十余年前，地价忽飙，富豪纷至，竞赛似也，动辄轻掷千百万美金；筑高墙，立庄门，修深庭阔院，建大宅华屋，或欧式，或日式中式，皆气派恢恢。——十之八九，吾国人也。

　　然诸门鲜见出入者，偶现，女多男少。女子无不摩登时髦，现代贵族范儿甚足；男子则个个行止矜傲，似非国内等闲人物。每有疑似保镖之不离左右者，放足未远即归，分明不愿见睹于人。若豪车驶出，必属旅游举动也。

　　有盗一伙，侦悉某院主仆皆不在，光天化日下，驾巨型卡车至，以高超手段使门开，入而搬掠一概力所能及之物，举接车上，扬长而去。睹之者以为搬家，不诧怪。

　　主人归，未报案。

　　经半载，主人携仆佣归国，宅院又无人留居。数盗觉主人懦弱，故伎重演，复得手。彼们行径，却已引起当地警方睽注，悉数捉拿，皆招供。

　　及主人归，警员登门核实情况，主人云"不起诉，愿私了"。

　　警方甚惑，悟有所避隐。然无奈，怫而释之。主人使当地华裔有影响力者出面召集众盗，代宴之，席间云："实非畏。区区小事，不愿生流言耳。若识趣，勿复相扰。倘再，彼等有人间蒸发之虑也。"并转赠美金各两万，戏言"压惊钱"。众盗得"封口费"，皆信誓旦旦，指天画地，绝不声张。遂明主人有潜大威势，且获钱欢喜，果不违誓。

后"红通令"出，彼处人心惶惶，各门户出入男女频繁，不宁气氛大异以往。

一夕，被盗豪宅之男主人忽现。

女主人诧问："何来之祟祟，不预先通知，命司机相接，而独乘的士？"

男反问："未看近日报耶？"

女曰："遵嘱，不订报久矣。"

男曰："勿声张，吾遭通缉也。手机信息，迅而广。虽无报，佣仆亦必皆知耳！"

女顿失语，抖瑟难立，俄而嘤泣。

男抚慰曰："吾尚有易名护照在，晨当同避别国，谅天不绝人也！"

二人所言，不期被女佣隐闻之，告相好者。片刻，一概杂役，皆知也。至夜，先后悄遁，未遗一人。所能随带物件，悉数掠尽；更有甚者，对面互夺。男女主人唯默视耳，不敢稍置阻词。

夜深时，庭中宅内，仅男女主人矣。相向恓惶，悸不能眠，坐待窗明。

至晨，二人方欲匆去，墙外警笛骤起，门铃声犬吠声不绝于耳。

二人相拥，怵立庭中，走投无路。

扩音之语越墙，先中文后英文复又中文，云"拒捕愚蠢，受缚明智"。

二人遂瘫坐于地。

奇哉异也！一老叟倏立眼前，曰可相救。

男骇问叟何人？救何图？

叟曰："无图，报恩耳。"

男问："何恩之有？"

叟以袖遮面，迅一转首之际，变袋鼠头矣；首再一转，复为叟面，幻化如川剧之变脸。

女悟曰："知也！尊老袋鼠神乎？"

叟曰："神不敢当，然相救真有术也。"

先是，数年前，女驾车出游，见小袋鼠被前车撞伤，卧于途，不能稍移，命悬一线。怜之，抱车上，送往兽医院。抢救后带归，精心喂养，呵护有加。及能跳跃，亲自驾车，送放原野……

女述罢，男磕头，连连有声，哀乞速救。

叟曰："唯一法，若愿变我同类，易如反掌。"

女怔而结舌，再怫然曰："瑞士银行数十亿美元，岂非无意义耳？"

叟曰："转眼将成铁窗囚，且必身败名裂。审判之耻，亦难逃脱。斯时再多美元，可抵刑乎？有意义耶？"

男亦语塞。

女问："倘变，有天敌乎？"

叟曰："有，无非澳洲野狗。然我族系大群体，融而不擅离，可相保护。"

男问："亦可再变人乎？"

叟沉吟未及答，众警员破门入矣。荷枪实弹，形成包围。警犬跃跃，狗吠跳跶，似能断索。

女大怖，顾男曰："迟豫将成悔也！"

男始决绝而怆呼："罢！罢！但请行术！"

女亦曰："甘愿！甘愿！"

叟点二人额，曰："变！"

众目睽睽之际，三人皆异变也。各自衣履，自行委地。

警员面面相觑，呆若组偶。

犬愈怒，脱牵拽，凶扑之。

叟所化巨躯袋鼠不惧，后足力踹，三犬哀号翻滚，于是冲开包围，夺门而出。二袋鼠紧随其后，逃之夭夭……

由是传说四起，源归"一在场警官"。警方及时声明，斥云"妖言惑众"；该警官亦公开认错，自谓"酒后醉语"。不可止，传愈甚。

或云：曾见一袋鼠颈坠镶珠宝首饰，似价值昂贵；另一同类跃其旁，蹄挂瑞士名表。二袋鼠活动于一大群中……

或云：农场儿童得瑞士表于袋鼠骨架旁，皮肉遭野狗饱食殆尽，而其表估值百万美金以上……

继后，贪财者或单干，或结伴，背枪荷弹，骑马引犬，巡猎于原野，皆欲获镶珠宝首饰。虽嘲啁之声嗤之，仍个个志在必得……

怪　猪

东北某县某村，有王姓者，家窘。屡图致富，命乖运舛。天时地利人和，虔祷而终不惠。三番挫折，五次倾败，赔资荡产，愈贫。心怏怏将泯未泯，意灰灰将灭未灭。

王性多疑。功倍成半则瞻前动摇，否极泰来偏虑后不举。村人嘲而叹曰："似尔朝三暮四，兴兴废废，妄想巨财，不屑小利，岂非该穷？"且明嫉暗妒，常油煎面人，或烛焚恶符，咒张三罗祸，企李四暴亡。张三李四，家业盛旺发达耳。并于更深夜静，跪祈神鬼，降熊熊天火，将全村尽吞之。男女叟孺皆不赦，独庇其家。禽畜钱物概不损，巨细敛之。神鬼不灵，天火未降，贫富依旧，无可奈何。唯悻悻然、郁郁然、怅怅然而已。

王饲猪婆，某日产仔。其一双头八脚，双头耳眼齐全，赘脚生出背上。丑怪异极，触目惊心。村人奔走相告，纷至沓来，眈眈围观。王恶其不吉，欲掼毙之。一后生惊呼："勿！此大新闻也。告之报界，必予登载！"王沉吟良久，莫知作何思忖，忽喜上眉梢，促曰："速去！如斯言，定酬谢！"后生疾往。

王注清水盈盆，柔揽怪猪于怀，以面巾轻拭黏秽，似亲娘洗涤初婴。

117

换水六遭，绞巾八遍，擦至通体洁净，嫩皮晶莹，呈新藕色，方肯罢休。笑逐颜开，自语曰："乃吾乖乖！"怜爱之状，难胜描述。复将一弱仔从猪婆乳下拎拽而下，旁掷不顾，捧怪猪凑于乳前，导嘴衔之。观其吮咂，臂酸而不厌其烦，"乖乖"未绝于口。圈内粪臭扑鼻，麻蝇嗡嗡，自得其乐。

唤妻至，教呵斥村人，峻色道："凡欲一睹为快者，每人每次收费五角。再睹再收，远亲近戚概不例外！"妻畏其暴，诺诺连声。村人愤其刁俗，不逐尽去。

王谓妻曰："财神开眼，吾家发矣！"妻亦鄙之，忍隐诮词，任其自娱。王留恋圈内。至午，三呼乃用饭，雀食而弃箸。复归圈内。

晚，后生果搬一记者来，撩襟拭汗，自表功劳："奔行未敢稍停，唯恐怪胎猝死。"索谢十元。王怒瞪之曰："此乃神种，何谓怪胎？嫉吾蒙幸，咒其死焉？"后生揖罪不迭，堆笑频索。王曰："本当酬尔，但尔恶语相咒，'乖乖'已受作践。一酬一罚，两相抵消。吾不怪尔，可许尔免费小瞥'乖乖'数秒。休得唵！"后生见其赖酬，顿足诟骂。王佯佯不睬，后生悻悻去。

记者请王允入。王探臂栅外曰："给钱。"问："何钱？"曰："入院费。"问："几钱？"曰："君特殊人也。加三倍，一元五。"记者出示证件，辩驳："真记者，非冒充。参观采访，理应优待。此新闻法规，尔不闻乎？"王从容曰："闻则闻矣，但远亲近戚概不例外。此吾自定原则，望多关照，莫相逼难。"肃严之态，令人倾倒。

记者啼笑皆非。王殷殷期待，竟像宽厚长者，劝诲诡诈儿童。记者反觉尴尬，嘿然付钱。王不卑不亢，矜持收受，掖入袋里，终于开扉，颇怀敬意，亲让院中。

　　王陪记者同踱圈前。圈内业搭盖小棚，草帘周蔽。记者请王揭帘一睹，王复伸手曰："给钱！"记者讶然："适才给矣，何健忘若此？"王微笑曰："适才入院费，此刻观赏费。"

　　记者不悦，责其贪婪。

　　王曰："君差矣。不闻故宫，宫中有宫，凡入一宫，另购票耶？"

　　记者无奈，问："几钱？"

　　曰："三元。"

　　惊叫："吾闻大观园，参观者仅付二元而已！"

　　曰："大观园中林黛玉，无非一美人儿，电视中便可一睹芳容玉貌。吾双头八脚神猪，虽活百岁而难逢之事，况于君有新闻价值，非寻常参观可比，仅多索一元，吾亏死也！"记者嘿然又付。

　　王半启草帘。记者令全启，擎相机欲拍。王横胸挡镜头前，曰："可观而不可摄！"记者大惑："不可摄，何劳人请吾？"曰："摄亦交钱。次数计算，一次五元。"

　　记者恼，怫然便走。至院扉前，犹豫不出。复返，抑怒而付钱。

　　王一旁双目紧盯，竟不一眨。快门拨动三次，得十五元于数秒内。记者去后，王示钱于妻道："吾谓财神开眼，非骗语耳！"

　　隔日，消息载于小报。见报前来猎奇者，络绎不绝，日计二三百人。县城闲汉散女，不辞途远，乘车而至，尤助其盛。

　　王家自始热闹。王迫其妻翔立院扉内侧，依次收钱。又辟后门，便于疏走。王自守于圈前，二度索钞。间或捧怪猪把玩掌上，溺宠怀中，唤"乖乖"如嬉爱儿，以挑观者兴。八九日内，收入两千。怪猪时已开眼，四日顾盼，双头同转，八脚踢蹬，颠倒能立，丑状百端。王加价，观者不减。

王倍爱之，由爱生敬，进而至于崇拜。暗思己曾妒人，恐人亦妒己，投毒纵火，害死怪猪，断其财路。惕惕之心，夜夜机警，寝眠难安。一日，不与妻言，自作主张，腾空卧房，将猪婆怪仔移置炕上，铺软被二层。移置之际，燃香叩拜，神明有灵，虔诚可鉴。日数饲，进以粳米稀粥，佐以银耳，拌以鱼松，颇肯破费。又请善书法者书一横匾，赫赫然"圣麒麟舍"四字，镶于框中，悬门楣上。

本县西南一山，鸟类繁多，常年栖息。时值国际爱鸟年，有美籍博士、鸟类专家华西顿先生，居山考察。见报所载，亦奇，驱小轿车前来观赏。王受宠若惊，百般殷勤，诚惶诚恐，然钱照索。洋博士给以洋钱，王生平见所未见，如获元宝。

于是又请善书法者，以楷书题记"×年×月×日，美国专家华西顿博士移尊屈驾，光临'圣麒麟舍'，观后曰'OK'"以志纪念，并将博士名片裱于其上。

王企盼怪猪长大。恨不能三日内大如犀牛，大如巨象，训以杂技，串成节目。骑之周游全国，周游世界，幻想美元、日元、法郎、马克、加拿大元源源不断，滚滚入囊。其间断哺仔猪，嗷嗷哀叫，先后饿毙。王不怜悯。

省动物园派人携款商洽，以三百元欲购怪猪，王不售；加至四百，再加三百，王仍不售。来人沮丧而去。省博物馆亦派人携款商洽，预先获知动物园出价七百而遭拒，故开价八百，加至一千，王唯哂而已；加至一千五，王终不为所动。来人叹曰："财迷至此，愚不可及！"

王妻央人善劝之，王大怒："尔等昔日嘲吾该当穷命，如今见吾好运降临，反花言巧语诱吾图小利而断财源，究竟是何居心？再敢劝者，啐其面耳！"

　　然以怪惑人，以丑获利，必难持久。不逾半月，观者寥寥，终由院庭若市而门可罗雀。猪婆怪仔，同发瘟疫。猪婆先死，怪仔后殁。王因夜夜一炕侍卧，感染瘟毒。医疗费用，超出巧赚之钱，且哀痛攻心，忧郁塞腑，奄奄一息。弥留之际，产生幻觉，执妻手谆谆叮嘱："吾死之后，将变神猪。汝可速饲一猪婆。来年春季，吾便投胎。否则，投胎他家，致富别人矣！"

　　言讫而亡……

曲　某

曲某，余大学同窗，官宦之子。按古比今，属"正黄旗"。父军职辖政，显赫一时，"四妖"覆灭，陷孽深重，量难逃审判，畏罪自缢。

家道衰落，身价顿跌，经年沦为平民。

曲喜享乐，恋色，贪杯豪饮。惯以司门人语，发谤世之言，尖酸刻薄，喷泄积愤。放浪形骸，穷欢极娱。每饮，必邀三四学友，仪表堂堂，风流倜傥，"桃花运"稠，座中常有姿色姣好女子相陪。好啃五香鸭头，咀嚼甚细，津津有味，呜哑声声，如猫食鲜鱼。酒不醉人人自醉，则执箸击碗，引冯谖语狂歌曰："长铗归来兮，出无车！"并戏座中女郎："他日得志，当娶汝为三妾！"照便喟叹："人唯一命，宁富贵十日，不寒酸百年！"然性耿介，颇敢仗言。见人有危难，乐充侠士风格。善杂文，文言多用俚语，白话点串之乎，颇具才华。同窗虽厌其纵情放浪，亦喜其潇洒不羁，无相歧者。

余敬其才。曲晓余敬之，对人感慨："吾不配敬而获敬，苟富贵，勿相忘！"信誓旦旦。

结业，余与众同窗送其归籍。曲唏嘘而别，车上呼曰："同窗三载，深蒙厚敬，定当相报！"后闻其供职中学，羞为师表。余发数函，婉言勉励，泥牛入海，杳无回音。

前年八月，忽获曲一信，邀余暇时往其籍省小住，于是联络频繁。终得十数天假，致电告之。

出站，举目四望，未见其临。疑惑间，身后一人捣背曰："学友不识同窗乎？"惊回首，乃曲。曲笑道："迎迓站内，两相寻觅，使兄焦躁，望谅。"细审之，容貌无所改变，便更少年。西服革履，气度不凡。神采飞扬，春风得意，踌躇满志。携余乘上一车，其车为虽旧还新"红旗"。诘何所来，答曰："敝省省长以'皇冠'取而代之，吾已买下。"问价，答曰："四万。"见余瞠目相视，笑道："区区小数。"

车内已坐二女郎，一个十七八，一个二十四五，明眸皓齿，眉黛唇红，姿色艳丽。十七八者着小衫短裙，修腿苗条。二十四五者着新式旗袍，曲线婀娜。各有大家闺秀韵味，不似小家碧玉俗美。曲坐二女中间，双臂狎钩玉颈，荐曰："小婉、小倩，吾二秘书。"二女默默含笑，想来以狎为常。

车过闹世，缓入幽静深巷，一旁高墙丈许，满布青藤。问："何往？"小倩代曰："宾馆。"片刻，高墙退尽，忽现红漆门楼，庄严肃穆。两侧翔立男侍，制服新颖漂亮。

车停。小倩秀足先踏，款款出车，代为开门，举止文雅，彬彬有礼。

曲笑睨余曰："知兄恶闹，故代定此清静处下榻。内有温泉，终日可浴。首长与外宾出入之地，不服务于凡人。"

余怯步。曲又曰："此构建，似吾家旧宅，差别大小而已。"小婉笑睨余道："从容入者，经理非凡人也。"言罢前行引入。

卫门男侍果不阻拦，视曲等颔首微笑，分明常至熟识。

内有鱼池假山，回廊缓转，角亭独立，满园花卉，绿荫葱茏，悬瀑溅玉，喷泉播银，飞檐衔接，耸脊参错，市声杜绝，鸟语寂寞，恰似人间天堂。三四女侍花中飘来，绿中隐去，粉裳玄裙，疑为仙姑。

余心大生忐忑，低问价格。

曲淡然曰："日百八十元。"

余顿止步，窘曰："烦换榻处。"

曲怪诘之："何不如意？"

吞吐相告："无可报销。"

曲哈哈大笑，拍余肩道："安住勿虑，学弟承担。"

余坚持："诚意心领，盛情怀拥，然弟如此耗费，愧怍绝不敢当！"急躁竟至于面红耳赤。

曲曰："何足挂齿！学弟今已辞职经商，腰缠岂止十万！多言'耗费'二字，吾不悦矣！"

小倩、小婉，徐拂香帕，牵来熏风。侧目视余，似不耐烦，一言喉渴，一道足酸……

余不复坚持，默然随入。

入室，见软床宽大，沙发阔绰，靠坐舒适无比。壁贴塑纸，地铺绒毡。高窗通阳台，绣幔两分开。电话、电视、电冰箱，应有尽有。空调散冷而无声息，使人敛汗而不觉凉。原来，外中内洋。

曲与余稍叙寒暄，小婉莺声促曰："该用膳矣。"曲起身携余手，踱至餐厅。奢侈一餐，二百余元。小倩、小婉牵手先自离去，曲敬余烟，低谓余曰："实不相瞒，二女吾情人也。小倩善作媚样，娇嗔百态。小婉极尽温柔，最解人意。此间颇少干涉，兄若思受用，至夜可潜遣侍奉枕席。"余惶惶道："君子不夺人之爱！"曲揶揄："阿嫂醋坛子乎？"余嘿然而已。

曲曰："人唯一命，宁富贵十日，不寒酸百年！兄迂腐过甚耳！"

后六七日，曲日日同车陪出入。司机亦曲雇佣，月酬丰厚，喏喏听命于曲，从无牢骚。巡环挥霍于上等酒家，偶尔凑趣于民间小肆。奇馔珍肴，地方风味，余享腻吃烦。市内古迹，游乐场所，无遗遍娱。四周郊野，绿水青山，曲及二女陪余流连忘返。每晚，曲必追余同至一流舞厅，戏曰："改造老兄。"曲可谓舞厅王子，舞姿翩翩。二女轮番陪之，常同被公认舞后，场场夺尽风光，惹舞男舞女羡眼乜斜。余不会，曲命二女教余，教亦不会。小倩嘲曰："笨拙恰似榆木段！"小婉叹道："与尔一轮舞，累似推大磨！"或曰："新鞋踩脏矣！""经理当付劳务费！"巧语连珠，嬉余开心，以博曲之快活。曲便作怜悯状，抚余背曰："老兄不可救药！"

恍惚一周，余借口父病，请允相辞。

曲不强留，购软卧。送至列车上，赠名贵礼品十盒。于站上执余手问："记吾当年言否？同窗三载，深蒙厚敬，定当相报！吾非空话伪君子，今履行之，死无憾事耳！"

车开，曲随车大呼曰："厚敬已报，勿复致信！"泪潸然而下。

余惑不能解，匪夷所思。至家，驱鱼遗雁，恳表谢忱。又复如前，泥牛入海，杳无音信。梗余胸中一团疑。

半年后，有编辑自曲籍省来，问识曲否。答曰："新闻人物，岂能不识？已在押矣！"惊问何故，方详道来：先是，曲辞公职，落户僻乡。钻政策之隙，以开拓型农户名义，诡称发展企业，贷款四十余万元，与各方面签订空头合同，骗款三十余万元，总计七十余万元。只见其挥霍，不见其经营，人虽疑之，人不问之，事不关己，高高挂起。怂其享乐，从中渔利者，达百人之多。各合同单位联名诉讼，才致败露。

曲于法庭无惧色。

问："知罪否？"

答："明知故犯。"

问："款今何在？"

答："享用尽矣。"

问："不惧死耶？"

答："但请速死！"呵呵冷笑，且侃侃云："倘吾一人，国之幸耳，民之福耳！诈骗该死，巧取豪夺又何罪？敢尽诛之否？"

遂判其死。

然有人告发，其仍余三十万，不知藏何处。以宽大诱交代，然守口如瓶。故押之缓刑，为究三十万而延其命……

余听罢，羞耻灼面，愧汗淋淋。经月，闻曲已毙决。未知三十万究获而得，或永朽地下。

是夜，见曲不叩扉而径入室，言曰："老兄别后无恙？"又云："阴间亦感逍遥，不乏共享乐者。然少美酒，劳代购茅台百箱。唯寂寞之时，思念二女耳！常视死，盼聚欢。"

惊醒，乃一梦也……

红磨房

　　余故乡周村傍大山。石级达半岭，有庵，蔽松林中。山出红石，风化之，渐为红泥。逢雨，推红泥于山下，村人好和而厚宅墙，故遍村屋舍皆红。树西北有磨房，亦红。统村共事之。

　　该村翟氏后生，幼丧双亲，村人轮年抚育。翟飧村德，誓心以报。独立，则定居磨房内，充驴作马，任诸家驱使，不受酬劳。翟性蕴藉，仁义善良，行为俭束，喜好孤处。闲闷之时，唯踞门槛吹自制榆哨而已。其调悠长，其音韵宛，清越袅曼，类乎圣咏。若危难临村，奋勇当先，赴汤蹈火，在所不辞。逾二十岁，数老者同为媒保，娶一寡妇。妇长其九岁，无子，稍逊姿容，然善操持。先夫已殁十载，恪守妇道，循规蹈矩，有目共睹，实乃良家妇女是也。翟自立户，备感村德，半身为夫，半身为公仆。村人亦皆悦其服效。夫妻虽少绸缪，却能颇相安处。事迹传播，远近邻村誉为标范，称颂村风美好。更有甚者，亲临该村，趾涉磨房，意图观破讹伪。睹女在操持，男在劳作，羡佩愧返。村望愈高。

　　某日，翟刈草河畔，乘月负归。忽闻一女惊呼："野狗子阻道，来人也！"其呼甚骇。

　　翟弃草应声奔去。月辉之下，见庞大恶犬劫一女于陡垄，白牙森森，似欲突扑。女颤瑟无逃处。翟入水田而近之，踏水四溅，履陷于泥不顾。至前，跃垄上，赤手空拳，护女作金刚状。喝犬，犬不惧，裂唇呜呜相逼。犬且逼，翟护女且退。退于垄下，犬摇尾从容旁走。女跌坐于地，久不能起。翟审视之，乃前村女玉娥，嘿无一语，悄然避之。

女坐地切呼："后村磨房阿哥，休弃吾于此，乞望伴归，恐野狗子复来！"

翟踟蹰而返，扶娥起，随行左右。

娥惊魂甫定，垂首羞告："不耐暑夜室闷，思更阑无人，可嬉清波，一爽拙体，不期归遇野狗子。"

翟呇语不答。

至前村首老树下，娥驻足睇翟，诚曰："多谢阿哥，得闲当助推磨！"粲然一笑，姗姗而去。

翟归途拾一物，乃湿淋淋女子束乳绢品，知为娥所丢失，有心翌日还之。然自觉其念孟浪，亦恐人知，蜚短流长。拾而复弃，弃而复拾，掖于怀中。

至家，妻愕诘："此负何久焉？哪里混弄泥水遍家？"

及寝，俟妻沉睡，床头衣内出娥失物，借盈窗月光观赏之，剔透柔软，想入非非，神思难守，意怅怅然。

娥亦幼丧父母之孤女，经村中德行昭昭者撮合，嫁赵姓人家为童养媳。方十三岁，小郎君诱与交而孕，未做少妇，先成豢母，竟生雏儿。村人皆耻之，德行昭昭者叹曰："有伤风化若此，少小淫似其母，今后必一荡妇！"盖因其母生时惯会倚门卖俏，约欢偷情，虽死而秽名遗人之口。

娥历年长成，体态窈窕，容貌妖媚，嗔笑娇俊，俨然丽质美女。夫先猝死，子后夭亡，村人皆云报应。赵家恶之，谋划阴卖于大户。娥思自嫁而屡遭辱骂，挥斥做无穷事务。村中好色之徒，明唾之而暗挑之，存偷香窃玉之念而图正人君子之名，尽不得逞而尽诋毁之。娥未纵己而早声誉狼藉，遂以恶还恶。凤姐计炕之事，万妹诮谩之词，皆无师自通。誉愈败。是以翟冷漠待之也。

翟辗转不能眠，想本同命，理当相怜。然其誉，翟实所惧，尤甚于惧恶犬。又某日，翟正旋磨，娥意外至，挎小篮立门外，笑谓翟曰："独旋吁吁，阿嫂何不怜惜？容痴妹代劳乎？"翟停，大窘，呆视不知所措。

翟妻闻声于内室挑帘蹑出，识娥，板面冷问："有何贵干？"娥敛笑趋入，双手捧篮示翟妻云："公婆思饮豆汁，敢烦阿哥一遭。"翟妻言词更厉："飨一村德，事一村磨，吾夫非两村共饲之畜，任人可驱！"娥惭色曰："愿为阿哥纳履以酬。"翟妻斥道："吾尚未死，夫履岂劳汝手！"娥乞曰："容待磨空事之，完豆而返，公婆必骂。"翟欲语，妻瞪止之，又曰："磨属村物，非吾家私有，空而不允脏污！"咄速出。娥惭且羞，泪盈盈于眶，垂首倒退而出。

翟责妻曰："何汹汹以谩言辱弱女？承母罪耶？"妻嘲曰："何拳拳甘为其驴马？欲勾搭焉？"翟身藏娥物，心怀隐绪，恐妻猜测，愠愠不语而已。

至晚，翟仍负草于前处，遇娥怔立河畔，定望河水，月下影凄，夜露单寒。翟至而竟未察。翟疑惑良久，喃喃愚问："夜不室闷，复欲爽体？"娥方回顾，双眸凝忧，满面悲戚，睇翟欲言而止者再。翟出其失物于怀，曰："当日归途所拾，常隐于身期遇以还。"娥曰："荡女亵物，不忌肮脏耶？不惧悍妻耶？不晓人言可畏耶？"翟嗫嚅无词。娥接之，叹曰："人将去也，物何需还？"抛于河中。其时秋洪泻下，河涛汹涌，浊流湍急，转瞬涡没。

娥又曰："实相告，数番候此至夜，唯图晤尔一面。"翟喃喃请赐教。曰："相烦遭拒，登门受辱，公婆亦不饶恕。指桑骂槐，掼豆一地。篱下之命，不堪忍受，更不知何日嫁卖于何人何地！世间太不公道，莫如一死。然河东河西，两村百户千人，竟无一真善良者。晤尔唯求一事：死后孤冢，厚培黄土，防野狗子刨坟，泉下不得安宁！"语甚哀烈，泪潸潸落，双袖掩面欲跃。

翟拽止之，心亦酸楚，劝曰："苟活胜过怨死！况人命无定数，岂知他日永不超脱？"娥挣扎而曰："公婆虐待，尚可默受。人人鄙弃，自尊难存，心早死焉！"

翟戚戚曰："何谓人人？诽美之言，实乃女子妒美之心，男子亵美之念，吾独不信！木秀于林，鸟图栖之。鸟不得栖，虫必害之。真君子心中不存荡女，口声声诋谤不休者绝非正人！此判世之理也。"

娥眈眈睇视，忽投翟怀，恸哭失声，慨而泣曰："世有人一执公道，世可眷也！"翟温存之。二心沟通，两情触动，亲怜爱悦，遂相誓好。然情融融、意绵绵而已，莫敢越雷池。此后，密约偷会，二心锁连，两情更笃。

一日，翟独于家中削柳编箩，娥急促促自外而入。翟恐妻突归，颇怪之。娥曰："见其河边浣衣，方敢冒入。事紧迫，岂顾许多！"诘何事。曰："公婆将吾媒卖已定，二三日内嫁送之。"议与翟私奔。翟愕而不语。又曰："无此胆魄，从今永诀，难相见矣！"翟仍不语。肃问："真相爱否？"翟始曰："爱。"继问："爱汝妻否？"答曰："否。"娥释然道："不爱而弃，爱而与奔，天公可恕！"是约夜会于村尾共奔。

翟默默良久，断然曰："不可！"娥惊质其意。曰："此妻乃村德体现，村德不敢负。弃此妻而村誉必遭毁，村誉不敢灭。"娥顿足曰："充驴马数载，村德足报矣！不爱之妻而强加者，村誉伪之极矣。"翟犹言不可。娥焦躁曰："愚顽若此，急死人也！"翟竟曰："可陪死而不可与奔！"娥无计施，意落千丈，心同死灰，瞥见隅角卤坛，顿生绝念，曰："罢者！两心既相爱悦，生死有何啼哉！生不能做夫妻，死后为同穴鬼，一大偶傥快事！"扑往捧坛，灌喉有声，如渴至极而饮清水。翟怔视之，须臾夺坛已迟，悔莫及矣！娥倚壁萎于地，曲缩翻滚，痛苦之状，剜目挖心。

翟抱娥于怀，涕泗滂沱，狂呼："始爱之，终害之，孽之孽之！"娥攥翟手，甲入其肤，惨曰："阿哥真相怜爱，乞速助一死，免娥活受酷罪！"翟肝肠寸断，不忍视，乃操地上削柳尖刃，横心闭目，当胸刺入。此际翟妻以首顶盆而入，见状大骇，盆扣于地。翟手仍握刃柄，双目仍闭不开。娥以垂发掩翟手，残喘谓翟妻曰："吾自寻死，不涉汝夫干系。望公堂前做一证人……"言未尽而气已绝。

遍村大哗。

司法当日捕翟。问通奸之罪，答曰："有情无奸。"问杀害之罪，则供认不讳，仅"然也"二字而已。详问，锁唇不答一词。传其妻为证，细述所见历历，唯不述娥死前之言。遂判决。

行刑之日，围观者近千。翟从容谓其村人："自幼孤零，磨房为家。有妻无家，有家丧家！吾死后，当与娥共葬磨房内。否则，定化厉鬼夜夜骚扰，管教鸡犬不宁！"

村人多迷信者，惧其言，果践鬼愿。从此，村誉不振。

磨房逐年颓塌，终成废墟一片。村人教诲儿女辈，常道："欲做红磨房内新鬼耶？"谣传至夜，可闻磨声碌碌，鬼语悄悄。时有笑音，酷似玉娥，且云："阿哥何旋之急急？停歇伴吾说话！"而翟妻登山入庵为尼矣，凡二三年莫下山一次。

此三十年前旧事。

及"文革"，"扫四旧"者辈掘其荒冢，曝白骨路旁。隔夜，骨归原穴，穴又成冢。村人暗传，翟妻所为。盖庵被废，翟妻遭遣下山，迫其还俗，劳改于"妇女队"。

及今，庵重修复。翟妻已六旬老妪，复归庵为长尼。去岁卒于庵中，遗物仅经书一册。

方圆百里，钟情男女，常有至红磨房废墟者，红土抹额，双双跪于坟前，海誓山盟，以表爱之忠贞。村中未殁绝之德行昭昭者，皆已耄耋之年，倘孙辈缔亲，竟亦诣往萌誓。渐成风俗，人不以为怪。

今之"异史氏"曰："噫！三十年河东，三十年河西，敢云天不变而道亦不变乎？道既变，人亦变，天奈之何？前人之耻，未必后人之羞，道奈之何？道以人变而变，人随道变而变，此乃天之正德也，此乃人之正理也。天不变天老，道不变道殇，人不变大悲大谬也！是以感慨命笔，以祭雌雄怨鬼耳！"

鬼　畜

吼叫传来……

最初几声，具有令人毛骨悚然的狰狞恐怖之威，仿佛聚了鬼气的怪兽的咆哮。不，不是仿佛，根本就是一头鬼畜！它那吼叫充满了对人的彻底的蔑视和仇恨，充满了难耐的噬血的渴望……

潮而冷的风湿漉漉的、阴森森的，从雕嘴峡谷喙形的谷口喷出，啸一阵阵长久的凄厉的呼哨，如同凶汉用擀面杖从孕妇的肚子里擀出的哀号——分不清那似孕妇的哀号或似胎儿的哀号，抑或混为一体的惨痛地尖嘶……

天穹朦胧，星斗疏寥，玄云吞月，只剩一钩弯弯的、郁郁的如同愁戚了一万年的苍眉。

夹成峡谷的两座大山屏息敛气……

狡兔在穴中探头探脑……

骚狐瑟缩在草窠里观察动静……

流萤飞来逸去，争相显耀它们尾部那一点点磷光，明灭于老坟荒冢之间。

人——一个、两个、三个……所有翟村的男子汉们，隐蔽在老坟

133

荒冢后面，紧握铡刀、镐头、斧头、二齿叉、三齿叉、四齿叉、铁杵、棍棒……

夜露濡湿了他们的衣服。

男子汉们一个个都在哆嗦、发抖……

狗——一条、两条、三条……所有翟村的猛犬凶獒，皆警踞主人身旁，预备一跃而起冲向峡谷，投入一场刺激的游戏。这些翟村的狗啊，几辈子的庸常早使它们感到寂寞无聊了！

它们的主人对它们的压制已令它们百般地不耐烦……

吼叫中断片刻，又传来了。——不，不复可言"吼叫"二字，简直就变成了类人的哭声，类女人的哭声！一忽儿似老妪哭亡子，一忽儿似新寡哭亡夫，一忽儿似娇媛泣悼考妣，一忽儿似绝乳雌婴饥啼……

类哭、非哭、惑人、袭人之声，乍落蓦起，倏弱倏强，逝于悠远而发于幽冥，断于咫尺之前而续于半步之后！变化万端，诡机迭起，不可惮言。与雕嘴峡谷喷出的凄厉风啸汇而合之，长嘶短啼，怵天瘆地，悸月惊星，摧木骇石，营造出这一狰狞之夜的这一刻恐怖之时！

翟村的男子汉们一个个魂飞魄散。

猛犬如泥，软瘫在他们身旁，爰其适归。

人和狗企图进行围剿的紧张、兴奋与冒险的激动，被那模拟的哭声从意志、从信念中扫荡了、动摇了！人和狗顿觉陷入了万千雌魂女鬼的包围，尽管不过耳闻其声，还未见到什么触目惊心的情形……

此时更加脆弱的不是人的视觉而是人的听觉，没有什么比可怕的声音更加可怕的东西。它揉搓碎人的胆量好比歇斯底里的猩猩揉搓碎一件蝉翼绢衣。

"别听啊！捂耳朵，捂耳朵！喝住自己的狗哇，那老鬼畜就要出现了呀！……"

翟文勉喊起来，想稳住人们的心。

仿佛万千雌魂女鬼的长嘶短啼之声继续……

老坟荒冢后面，男子汉们纷纷丢弃了进击物器，双手捂耳。鬼畜的迷惑，使他们感到凶兆四伏、险象环生，心底产生了速逃之念。这分明怯懦的可怜的念头，将男子汉们来时各个都显得勇敢无比的镀釉瓷器般的自尊捣毁了。

穴中的狡兔昏厥过去一次，又昏厥过去了一次……

草窠里的骚狐骇绝一番，又骇绝了一番……

竟有一个男人大哭……

接着，第二个男人大哭……

随即，许多男人哭成一片……

由于恐惧而失声大哭的男人，比由于恐惧而失声大哭的女人，更像由于恐惧而失声大哭的孩子。

鬼畜所发出的迷惑之声，使他们仿佛中了蛊心乱志的邪魔。

翟文勉大失所望。

那些往日他尊敬的男人们，这会儿令他沮丧至极。

他开始悟到——他率领来的这一群男人，其实没几个算得上男子汉。男子汉连哭也应是无声的，男子汉连恐惧之时也应是心惊眉定的！翟村的这一群男人啊，他们本质上更像男孩儿，但此刻他需要的是置生死于度外的斗士……

他胸膛内猛然地翻卷起一阵悲凉，为那些尚未出生入死便已自尊扫地的男人，更为他自己……

他进而悟到了今天也许是他的忌日！

"别哭哇！咱们的背后可是咱们的翟村呀！咱们翟村的安危可全靠咱们啦！……"

他希望能够重新鼓舞起男人们的血性、男人们的责任感和男人们的功德意识。

但这翟村后生的呼喊，却不能遏止住翟村的男人们一个个都像吓坏了的孩子似的哭。

"啊……天哟！老子今夜是要交代在这地场啦！秀她娘哇，我可是再不能见到你啦！翟文勉，这都是你一个人的主张！我死了也记恨你！……"

有个男人一边呜呜咽咽哭，一边诅咒他。

他听出，不是别人，正是他的堂叔翟玉兴。离开村子前，那长着戏台上壮士般的虬须的男人，曾在人群中振臂高呼："今夜谁死了谁光荣，翟村后代子孙也为他立牌坊！"

翟文勉不明白他的堂叔了，恨不得冲过去扇堂叔几耳光！

"尽是些个没出息的男人，比女人还不如！……"

他握着锋利砍刀的右手，愤怒地往地下一剁……

他家的狗惨叫一声，朝他胳膊上报复地狠咬一口，箭似的便往村子的方向逃窜，一路哀号不止。

那一刀罪伤无辜，齐根剁下了狗尾巴。

于是，所有的狗跟着向村子的方向逃窜……

于是，老坟荒冢后面站起了一片身影，齐发必败之喊，跟着他们的狗争先恐后向村里逃窜……

恐惧是心理的喷嚏。

逃是行为现象的多米诺骨牌。

顷刻，老坟荒冢间，只剩下翟文勉自己仍隐蔽着。

鬼畜的类女人哭的吼叫中断了长久的一阵。

四野是出奇的静了。

冷飕飕、湿漉漉、阴森森的风仍从雕嘴峡谷汹涌过来，然而已毫无怖音，如同无形的、无声的浪涛。

流萤却是更多了。

间或还有一团团鬼火飘荡。

刚才的异风响彻了天穹。

似愁戚了一万年的苍眉的那一钩弯月，仍似愁戚了一万年的苍眉！

天地间但闻一声太息。

是鬼畜发出的，是两座大山发出的，还是那藏熊匿豹的幽谷深峡发出的？

翟村的男子汉们，将他们最文弱的一个后生，也是他们公推的今夜这一次围剿行动的领袖抛弃了！

他缓缓地、缓缓地站起来……

他那文弱的身影孤立而明晰……

这里，那里，遍地闪耀着经过磨砺的铁器锃亮的光……

他咬紧牙关，忍住胳膊的疼痛，于是他的双唇便抿出了真正男子汉对邪狞的一抹轻蔑，于是他那张年轻的脸上便写出了真正男子汉的、孤立的高傲和孤立的勇敢。因其此时此刻的孤立，那高傲才是高傲，那勇敢才是勇敢。他那一双眼睛，大睁着，咄咄地、炯炯地瞪着雕嘴峡谷的方向。他那孤立而文弱的身影，岿然又镇定。在老坟荒冢之间，他整个人显出一股浩气，一种威凛，一派尊严……

缓缓地，他向他的翟村回首一顾……在那一刻，他默默地诉说了许多不为人知且永远不为人知的诀词。

他知道，在他的翟村里，女人和孩子正抖擞着精神，预备敲盆擂桶为男人们呐喊助威。

男人们却如被猎犬逐散了群体的麂子，正一个个拼命向村里逃窜、逃窜……

他心中顿时涌起了莫大的对他的翟村的女人们的怜悯。

他心中顿时涌起了莫大的对他的翟村的孩子们的怜悯。

"天啊！"

他在内心里悲怆地喊了一声。

"让我，那么让我一个人，与那头鬼畜决一死战吧！"

他想，其实他是明确地选择了失败。

此刻，这一翟村的后生，已别无选择。不，他还是有另外一个选择的——逃，像那些翟村的男人们一样地赶快逃窜。

他耻于像他们一样。

他愿以他的血，将他对他的翟村的忠诚，淋淋漓漓地写在脚下这一片大地上，并祭他的翟村无奈地丧失了的尊严！

同时，在他的心底里，业已笃善地宽恕了向村中逃窜的那些男人们。

他不认为他们背叛了他，不认为他们出卖他一人在即将临头的狰狞的险恶面前。

"不，不是背叛，不是出卖。"

他对他自己这么说。

他宽恕他们的行为，乃因在他看来那是他们的习性，而非他们的品格。这些翟村的男人们啊，他们是祖祖辈辈的被轻蔑惯了，被种种的、最高级的或最低级的人轻蔑惯了，以至于他们相信自己原本就是微不足道的，原本就是理应被轻蔑的。此前他们从未试图为自己的尊严伸张过、抗争过，而他们今夜曾想要做的，毕竟是他们从前连想都不敢一想之事啊！

但是……

但是，近来他们所遭受到的，竟是来自一头疯魔了的畜生的压迫和欺辱，一头多年来曾被他们虔诚地供奉为神明的畜生！它整日里放肆地、大摇大摆地压迫着践踏着他们的精神和心理，它变本加厉地蔑视他们作为人的存在和尊严！……

我翟文勉就当我是翟村的一面旗帜吧，让那鬼畜的利角豁开我的胸膛吧。

婉儿，婉儿，来年今日，你要到我的坟头来给我唱支歌……

你就唱我最爱听你唱的"相爱者搭赔上血来"吧……

他这么一想，便认定自己的选择是义无反顾的了。

于是他更加镇定，于是他不再觉得孤立。一种高贵的被他那塞满了书本教育的头脑所营养的但求壮丽一死的信念，在他的思想中苍凉而豪迈地升华、升华……

那是美好却又太缺乏意义的浪漫之一种。

这翟村的后生于是屏足了气惊天动地地一喊："白牛！你出现吧！翟村的翟文勉向——你——挑——战！……"

回应他的，是从雕嘴峡谷冲啸而来的震山撼岳般的接连的几声牛吼……

他将砍刀横握胸前，一步步地、坚定不移地就朝峡谷走去……

风又异啸起来了，唰唰地扫倒着一大片一大片枯草。枯草湖波似的涌动起伏，流萤从草隙中飘向夜空，如同人家烟囱里冒出的火星。

满宇宙鬼气怫怫。

他的背后，偌大个翟村死寂沉沉，全没半点生息。

难道那些男人们一逃回家去便搂着老婆孩子蒙头大睡了吗？

他很想回首再望一眼他的翟村，却只是很想。

又传来几声牛吼……

终于，那头鬼畜出现了！

峡谷的方向，影绰绰的，他发现了一丘白色。那一丘白色，从容不迫地朝他逼近……

那就是它——一头疯魔了的变成了鬼怪似的老白牛，躯如象，角如矛，蹄如盘，吼则惊狮骇虎，且善拟女人哭。按一头畜生的年龄而言，它太老太老了，竟依然健壮，健壮得令人难以置信。在它那浑圆的、极粗的颈后，高耸着一座结实的肉垒，仿佛巨驼之独峰。它的两条前腿每一稍动，肉垒便在厚皮下更加凸矗。它若一低头，咽下直至前胯的软组织，就会像落地帏幔似的堆叠于尘。不过，它低头之际，正是它欲取人性命之时……

现在，它的头低得不能再低。它的双角，被人血污染过的双角，像穿凿机械的锐钻一样，似能轻而易举地挑开、豁开、顶开、撞开一切物体。它的鼻孔喷出一股股膻气。它的唇沿聚着腥臭的黏糊糊的嚼涎。它的两只大眼鼓突着。它地动山摇地向翟村的后生逼近，但它压根儿就没瞧见他似的。

他站住了。

望着它，他一时不知该朝它的哪一部位砍，此前他从未亲手杀死过任何有生命的东西。它是一头疯魔了的暴戾的畜生，由于魔了便无所畏惧。由于被噬血的渴望所冲动，它视人为仇敌。

它没站住。

它继续踏来，汹汹不可一世地踏来。

翟村的文弱的后生，顿觉自己手中的砍刀太短、太钝、太轻。事实上，用那样一把砍刀欲结果眼面前这样一头鬼畜，不可能。

在他迟豫间，它已趋近了，它的左角矛直指他胸膛。他不禁后退一步。这时，他看清了它的表情。是的，千真万确。那头鬼畜"脸"上，居然做出了一种表情，正如它能模拟类女人的哭声一样。它那双鼓突的牛眼，射出两束又狡猾又阴险又温情脉脉的类人的目光。更准确地说，那也是类女人的目光——好似一个狡猾的阴险的患了甲状腺亢进的女人，企图诱惑和耍弄一个男人的眼里所投射出来的目光！它的牛唇一咧，牛"脸"上随即便有了一种古怪的笑意，那是又丑陋又可憎又令人莫测高深的畜生的一笑。它那大蝙蝠似的趴在牛"脸"上的牛鼻，不可思议地皱了一下，使它宽坦的牛鼻梁上褶出一系列皮棱。虽然是在夜里，但它的牛头距他太近了，他能清清楚楚地看见那一系列皮棱——强化了它那牛"脸"上的类人的轻蔑之态。

它仿佛在说："没你什么事儿，你这人仔。滚开！"

他听到这头鬼畜类人似的哼了一声。

他闻到了从它鼻孔喷出的一股腥膻之气，以及从它嘴里散发出的某种腐败的醋味儿。

在他震悚之间，它又向前踏了半步。那真真是适到恰处的半步！它那角矛直指他胸膛的角端，将他的砍刀抵得紧紧压在他胸上，以至于使他那只握刀的手失去了任何防御或进击的态势。

他用另一只手擦了擦脸——它唇沿边那种黏糊糊的脏东西，随着那股腥膻之气飞溅了不少在他脸上。

"你！你这头老鬼畜！你为什么不寻找一片草地安闲地去死?！你

为什么偏要搅在我们翟村人的生活里作祟?！你当翟村是牛圈，翟村人尽是牛，而你只要活着便永远该是牛魔王吗?！……"

天真的翟村的后生啊，他竟振振有词地对它进行诱导。

不知为什么，鬼畜竟最大限度地容忍了这翟村的书呆子。也许仅仅为了想要保持住点儿"牛"这个字曾带给它的体面的声望和良好的口碑？也许它幻想着一旦死后仍能以"牛"的名义和形象起码留在这个翟村人的记忆之中？……此刻，它可以轻而易举地结果他，它却不取他的性命。

"是啊是啊，翟村人不该弄死那头小黑母牛，但翟村人已经向你做过赎罪的表示了呀！你也报复得可以了呀！你为何还不肯罢休？白牛，白牛，你原先和咱们翟村人的关系，可不是这样地互相仇恨哇！……"

他说着说着，便虔诚地给它跪了下去。他感动于自己的虔诚，欲哭，亦怀着极大的幻想希望自己的虔诚能感动它……

它那张牛"脸"做出了一种类乎冷笑的表情……

这头可怕的疯魔了的鬼畜！凡人脸所能做出的种种表情，它那张牛"脸"似乎都可以模拟七分！

这是一张多么不可思议又多么使人觉得荒诞不经和可怖的牛"脸"呀！

"你冷笑什么？你这头可憎的鬼畜！你如果不依我的话，那么让我俩决一死战吧！……"

他被它的冷笑激怒了。

它将头一歪——他手中的砍刀便被它的牛角掀落地上。

不待他再有所反应，它用它那浑圆的强有力的脖颈而避免用它的利角一拱，这翟村的后生便被扛起来了。它再一甩脖子，他被抛出了丈外，重重地摔在一座荒冢上，并将那荒冢砸陷！荒冢内，传出一阵吱吱乱叫——引起了一个老鼠家族的仓皇逃窜。

他昏厥了过去……

它扬颈举头，向天穹暴吼一声，放开四蹄，朝翟村奔踏而去……

当他睁开眼睛，已是朝暾辉煌时刻。

旭日正冉冉地升起，以娇娆的火辣辣的情欲诱惑着大地。昨夜天穹上那一钩忧愁的苍眉，被倒悬的湛蓝的海淹没了。几缕沙痕云固定在天穹之上，一只鹰贴云翱翔。他身下，荒冢板结的土壳晒得暖烘烘的。九月的茂草葳蕤的肥叶，庇护地遮掩着一颗颗大而完美的露珠儿。有只野兔，蹲在离他不远的地方，漠然地诧异地瞧着他。半截人腿灰白的枯骨，从他腰下的坟冢里翘向天空。一列错落纷乱的牛蹄印，深深地印在换季时节色彩斑驳的正褪色似的大地上。

他看见了他的砍刀——白天看来，它并不短并不钝，分明也是并不轻的。

他从荒冢之上翻下身，站了起来。

那半截人腿灰白的枯骨，失去了使之翘起的压力，倏然落下。

他回想起了昨夜的一幕幕……

他惊异于自己并未砍下那头鬼畜的首级……

他更惊异于自己居然还活着……

当这年轻人回到他的翟村时，所招致的是陌生而怨忿的目光。男人、女人、老人、孩子，仿佛都不认识他了。一夜之间，翟村被糟蹋得面目全非！许多人家砌垒工整的土坯围墙变成了一堵堵残垣断壁，心有余悸的人们从坍塌的缺口神情麻木地望着他。一些人家的房门倒在院子里，门板有牛角抵穿的洞，有被牛蹄所踏的龇牙咧嘴的折断新痕。更加令他狐疑的是，除了人外，村中的一切生灵都不见了。牛、羊、猪、狗、猫、兔、鸡、鸭、鹅……一切人们饲养的畜和禽都不见了，全都不见了，甚至连树上的鸟雀也不见了！翟村原本是树木成林的一个村子，也是一年四季鸟语啾啾的一个村子。现在，树丫杈上那一个又一个空空荡荡的鸟巢，在他看来恍如一张又一张欲喊无声的口……

他蹒跚在村中，不知该向人们说些什么。

翟玉兴家院子里，三具模糊的尸体僵蜷在凝固了的血泊中。

他立刻用双手捂脸——被牛角和牛蹄报复过的人的尸体，其状其惨触目惊心！

他感到一阵恶心。

血腥之气透过指缝沁入鼻腔，像一股股浓稠的人血注入肺中……

"哈哈哈哈……"

谁在院子里狂笑？——是他的堂叔翟玉兴。那汉子从猪圈爬出来，虬须上沾着猪粪。望着那么一个伟岸的男人作可笑至极的幼儿状，他感到堂叔也变得有几分可怕了。堂叔视而不见地爬过堂婶、堂侄和堂妹狼藉的尸体，爬出院子，爬到他脚前，仰脸瞅他片刻，就用衣袖擦他的鞋，好像老妪用衣袖擦一只宝贝罐子似的。堂叔一边擦，一边喃喃地说："都跟去啦！都跟去啦！猪啦，羊啦，狗啦，鸡啦，都跟去啦！……我也跟了去吧，谁不跟去它是不会饶谁的……"分明的，堂叔是精神失常了。

他难过得揪心，悲泪潸然而下。

他欲挪开脚，可堂叔将他的双脚抱定不放，不但细擦，而且亲，而且用胡子拉碴的脸偎，而且啃，啃湿了他的翻毛皮鞋，啃得堂叔的牙床出了血……

呆立在各家院子里的男人和女人，从一堵堵残垣断壁的缺口，冷漠地观看着堂叔侄间这龃龉的一幕。

一头鬼畜，只因疯魔了便竟有这般道行吗？他不相信啊！他举目四望，但愿发现什么畜生或什么家禽，却并没发现什么畜生，也没发现什么家禽。倒是发现了一队耗子，能有六七十只之多的一队耗子，由一只硕大的老耗子率领着，不知都从哪些犄角旮旯钻出来的，也不知怎么就集合到一块的，浩浩荡荡而又慌不择路地奔窜，也是朝村外奔窜，朝雕嘴峡谷的方向奔窜。耗子们一边奔窜，一边吱吱地唱着它们的歌，听来很欢乐的样子。

"等等我啊！等等翟玉兴啊！……"

堂叔终于不再摆布他的双脚，追随着那队耗子匆匆爬去，唯恐与那队耗子拉开了距离的模样。在疯了的堂叔脸上，那时却焕发出了一种虔诚的光彩。

望着越爬越快、越爬越远的堂叔，翟文勉不知所措。

那队耗子爬出了村，奔窜到了村口的河边，排成单队从独木桥上迅速而过，秩序相当井然。堂叔也相随着爬出了村，爬到了村口的河边，从独木桥上爬过，也爬得那么迅速，甚至可以说爬得很优美。的确，堂叔真是爬得很优美、很平衡，很像一头真的畜生。望着这一怪诞的情形，翟村的后生悲哀地想："由人变成畜生很简单亦很容易，并且一定还很快活吧？"进而又想："堂叔一家的悲惨，究竟该由谁负责呢？该由堂叔自己负责？该由全体翟村人负责？还是该由他翟文勉一人负责呢？"

是啊是啊，也许更该由他翟文勉负责。因为是他三个月前将那些拍电视剧的人引到翟村来的。此前翟村曾是一个多么美好安谧的村子啊！

那个年轻的至今不知其真名实姓的女导演，那个美丽的和蔼的可亲可敬的臭女人呀！——在这些惶惶不安的充满恐怖的日子里，他一想到她就恨得咬牙切齿！……

"喂！小伙子，到翟村怎么走？"

端午前，他从省师范学院回翟村的路上，一辆奶白色的小面包车停在他身旁。车门一开，探出一颗年轻的美丽的女子的头，巧笑嫣然，谛视而问。那车上，红漆鲜亮地写着七个字——"《屠牛倩女》摄制组"。

他告诉她，他便是翟村人。她那脸不敷而白，那唇不施而红，那眉不描而黛，唯那双眼睛是细细勾勒了眼影的。这么一双眼睛在那么一张脸上，效果可不是闹着玩的。他感到一阵头晕目眩，险些儿栽了个跟头。——不是他的过错，百分之百是她的过错。她那张脸在晴天白日里看去，真真的是光彩照人哇！何况她还对他巧笑嫣然，谛视而问呢！能经得住她那一笑一视，足以证明他在男人堆里算得上一个很能把握自己心智的非等闲之辈了。当然，原本他便性情稳重并不轻佻，否则那一个跟头已是当场栽定的了……

他不太清楚自己是怎么就上了《屠牛倩女》摄制组的车的，至今也不太清楚，任他怎么努力回想也回想不起来。他只记得一个细节，那就是她笑盈盈地扯了他一把，指如柔荑，齿若瓠犀。——是她的指，是她的齿，不是他的。

她坐在车内的首排座位，一个人占据那一排座位，身旁放着扁而方的黑色皮革箱。他一上车，她就将那黑色皮革箱搬起放在自己双膝，并示意他坐。他一落座，她就和他说起话来。九月，在北方穿连衣裙未免已晚，但她穿的就是一件连衣裙，藕荷色的。不消说，剪裁得很适体，秾纤合度；更不消说，她整个人也是秾纤合度的，燕瘦环肥，集美于一身。从画册上、挂历上欣赏美女是一回事儿，身旁坐着一位气韵鲜活的美女又是一回事儿，她不但气韵鲜活，而且神光爽迈、秀耸灵动。翟村的性情稳重、嫉恶轻佻的后生，上车后备感头晕目眩了，几番所问非所答，惹得她一次次满面粲然。她笑他那份儿腼腆、那份儿不自在，如同笑一个滑稽的可笑的马戏团丑角，而她同车的那些伙伴们男男女女的也跟着笑。

"呀！都不要笑啦！咱们也太放肆啦！给咱们带路的，可是人家翟村的'天字第一号'的知识分子呢，省师范学院的心理学专业研究生！……"

当她得知他的身份后，显出了一种讶然，一种肃然起敬的样子。他根本判断不了她那种样子究竟是真的还是假的，他的心理学方面的专业知识那会儿对他失去了指导意义。她说起话来快而且甜，眉挑目语，传达出一种贯于烂漫如花的灿烂性格。

她一路之上尽说尽问。在车还未到翟村时，她对翟村人待人接物的态度和处世伦理的原则便知道得很多很多了，她的伙伴们也知道得很多很多了。翟文勉这个翟村后生中的唯一的知识分子，因此感到非常自豪。他所饱学的那一套一套的心理学方面的书本知识，在解释和剖析、介绍和比较他的翟村父老乡亲、兄弟姐妹们时，方显得那么有价值有意义，就好比一位老生物学家在解剖台上向一群刚开生物课的小学生们解剖一只青蛙似的愉快。他渐渐地变得口角俏利起来，他力图向她和他们证明自己并非是一个学识浅陋的，且在城里人尤其在她和他们这等浑身上下皆是艺术细胞的城里人面前常发司阍人语的农民的后代。他希望博得她和他们的好感。他并不掩饰这一点，他一再地不厌其烦地向她和他们表示自己是个有着很强的崇拜意识的人，崇拜影视明星，更崇拜影视导演，尽管他是一个知识分子。他的目的达到了。她渐渐流露出挺喜欢他甚至挺荣幸的那种意思，虽然是小小不然的、很含蓄的、有着交际成分在内的喜欢和荣幸的那种意思；他们也是，但这就够他知足的了⋯⋯

至于她和他们，他则知道得太少太少了。她是导演，她率领着他们在拍一部多集电视剧，好像是五集，也许是十五集，总之是多集。电视剧名曰《屠牛倩女》，有大老板慷慨赞助，资金雄厚。剧中之倩女，也就是导演本人，按剧情需要非屠牛不可。当然，屠一头是不够的，屠小牛是不行的。如果屠一头小母牛或小公牛，那可就太没意思太没劲啦！香港老板也就没兴趣赞助啦，导演一行也就更没情绪兴师动众来此偏僻之地了。在这一地区，据她和他们所了解的情况，翟村牛最多⋯⋯

"是的，是的。我们翟村不但牛最多，人也热情、大方、好客，尤其对你们会更热情、更大方、更好客！还没有拍电影、拍电视剧的到我们翟村来过呢！⋯⋯"

翟村的知识分子后生，赶紧加以证实——她和他们到翟村是太对太英明了。他的话中，带有明显的鼓励和怂恿。

"不过，请问你们，具体来说，也就是导演您啰，究竟要屠多少头牛才⋯⋯心满意足呢？⋯⋯"

她和他们，一路之上虽尽在说牛、问牛，谈种种结果牛的方式和手段（那些方式和手段，虽然在他听来未免太残酷太悲惨，但因最终与艺术尤其是与身旁一位气韵鲜活、神光爽迈、秀耸灵动的倩女联系在一起，似乎也就没有什么可指摘的了），却只用"屠"这个文言品类的字，而绝不用"宰"或"杀"等俗字。故，他也谨慎地避免用"宰"或"杀"等俗字发问。

"倩女"听罢，笑盈盈答道："少则要屠五六头，多则要屠十几头，看情况而定。若你们翟村人和我们配合得好，协助得好，我们就不虚此行了啊！这，还要依赖于你，为我们，尤其为我，需要对你们翟村人进行些必要的开导哇！在国外，商业片都是大制作，大制作必得花大经费。我们有香港老板的赞助，多屠几头牛算不得什么。钱，我们是很舍得花的哟！"

他保证，只要舍得花钱，翟村人是肯让她和他们尽兴屠牛的，乐意屠多少头便随她和他们的心愿了。他虔诚地、奉承地表示，若有机会为他们尤其为她效劳，简直是他的幸运。他对身旁这位看上去细柳娇杨、柔花荏弱模样的"倩女"大展屠牛手段的情形稍加想象，便觉得那定是蔚为壮观的场面无疑，而那情形、那场面将来映在银屏之上，也必倾倒亿万观众无疑。他怎么能不鞍前马后为她大效其劳呢？这乃是他十分心甘情愿、十分愉悦快哉之事啊！……

她那双细细勾勒了眼影的仿佛最善洞察男人内心活动的美目明眸，将他睥睨一睇，带有几分请求地说：

"我想聘你做我们一位编外的制片，酬金丰厚，字幕出名。我们此行，太需要你这么一位人物了！可就不知……你……是否肯赏给我们这点儿小面子？……"

"我？……赏给您？……'倩女'，不，导演，您这明明是在说一番反话给我听啊！您这可是太抬举我了！您……"

"那么，你同意啦？"

"我……"

那种受宠若惊啊，那种诚惶诚恐啊，可都是真的，发自内心的。对方刚刚致负重托，这会儿又乘恳愿，这是多么友好，多大的信赖啊！他太受感动了呀！

"我不需要钱！钱算什么！"

由于太受感动，他的表白能力竟梗阻了；由于太受感动，他有些阢陧不安了。所以呢，他说话也就词不悉心了。其实，钱，正是他所需要的，很需要很需要的。他不是百万富翁，不过是还没拿到学位的研究生。这年头，每月八十几元，不够买一条好烟的哪！他原本的意思应该是——尽管我很需要钱，尽管钱对我太重要太算什么了，但比起您"倩女"兼导演对我的友好，对我的信赖，对我的抬举，反而就变得轻如鸿毛了！

"钱，还是好东西！有了钱，才能办成许多事嘛！比如我们，没钱，就拍不了《屠牛倩女》。我们都不是些假清高的人，你也用不着在我们面前假清高是不是？记住我的话，任何时候都别贬低钱。你可以随便贬低哪一件珍贵的艺术品，或哪一个美貌的女人，比如我，但是你今后千万千万不要再说贬低钱的话啦。世界上的女人，大抵只爱两样东西——钱和梦想。世界上的男人，也大抵只爱两样东西——钱和女人。如果说男人除了爱钱和女人还爱别的不少东西，那也是为了女人才去爱的。正如女人除了爱钱还爱梦想，那不过是因为梦想不是使女人变得天真烂漫，就是使女人变得傻兮兮的。男人们喜欢的，不外乎这两类女人罢了。聪明的女人深谙个中奥妙，为了博取男人喜欢，不爱梦想也要装出几分爱梦想的模样，是这么个道理吧？"

这一大番话简直令翟村的后生茅塞顿开，若不是在奔驰的汽车上，真会五体投地起来！这么说话的人，能把话说得这么透彻的人，他接触得是太少啦！率肆胸臆，襟怀坦白，诲人不倦，这样的一位"倩女"难做娇妻，仅成佳友也是三生有幸的啊，管他屠不屠牛的。

他嗫嚅地说："大姐，我一定牢牢铭记您今日对我的一番谆谆教导！

我……我叫您大姐，您不介意吧？……"

"已经是自家人了嘛，随你愿意怎么叫都成，叫大婶也是可以的！"

她的调侃之词听来都是声声悦耳的。

满车人哄然大笑。

正是受宠者知其宠所归，施爱者知其爱所付。翟村的后生，似乎不再是翟村的人了，似乎便是那辆乳白色的小面包所载之"倩女"导演大姐等众中的一员了，甚至好像差不多已经是她的一个亲信了。他甚至已经开始站在"倩女"导演大姐的立场，代表着她的利益思考怎样与他的那些既不坑人也不吃亏，既非常爱钱也还多少讲那么点儿乡亲情意的翟村人交涉、周旋、谈判和讨价还价了。在翟村，虽然他是晚辈，但是个很有些号召力、很有影响力的人物。他是翟村开天辟地的第一个知识分子嘛！翟村的女人爱钱、爱孩子、爱串门儿、爱播蜚短流长，不爱梦想。如果说爱梦想不免包含了点儿异想天开的意思的话，翟村的女人却是连梦想也是不怎么梦想的。翟村的女人是些实实在在的女人，以翟村男人们的看法来说是这样。她们当然也是与翟村的男人们合辙配套的女人，除了他自己所爱的婉儿例外。婉儿姑娘是多少有点儿爱梦想的，比如她就总是梦想着早日和他完婚成为他的媳妇——他对这一点已经很有些不情愿了。这不就证明她是多少有点儿爱梦想吗？接受了"倩女"导演大姐的谆谆教导，他虽然茅塞顿开，但同时产生了新的困惑——他判断不了婉儿因为多少有点儿爱梦想，是比所有的翟村的女人们天真了、浪漫了，还是变得比所有的翟村的女人们都傻兮兮了。对于翟村的男人们，他了解得更为深刻。不，不，谈不上深刻，因为翟村的男人们就谈不上深刻不深刻的。谁和翟村的某个男人混几天，或者短则混上几小时，甚至混上一会儿，差不多便可以把某个翟村的男人估摸透了，而谁估摸透了某个翟村的男人，差不多同时便把所有的翟村的男人们都估摸透了——他们第一爱钱，第二爱女人。"倩女"导演大姐对于男人的看法，真乃是"放之四海而皆准"的普遍真理呀！如果说翟村的男人们总还多多少少有那么一丁点儿男人的深刻可言，那便是——由于第一爱钱，所以第一忌讳谈钱；由于第二爱女人，所以第二忌讳谈女人。如今之中国男人，不谈钱、不谈女人的极少了。所以翟村的男人们，可谓都是些保持中国男人本色的男人。按传统来讲，也就都是些难得的"好男人"了。一百年后，说不定仅仅凭第一不谈钱和第二不谈女人这两点，很可能被列入"国宝"加以重点保护。翟村的男人们，第三所爱是爱热闹、爱游戏。以逻辑学来分析呢，这第三所爱与爱女人有直接的关系，因为翟村的女人们像翟村的男人们爱女人一样爱热闹、爱游戏，但心里头爱，从不说爱。说爱，不是就不贤淑了吗？那是无论如何不能说的。她们爱热闹、爱游戏，但爱得一向非常矜持、非常庄重，从来不伤大雅，不失体统。爱热闹、爱游戏，乃是她们不可久抑的需要，完全不亚于她们在情欲方面的需要。因而制造热闹、发动游戏也就成了翟村男人们不可束之高阁的义务，铭刻在他们的传统意识。男人们既然爱她们，理所当然地就该尽此义务。难道对女人们是可以随便爱爱而不尽点义务的吗？若翟村的男人们这项义务尽得不好，翟村的女人们就整日里互相串门子，播一村蜚短流长再播一村蜚短流长，使男人们不得安生。她们以此整治他们，以警醒他们该尽尽义务了，从而以示抗议，亦算一种对自我需要的自我满足的简单方式。公正论之，翟村男人们对翟村女人们的此项义务，继往开来地尽得还不错。谁家结婚，谁家死人，谁家给高堂祝寿，谁家破土盖房子，谁家的公畜和谁家的母畜配种，都曾被翟村的男人们营造成翟村的空前绝后的热闹，并发动成翟村空前绝后的集体大游戏。再往前说，"文革"时期的种种体现于翟村，也全属于翟村男人们为翟村女人们所营造所发动的且翟村女人们热情高涨、踊跃参加的热闹和游戏。翟村的哪一个男人，若善于别出心裁地为翟村的女人们营造一场什么热闹，发动一场什么游戏，则必受翟村所有女人们的青睐乃至倾心，即使偷偷摸摸和他睡觉也是心甘情愿的。翟村的男人们，在热闹之大、游戏之频这一点上，竟都有些缅怀"文化大革命"岁月。那是怎样的岁月啊！——根本不需要男人们搜肠刮肚、挖空心思去犯琢磨胡思乱想，上边早提纲挈领地时不时就部署好了，且部署得相当周密，什么范围、什么规模、什么程序则一概不必操心。那些岁月，翟村的男人们活得很生动，尽管有时候吃不饱肚子，却也一个个显得阳气旺盛；翟村的女人们活得很风流，尽管有时候游戏着游戏着不知怎么一来自家男人甚或自己就成了被别人所游戏的人，难免受委屈、受侮辱、受歧视或挨惊揣怕，却也一个个显得挺水灵，阴气充盈。这些年不行"另外"了，这些年上边分明没那么多精力引导百姓热闹和游戏了，这些年也就很难为翟村的男人们了。城里人倒好过，城里有"卡拉OK"什么的。翟村没有"卡拉OK"，也"卡拉"不起来，"OK"不起来。城里没什么热闹，城里也是热闹的。翟村没什么热闹发生没什么游戏进行，翟村的男人和女人就都普遍地觉得缺少了许多足以生动而风流地活着的精神。尤其是近半年来，没结婚的，没死人的，没祝寿的，没盖房子的，翟村的男人们英雄无用武之地了。只有一次张家的公羊和李家的母羊配了一次种，不过就是羊，不是大畜而是小畜。男人们自觉难以营造成功什么大的热闹和发动成功什么大的游戏，表示索然。女人们则对几个跃跃欲试的男人表示了相当大的不屑捧场，使他们的积极性和自尊心深受伤害……

"你们翟村为什么叫翟村呀？"

戴上了"知识分子"桂冠的这一个翟村的后生正徒自思考得出神——知识分子总是爱徒自思东想西的，这乃是有些人一旦自以为是知识分子了或一旦被视为知识分子了迟早总要染上的"臭毛病"，就好像妓女或嫖客容易染上梅毒、艾滋病之类是一样的道理。——他的"倩女"导演大姐突然又向他发问。

一个愿问，一个愿听，从此便"姐"定了似的。

他以恭敬之近于谦卑的语调和语言回答她——翟村人十之七八姓翟，故叫翟村。翟姓人中，十之七八又都亲套着亲，戚贴着戚。外姓人家，凡事在村中难获自主，无可依恃。三长两短，四常五德，人事扰束，酬酢纷纶，外姓人家们习惯了以翟姓人家们之是而是，之非而非。侘傺不遇，门墙桃李，拔擢起用，睚眦必报，翟姓人家们的尺码便是翟村的普遍道德、普遍公理、普遍良心、普遍法度，而外姓人家们也早已习惯了认同这一切。翟姓人又格外尊老，越老越倍尊。四五耄耋长者，乃翟村之至尊，所有翟村人不分翟姓的、外姓的，皆对他们以"老人家"相称，尊为"老老人家""二老人家""三老人家""四老人家"……以岁数为序类推，不一而足。

"刚才忘了问，你姓翟呢，还是姓别的什么姓？"

"我吗？我当然是姓翟！"

"那么，像我们这一行人，到了翟村势必会惊动你们翟村的'老人家'们了？"

"会的，会的。'老人家'们都老得别的事都做不成了，整日里挂着棍子互相搀扶着，从村前一小步一小步地挪动到村后，再从村后一小步一小步地挪动到村前，日日监察。村里突然出现了这么多陌生人，岂能避过他们的眼睛啊！"

"这……若你们翟村的'老人家'们，对我们的到来，表示不欢迎，那……我们不就很尴尬、很难堪了吗？……"

"倩女"导演大姐顿时忧心忡忡，愁眉不展起来。

她嘟囔："你不知道，大姐我顶顶腻烦和半老不死的老东西们打交道了！我和他们打一次交道，就月经失调一次。"

"真……的……"

后果的严重性令他的思想负担也大了。

"你问他们！"

"倩女"导演大姐回首望同伴们："是这样的吧？"

他们中立刻有人严肃回答：

"就是！就是！"

"千真万确，一点不假！"

"要不是这样，谁糟蹋着自己玩啊！"

"大姐，别愁！咱们不是有我这个翟村翟姓的人在吗？"

他低语慰人的话说得是那么温存，将"咱们"两个字说出了十分强调的意味儿，以表明自己与她和他们是心连着心的，是已统一了战线的。尽管他说得胸有成竹，却知道他的翟村的"老人家"们可都是些倔老爷子，未必就会很礼待"倩女"导演大姐等众"现代派儿"傲兀十足的外地人，也未必就会很容易地被他所劝服而改变态度……何况她和他们还要在翟村大屠其牛！

小面包车拐过一处山坳，远远地望见了翟村。四周大山将其围成了小小的盆地，绿荫葱茏，宛如栽在蛋形陶皿里的一簇水仙。翟村就隐蔽在这簇水仙中，而那说短不短、说长不长的一些翟姓和其他姓氏的人的正史、野史也就隐蔽在这簇葱茏的水仙似的绿荫中。自然环境是够美的，闻鸣鸠呼妇，见紫燕携雏，正是陶渊明们喜欢的世外桃源，足以修身养性之人间仙境。人呢，是些正巴望着营造什么热闹、发动什么游戏的内心里寂寞无聊得已有些浮浮躁躁、不耐其烦的男人和女人。

"景色很好的一个村子！"

"倩女"导演大姐赞叹起来。

听到自己崇敬的人赞叹自己的家乡，那总是很愉快的一件事。

翟村的后生嘿嘿地笑了。

"我代表我们大家伙儿对你说的话，可是很郑重的啊！反正我们到了翟村，一切全拜托你啦！我是你大姐，你是我新认的一个弟弟嘛。再说，你已经接受了我们的诚意，是我们的一位制片了呀！"

她对他明眸一转百媚生。

他对她的叮嘱回报以不计后果的誓言："大姐放心！翟村若冷淡了你们，我再也不回翟村了！"

转眼间，车已开至村口。

苍老的大树下，亭亭玉立着一个人儿，短袖的白衫子，肥角的绿裤子，顾盼之态妖娆，对这辆车若有所思。这正是他的婉儿，难说是天真的浪漫的还是傻兮兮的那一个婉儿，然而是个标标致致的乡里妹子。

"停车！停车……"

车缓缓停稳，翟村的后生跳下车趋前诧问："婉儿，你在这儿等谁？"

"等谁？等我的个冤家！"

婉儿举手要打他似的，没打，笑了。然嘴儿是笑了，眉儿却还䫜着，其嗔其娇其羞其忍俊不禁模样儿楚楚的，半真半假，亦庄亦谐，煞是迷人、动人。

156

他说："哦，那么你在等我了！"

他与婉儿保持着两步远的距离，不再向婉儿身边靠拢。他清楚，若他靠拢近前，婉儿是会小鸟儿似的展开双臂扑入他怀里搂抱住他亲吻他的。车上的人们都瞧着他俩呢！婉儿却是不在乎多少人瞧着他俩的昵情的，更不在乎她不认识也不认识她的人。她内心里可能正巴不得有机会在众目睽睽之下抱住他亲吻他一回哪，那定是少女希望在人前公然炫耀情感、显示勇气的肆意。所以他非但不再向婉儿身边靠拢，反而下意识地做出防范的姿态。

男人都是些比女人更复杂更做作的东西，只有男人们自己才更清楚每个男人经常的是多么虚伪……

婉儿见他那架势，就有些不高兴，甚至有些生气，咄咄地道："你哪一次写信来告诉了我你回村的日子，而我没迎你？"

他讷讷地说："婉儿，你看你怎么一见我面就生起气来了呢？"

婉儿扑哧笑了。

婉儿一笑，他也笑了。婉儿转嗔为笑时，是婉儿最令人不由不喜爱的模样。

这时，"倩女"导演大姐也已下了车，走过来调笑地问他："姑娘是谁呀？介绍介绍吧。"

他红了脸，只得介绍："她是婉儿……她……"

婉儿拿眼使劲盯着他，单看他怎么介绍的样子，仿佛他若含糊，便会立刻发作给他个下不来台。婉儿是做得出的，婉儿就这么个脾气，爹妈宠惯的。

"倩女"导演大姐也在看着他。

夹在两个女子意味都很深长都很执拗的目光之间，他一时很不自在，全没了说假话的条件，不得不从实招来："她是我未婚妻……"

这翟村的后生啊，他心里边想的是——千万别惹"倩女"导演大姐吃醋哇。女人不都是在感情方面爱吃醋的吗？他一厢虔诚地以为，一路之上，"倩女"导演大姐对他已经很青睐很有某种感情可言了。

"倩女"导演大姐缓缓侧过脸，把个乡里妹子婉儿从头到脚、从脚到头细细端详一番，赞叹道："好悦耳个名字！好悦目个人儿！"在他听来，那口吻，那语调，与在车上赞叹他的翟村完全相同。不待他再开口，又自我介绍道："我是导演。咱们会相处几天的，你就随你这郎君叫我大姐吧，但愿这几天内咱们能交成个姐妹般的朋友！"

她说着，主动向婉儿伸出了手。

在她端详婉儿的时候，婉儿同样也在端详着她。分明的，婉儿不能像他一样，对这样一位又美貌又时髦又气质不凡的"大姐"亲近起来。

不知为什么，他敏感地觉得，婉儿对这样的一位结识了很荣幸的"大姐"，仿佛怀有着几分大可不必的戒心似的。

婉儿疑惑地瞅瞅他，也不笑，也无话，更有些不情愿似的、心不在焉地递过一只手去，刚与对方的手象征性地握了一下便迅速地缩回了自己的手。

婉儿一缩回自己的手，就走近他搂抱住他的一条胳膊，并偎贴着他悄声说："先到我家吧，正好你爸妈都在我家和我爸妈谈咱俩什么时候成亲的事呢！"

"倩女"导演大姐一点儿都没介意婉儿那么明显的排斥和冷淡。她倒笑了，调侃道："真真是'在天愿作比翼鸟，在地愿为连理枝'，天造地设的般般配配的一对儿呀！一块儿上车吧，把你俩送到家门口……"

上车时，"倩女"导演大姐凑耳对他说："想不到，你们翟村还出这等能解男人烦愁的尤物啊！"

尽管是凑耳低语之言，但婉儿听到了。婉儿又显出老大不高兴的样子，努着小嘴儿，分明地真是有些生气了，也不知是恼于她的话，还是恼于她对自己心上人无拘无束的亲近……

早有村里的孩子们将此车于暗中秘密侦探了半天——那一天以前，翟村从未来过那种他们仅从电视上看见过的车。

"天津大发！"

"日本三菱！'有路就有三菱车！'电视广告这么说的……"

广告时代，熟记广告最是孩子们的一大热衷，连偏远山村里的孩子也不例外。

"青女属牛……"

一个孩子自以为是地将写在车上的"倩女屠牛"四个字错念了出来。

"哪个是青女，就是那个穿高跟鞋的女人吗？"

"准是她！属牛就属牛呗，干吗写在车上满天底下招摇哇？"

"做广告呗！"

…………

于是，孩子们先于此车跑散在村里，争先恐后地向大人们宣传：

"青女来啦！来了个青女呀！"

"她属牛！青女属牛！穿高跟鞋，眼睛比牛的眼睛还大……"

"除了那个属牛的青女，还有些男的。文勉哥和婉儿姐也坐在车上……"

于是，最先是年轻的女人——那些个大姑娘、小媳妇们，纷纷地唤住孩子们询问：

"什么样个青女？穿一身黑吗？"

"你们怎么知道属牛？"

孩子们就七嘴八舌地道：

"没错，属牛！这么大的红字写在车上的！"

"好像是来咱村拍电视剧的……"

"我们没敢上前问是来拍咱们村的，还是来咱们村拍他们自己的……"

当此车停在婉儿家院门前，婉儿的父母连同翟文勉的父母都好不纳闷儿，先后相随着迎出了屋。他们见先从车上下来的竟是他们的儿子和女儿，奇怪而且狐疑，如堕五里雾中……

翟村的男人们和女人们也纷至沓来，聚于婉儿家院外看热闹。虽然还没有什么真正的热闹发生，但他们和她们内心里都涌起了一种只可意会不可言传的小小的激动、小小的兴奋。半年多了，没结婚的，没办丧的，没给老人做寿的，没给孩子过百天、过周岁的……半年多的时间里，竟什么值得议论议论的事儿都没发生过。翟村是寂寞坏了，翟村的男人和女人们也寂寞坏了。翟村的男人们，都很内疚、很惭愧，个个觉得欠下了女人们什么似的挺对不起她们。也许此车可带来某种热闹，也许此车的突然出现正是一场大好游戏的开端，倒像是有那么点儿显山露水的兆头……

一伙来自外面世界的造访者，一伙不速之客们，受翟村一个后生因心猿意马而过分热情、过分殷勤的引导，就这样来到了三百多户人家的翟村，并当晚就在村东头翟玉兴家新盖起来但还未搬进去住的大瓦房安营扎寨了……

半夜里，翟文勉在自家厢房睡得挺酣实。跟堂叔一商议，堂叔就痛快地允许"倩女"导演大姐等众借宿了。这不可不说是一个令人满意的开端。"倩女"导演大姐见他将事情落实得顺当，怀着五分感激、三分柔情、两分蜜意地偷偷儿对他说："我真想亲你一下！大姐诸事可是全都拜托你啦，大姐我亏待不了你的！"

梦里，"倩女"导演大姐的话也正顺顺当当地落实着哩……

他被亲得透不过气儿，憋窒而醒，温存百般。——一个旖旎的躯体，缠绵地偎伏在他身上……

"大姐?！……"

"啪！"

面颊挨了一巴掌。

定睛细看，却是婉儿。

婉儿仅穿短裤和一件女孩儿家无袖无领罩胸袒腹的小亵衣。月光从敞开的窗子慵懒地铺洒在炕上，婉儿的躯体肤如凝脂，白皙如玉，胸部在小亵衣下高高耸起，瀑布似的长发遮了她的半边脸面，而赏给他的半边脸面上分明写着一个字——"恼"。

"你从哪儿进来的？"

"从窗子跳进来的。"

"快回你家去！半夜三更的，你这样子，又在我屋里，万一叫人发现了，成个什么话！"

"半夜三更的，谁还会进你家院子到你屋里发现了我在这儿？只怕那就是贼了吧？"

"我说的是万一！万一，你懂不懂？"

"不懂。我只上到小学六年级，哪有你懂那么多文字眼儿上的学问！"

"你小点声，别叫我爸妈听见……"

翟村的后生自从上了大学，就不叫爹娘为"爹娘"，而叫"爸妈"了。

"听见又怎么？我才不怕你爸妈。难道我还没过门哪，心里边就先开始怕起他们了不成？"

"唉，你这个人呀，没法儿跟你好好说话！"

"没法儿跟我好好儿说话，找别人说去，找你那大姐说去！她兴许正睡不着觉，盼着你去找她哩……"

"你！胡言乱语！……"

"你刚才不是把我当成了她嘛！"

"我……我被你搞醒的时候，正做着梦……"

"梦里和你那个大姐在幽会，好一通男欢女爱是不是？"

"越发胡言乱语了！我和她在梦里吵架……"

"那你怎么不和我在梦里吵架？哼！……"

婉儿霍地坐直，一扭身，赌气背对他。他不睬她，掉过头，继续睡。

嘤嘤地，婉儿就哭了起来。她那哭，从腔到韵蕴含着无限委屈。

不睬，是不行了。她赌气哭，却绝不会赌气离开。他早就多次领教过她这一套了，很概念化、很程式化的一套女孩儿家的小伎俩，翻不出什么新花样。但女孩儿家的哭是一种永远不会落后的常规武器，那是不可以轻蔑的。她若感到她的武器被大大地轻视了，定会由嘤嘤小泣而号啕大声，哭醒他的父母，乃至哭醒半村人……

翟村的男人们和女人们，不是正愁简直就没什么不该发生的故事发生吗？

他乃文化人，乃知识分子，乃翟村这片土地百年孕育的一个精英，他可以带给翟村的男人们和女人们某种热闹，他心血来潮、无所事事之时也可以诱导他们参与和进行某种有益无害的游戏，但他万万不能变成他们的热闹。那成何体统呢？……

"婉儿，婉儿，别哭了！我逗你玩呢！……"

他赶紧坐起来，凑到婉儿身边，哄她，亲吻她，爱抚她。

于是，婉儿也就不哭了。

婉儿的任性，其实通常情况之下是很讲究分寸的，现在的情况还不算太特殊，若他采取的应付措施迟了，就难料了。

单音久奏的蟋蟀们，忽然不奏了。那一缕小小单音的停止，却也造成了一阵万籁俱寂的大效果。

拥着婉儿缱绻的他神经过敏地警觉起来，吻着婉儿软绸似的颈窝的唇，像一只受到惊吓的蚕似的贴伏在那儿不动了。

婉儿仰向后去的头徐徐地抬起，她瀑布般的秀发不但将自己的也将他的脸一块儿掩盖了。在那弥漫着玉兰型馥香的秀发垂成的方寸帐帏内，她的燃烧着情欲的眼睛困惑地询问他的眼睛……

"去把窗子关上。"

他对她耳语，仿佛两个贼在作案时互相耳语。

"我不去，我嫌热。"

"蛐蛐为什么不叫了？"

"嗯……"

她一副就要失声大笑的样子。

"我不嫌热……"

他推开她，自己去将窗关上了。将关未关之时，谨慎地探头朝外窥了一窥。

"你，上次回来也是这种时候，翻墙跳院的贼似的摸进我屋里，咋就不怕万一别人发现你，万一惊动了我爸妈？……"

婉儿也受他影响，早就多少"知识化"起来了一点儿——也不叫爹娘为"爹娘"，而叫"爸妈"。

待他又凑近她，她闪避开了他的搂抱，问得相当认真。

163

"上次是上次，这次是这次，情况不同了嘛。……"

"咋就不同了？"

"上次嘛……"

"你说，你说，我非听你说个明白不可！……"

"上次嘛……上次我是太想你了……那叫色胆包天……"

"花言巧语！"

她狠狠地在他胳膊上拧了一下。

他的欲火却早已被她煽动得很旺了。

他握住她的一只手倒在炕上，顺势也将她扯倒……

蟋蟀们刚又唱，有条狗狂吠。狗一吠，蟋蟀们噤声了，绝不屑于竞争子夜大舞台似的。狗吠是从他的堂叔家新屋那边儿传来的。一条狗吠，顷刻号召了东西南北中全村的狗都吠……

他猛地坐了起来。

她将他推倒，伏在他身上，不许他起，甚至不许他动。

"婉儿，你得让我起来，让我去大姐那边看看，也许大姐有什么事儿需要我帮忙。要不，狗为什么从她住那儿领头叫呢？……"

他低声下气地哀求她。

"啪！"

面颊上又挨了重重的一巴掌。

"还跟我提你招引来的那个媚狐子，我可咬你啦！"

"怎么是我招引来的呢？我不遇到他们，他们也是会来村里的呀！再说，你跟她别的股什么劲呢，人家可是怪喜欢你的嘛！……"

"屁，你当我没听见她对你悄悄骂吗？"

"冤枉了她，冤枉了她……"

164

"没冤枉！她对你骂我'尤物'！"

"'尤物'两个字她是说了，可那并非骂人的话……"

"我是人，不是物！把人说成物，还不算骂人的话?！"

"你不能这么去理解。婉儿，你这么去理解，是没文化。别人知道了，会笑话你的。'尤'这个字，是'好、更、格外、突出'的意思。'尤物'，简单明白点解释，就是好东西……"

不待他的文化启蒙结束，她则一口咬在他肩头上了。

他忍住疼，不叫。

他怎么可以因为疼就叫起来呢！半夜三更的，疼也叫不得的呀！

他不叫，她误以为他偏不叫，进而误以为他的忍是比一个男人对一个女人的哭不予理睬更大的轻蔑。

她真的发狠了，像要咬碎一个核桃而又咬不碎，又下决心非咬碎才肯罢休。

他还是忍。除了忍，他也没别的办法。他是男人，他是文化人，他是全村最有文化、最有知识的人，总不能反过来也下口咬她吧！他知道，他一咬她，假定他敢干，她准叫。闹将起来，这一夜无事生非成为全村的笑柄事小，"倩女"导演大姐他们第二天不被驱赶出村子才怪呢！婉儿的爷爷，是翟村"老爷子"们中的"元老"哇！若他说从某一天开始全村改吃两顿饭，不许吃三顿饭了，岁数在他以下的那些"二老爷子""三老爷子""四老爷子"们毫无疑问地会异口同声附和："吃两顿饭好！吃两顿饭好！吃两顿饭就是好，就是好来就是好！……"于是，翟村必然就会从某一天开始大人孩子都少吃一顿饭。对于这么一位"老爷子"中的"元老"的宝贝孙女，"含在嘴里怕化了，捧在手上怕掉了"的掌上明珠，连牛见了都不敢瞪一眼，猪见了都不敢吭一声，鹅见了都不敢挺直傲慢的脖子，狗见了都不敢龇牙，而他翟文勉仗着自己是个知识分子，是个还差一年才能拿到硕士学位的研究生，就敢胆大包天下口咬吗？

他很忧虑跟婉儿结婚之后，自己倒成了婉儿逆来顺受的"媳妇"。他更担心以后在学院的公共浴室洗澡时，一脱去衣服，浑身暴露出不是牙咬的便是手指甲掐的累累伤痕，人们若问起该怎么回答……

但婉儿注定了将是他的妻子。

他不敢抛弃她，有时只不过是一闪念，但也绝不敢好汉做事好汉当，何况他不是好汉。翟村的土地，能够百年孕育产生一个知识分子，却产生不了一个好汉。他若抛弃她，她爷爷发一句话，翟村的男女老少会聚集成一股队伍浩浩荡荡地开赴省城，将省城久负盛名的师范学院闹个人仰马翻！若那"老爷子"允诺，事后再供全村人大吃大喝一顿，则他翟文勉必成他那所学校的千古罪人无疑了！……

头脑中进行着一些思考，客观上是精神分散法，肩上竟不觉怎么疼了……

他正奇怪，婉儿问他："我咬你，你疼不疼？"——其实是婉儿已不咬了。

村里的狗也不吠了。

"婉儿，大姐他们拍电视剧的事儿，还得靠你跟你爷爷好好讲呀。大姐他们还要屠许多头牛呢！你爷爷若不点头，村里谁敢出面接待他们呀？……"

婉儿定定地看着他，悄没声儿地离开了他，仿佛离开一个睡熟了的孩子。婉儿从炕边退至窗前，将一只手背在身后，推开了窗子。

"你别开窗……"

"呸！……"

婉儿朝他啐了一口，一只狸猫子似的灵敏地蹿上窗台，转眼蹦到了院儿里。

卧在院儿里半睡不睡的大黄狗蓦地站了起来，见是个熟悉的趁夜人儿，虽然跳窗，行踪上未免有些可疑，却也懒得管，打了个仿佛又欲吞月的大哈欠，便慵慵地复卧了下去……

他扑到窗前时，婉儿已攀上了他家院墙旁的老树。

她在树上恨恨地对他说："文勉，你若真是个有志气的男儿，就跟你爸妈说咱两家吹了你我这层关系，从此你别再登我家门，专一心思去为你引到村里来的那位媚狐子大姐效劳去吧！"

话一说完，人就在院儿外了……

他是又索然又沮丧又恼火，不知该恼婉儿，还是该恼自己。

他爸妈的屋门开了。

他爸趿着鞋，披着衣，拎着裤腰，在门口犹豫了片刻后向他的厢房走来。

"半夜三更的，作什么妖？"

老子入屋后，冷冷地问儿子。

"是婉儿……"

"我知道是她！她既然来了，你就该好好儿待她。你是翟村的文明人，翟村的眼睛对你们睁着一只闭着一只，德宽半尺，网开一面。这你也是明明知道的，为什么惹得她说出那么一番话？！"

"我……我……"

当儿子的不知如何解释。

"去！还不快去！……"

"哪儿去？……"

"你道是哪儿去？！去找她！赔礼，认错儿，哄她个乐呵！你自己说，你哪次回来没跟她闹下些个梗梗介介的？！你让你爹娘为你多操了多少心！……"

"我不去！"

"你敢！"

"吹就吹！难道我非攀着她家？她家又算是什么栖凤的高枝！"

"老子揍你！"

"揍吧。"

父子俩彼此瞪着，一块儿较量沉默。

终于，老子持不住劲儿，喟叹一声，败下阵。

"归根结底，你自己的事，你自己掂量轻重吧！……"

悻悻地，他的父亲耷拉着头向门外走。

在门口，他的父亲转过身，低低地说出一句话——"你若敢吹，我倒也服你"。

"婉儿，你还生我的气吗？"

"生……"

"那，你就别生了吧……"

"那，你得对我说句我爱听的……"

"你爱听什么？……"

"你以前对我说过的，还用我这会儿现教你？……"

鬼使神差地，他还是来到了婉儿屋里，也像婉儿似的跳院墙、跳窗。院墙外有几块垫脚的坏头子，显然是她为他预备好的，她料想到了他准会来。她是把他看透了，而自己就这么被人家看透了，他心里替自己难过……

一通温存，一遍恩爱，一番云雨，一了百了。

婉儿心满意足了。婉儿的性情，就变得那么乖顺了。他也觉得，婉儿其实还是很可爱的，连同刚才她的矫情都是很可爱的。

趁着她高兴，他替他的"倩女"导演大姐央求婉儿，如此如此、这般这般地明日里向她的爷爷——翟村最老的"老爷子"们中的"元老"进行巧妙地游说。

婉儿只要高兴，对谁都是相当之好说话的，何况是对她的"冤家"哪！

"云雨"是配合方式的特殊消耗。

两具汗涔涔的青春火旺的躯体，虽然还互相拥着抱着，却都已攻御得瘫软如泥，全没了什么还想作为的余力。

"把窗……开一扇吧……"

"别……"

反宾为主，婉儿也就不在乎热，显得不无顾忌了。

她以肘撑着身子，一只手拈着自己的一绺头发，像拿着把小笤帚似的，来回地轻轻地抚扫"冤家"胸膛上一层看不见的汗珠。屋里黑，看不见，但她知道，或者更恰当地说乃是以自己的身体感觉到的。

"你呀，你这个小冤家呀！"她喁喁哝哝地说，"其实，为了你我是什么事儿都肯做的。咱俩，谁和谁呢？你的事儿，不就等于是我的事儿吗？放宽心，全包在我身上了……"

婉儿说得是那么深情。

他感动极了，于是把她紧紧拥在怀里又一通温存，又一遍恩爱，重咂一阵销魂时刻……

在他心里，在他心的最底层，似乎又萌生着一种演戏般的或者假戏真做般的为谁奉献了什么似的愉悦的委屈……

算是一种自我牺牲吗？算是一种奉献吗？为了谁呢？为父母？为婉儿？为"倩女"导演大姐？自问以图自答，却回答不清楚……

翌日，在翟文勉的引导下，"倩女"导演大姐携同制片主任、摄影美工一干主创人等，一一对翟村的"元老"们进行拜访。这种拜访，是不速之客们与有资格代表翟村表态的几位"老人家"的礼节性参谒。按照目前歌星大奖赛颁奖从后往前的顺序，即先从相比较而言岁数最小、表态分量最轻的"老人家"开始，越往后排"老人家"们越老，所需时间越长，要求表演得越虔诚，就越发地不能急，不能流露出半点儿的不耐烦，对话的传递速度得越发地放慢，慢而再慢，越慢越好。仅同"老人家"们的反应合拍是不够的，须得比"老人家"们一分钟一句话的语速慢半拍。至少慢半拍，才会显出那份儿至少应该的敬意。慢一拍则更难，得侧耳聆听的样子，不可抢话，不可插言，更不可插问，即使对话没说完就马上领会了对方的意思，也要装出非听完绝难领会明白的样子。你若超前显露了你的领会力很强，那你就完蛋了。因为这足以证明你迫不及待地想要显露你的聪明，同时也就足以证明你在灵魂深处已把"老人家"们视为很迟钝的老东西、老不死的了。你还想获得他们对你的良好印象吗？即便你真是聪明绝顶的，与"老人家"们摆在一起来论，难道不是"小聪明"而已吗？……

亏得翟村有个翟文勉，以心理学之现代分析法对翟村各个"元老"预先作了概论，又一一作了详述，并根据各个"元老"不同的脾气、秉性、好恶制定了一套战略战术，使早已摩拳擦掌欲在此地大展屠牛手段、大过屠牛之瘾、尽显屠者风流的一干人等，胸有谋略，知己知彼，稳操胜券。过五关斩六将，攻城克堡似的，一径旗开得胜，马到成功，将翟村的各个"老爷子"哄得笑挂眉梢、喜上颐来，捧得拈须抠耳、春风得意，玩得心惬意悦、六神无主！

正是——棒子打不倒之威严，一番甜言一席蜜语，统统自动趴下了。屠牛之前，先宰人愿，小试于先，大快于后，不亦娱乎？

双方约定，午时三刻，共同前往参谒"老爷子"中的"老爷子"——也就是婉儿家的活祖宗。

斯时，双方分礼宾座次聚于婉儿家厅堂。婉儿娘笑容可掬，沏茶敬烟，殷殷招待。婉儿娘热情之中谨守城府，不问不开口，开口必带笑，有问必答，答似非答，非答而非不答，分明是个"相逢开口笑，过后不思量，人一走，茶就凉"的疏亦难、近亦难且难蒙、难斗、难使、难诱、难占什么便宜的阿庆嫂式的人物，也不知她那铜壶煮开过几大江水，也不知她那些古董似的花瓷碗招待过几方来客。尽管她不是个主角儿，但善于分析人心理的翟文勉看得出来，连他所崇敬的内心里暗暗爱慕的"倩女"导演大姐对自己未来的丈母娘也存着戒心，大概防的是笑里藏奸，撮盐入火。

婉儿的父亲，一个老实巴交的汉子，很怕见生人的孩子似的躲出屋在院里喂兔子。

"你们来了好。嘿嘿，咱翟村人，许久没热闹过了。真搅和起些热闹，嘿嘿，你们就是翟村的上宾贵客呗！"——他一一对他不认识的这些个人重复地说着表示衷心欢迎的话。

婉儿伫立在厅堂左侧一间小屋门旁。那门垂着藏蓝色旧布门帘，谁也见不着屋里什么情形。婉儿告诉大家，"老爷子"住这小屋里间的小屋，近来体况不佳，不能亲自出面主持谈判，指定由她传入话去，再传出话来。

于是，婉儿在双方众人眼中比她的母亲更是个不可等闲视之的重要角色了，双方众人都对这翟村的柔时似水泼时似火的娇小女子刮目相看，潜怀依恃之念。这一边请她入座，婉儿摇头，一副不由自主的沽妍市俏模样！那一边请她入座，婉儿摇头，还是一副不由自主的沽妍市俏模样。

双方众人，莫测高深。

"我爷爷说了——人家千里迢迢，扑奔咱翟村而来，咱翟村万不可扫了人家的兴！"

婉儿说时，两眼只瞧着她的"冤家"。

翟文勉暗舒一口气，笑了。

"倩女"导演大姐似乎心不在焉地以扣盖儿轻轻拨着古董般的瓷碗中飘浮的茶叶儿，笑了。

翟村的"老爷子"们彼此交流会意的目光，笑了。

皆大欢喜。

"说了——牛乃耕作之畜，也是饱腹之肉，不事耕作，屠之杀之，天经地义……"

"说了——钱筹劳务之事，责成翟文勉秉公断处……"

"说了——咱翟村人寂寞旷久，图的就是几日内的热闹，望全村通力协助……"

"说了——来时欢迎，去时欢送，乃翟村人待客定理，不得辱慢……"

"老爷子"们中的"老爷子"少时曾读过几年私塾，略通晓'四书五经'，言必"之乎者也"，跩三拐四，这般的文绉绉、酸叽叽。亚"老爷子"们对于小屋里间的小屋内那位"老爷子"说了些什么丝毫不觉奇怪，说的都和他们想的如出一辙。他们多少有些奇怪的倒是——婉儿的两片薄嘴唇伶牙俐齿的，怎么就将"老爷子"之主的话学得那么像？连语气都像极了，听来仿佛一字不差……

"说了——作为一项附加条件，要答应翟村的翟婉儿在剧中扮演一个主要配角儿……"

剧组一方的首席发言人，也就是那位"倩女"导演大姐，不禁一怔。

翟村一方的首席发言人，也就是翟村的"二老爷子"，也不禁一怔。

双方的中间人，也就是翟村开天辟地的第一位知识分子，对未来个人前程踌躇满志的准心理学学者翟文勉，也不禁一怔。

众人皆怔……

婉儿独笑……

婉儿抱肘胸前，交足而立，倚门环视众人，樱唇浮嗲，梨窝浅现，笑得那么释然，且又似乎无端，仿佛所传之言与己毫无关系。其俏倬疏散神态，如松闲一时之餐馆女侍者，偶尔倚门，得闲便闲，无意招徕顾客，正好舒心观览市景……

翟文勉疑惑地问："婉儿，你不是……在跟大家开玩笑吧？……"

婉儿摇了摇头。

"二老爷子"随即也问："婉儿，你爷爷，他……他是这么说的吗？……"

婉儿点了点头。

婉儿娘赶紧给众人续茶，亦正色道："婉儿，可不许胡来呀！"

"老爷子"说了——"作为一项附加条件，要答应翟村的翟婉儿在剧中扮演一个主要配角……"

婉儿敛笑，郑重地再说了一遍。

双方众人面面相觑。

制片主任——相貌如狗面狒狒般的男人，嗫嚅地说："可……可剧中只有一个女角儿哇……"

首席发言人暗中掐他的腿，制止他继续说下去。

婉儿道："剧中有几个女角儿，这并不关我什么事儿，我只传达话儿。看来，你们有点疑我？要么就是疑我爷爷老糊涂了……那我就进去把你们大家的猜疑告诉我爷爷……"

婉儿说罢，转身高挑起了门帘……

"慢……"翟村的"二老爷子"撑着桌沿，岌岌可危地站了起来，"婉儿，你可不能对你爷爷说……说我们几位……猜疑他老……老糊涂了……"

所言"我们"，指的是包括他自己在内的翟村的几位"老爷子"。

剧组一方的首席发言人"倩女"导演大姐忙不迭地也声明："我们更没有那意思！我们更没有那意思！……"

"婉儿！"翟文勉叫她一声，以为她定会回转头来。

婉儿却还是那样子站着——挑着门帘，一动不动，不回转头。

他只有无奈地向着她的背说："婉儿，别忘了你对我的承诺……"

潜台词分明是这么一句——"婉儿，你可千万莫故意把顺顺当当的事情往横沟里推，那你可就两边儿都不落好……"

门帘一落，婉儿入将进去了……

婉儿再出来时，一扫视众人，目光扫到"冤家"脸上，聚住，冲他调皮地眨眼，一副并不忙于开口而存心急煞他人的诡异模样。

"说呀！……"

"说呀！……"

"说呀！……"

众人全耐不住这短暂的考验。

婉儿平伸出一只手，仿佛一语定乾坤的人物，朗朗道："听清楚：说了——'诌书咧戏，不就是个编吗？阿猫阿狗全能，咱翟村的人何以不能？咱翟村人，不得助他人威风，灭翟村志气。来也是客，去也是客，如若不依，欢送而已！……'"

一阵沉默。

"二老爷子"边听边点头不止，终于开口道："有理，有理……"然后将脸转向对方首席发言人，质问道："翟村人何以不能？"

"何以不能？……"

"何以不能？……"

"何以不能？……"

"三老爷子""四老爷子""五老爷子"代表翟村镇坐一方的"老爷子"们，纷纷地将脸从婉儿站立的那边儿扭转过来盯住对面的某一个人，一个盯一个，一声声质问起来，仿佛刹那间俨然全都成了翟村的护法尊神。

"诸位父老，诸位父老……"

僵局出乎意料，翟文勉欲调解而词穷。

他那"倩女"导演大姐忽然喷地笑将起来，笑得媚波流溢，倩韵耸动，瞅瞅左边的自己人，复又瞅瞅右边的自己人，自问自答道："翟村人何以不能？啊？何以不能？天下人所能之事，翟村人也一定能嘛！我是这么认为的，你们哪？"

"能！……"

"能！……"

"能！……"

他们都说"能"，仿佛他们压根儿就没想说"不能"。

于是双方众人一齐地又都将目光投向婉儿，打量她，如同打量一根桩子能不能拴住一匹驽马……

婉儿任大家审视，傲傲的，全无半点儿不自在，也全无半点儿逞强之态。

她那模样十分张弛自得。

这会儿，连她那"冤家"也确信起来——剧中就该有个重要的配角儿（尽管他对剧情还停留在仅知"倩女"和"屠牛"的程度），就该由翟村的婉儿扮演，而她一定能演得精彩绝伦……

"倩女"导演大姐一拍桌子："君子一言，驷马难追！咱们要拍的是古装戏，婉儿你就当我的心腹丫鬟吧！……"

于是双方大鼓其掌……

于是双方握手……

隔着旧条案长桌，剧组一方这些个穿新潮装的晚辈，虔虔诚诚地，毕恭毕敬地，像预先演习过多次似的同姿同势地伸出双手，紧紧握住几位翟村"老爷子"们枯槁的左手或右手摇着、抖着……

翟文勉挺受感动……

当双方众人来到翟玉兴的个体饭馆内笑语熙熙、交杯换盏共庆晤谈成功之时，翟村的牛正分散于一大片开阔的草甸子上，悠然自得地吃着九月里的茂草，全无大祸即将临头的预感。

这些翟村的牛哇，近年来都成了享福的畜生了。拉犁拖车之类重役，翟村的人们是很少再劳动它们的大驾了。翟村的人们恩赐给它们宽松的自由，望见它们想起的总是"老牛不觉夕阳晚，无须扬鞭自奋蹄"的过去。对于它们今天的存在，翟村的人们乐于视为富裕的一景。夏吃茵绿冬吃黄，偌大一片草甸子便是它们的"公共食堂"，用不着翟村人替它们的存在费什么心。

那白牛是它们的"家长"，它们中十之八九与它有着血脉关系，是它的后代。二十几年前，它的母亲因生不下它来，痛苦而死。它的母亲也是一头体格巨大的母牛，但它还在母腹中就已显得太大了。它在亡母腹中又蹬又拱，似乎要把一张上好的牛皮破损了强行出世。然而，那毕竟是它办不到的。那时还是"集体"时代，饲养员翟兆兴——翟文勉的父亲，不忍见它活活窒死在亡母腹中，动了恻隐之心，急中生智用镰刀剖开了似乎断气也许尚未彻底断气的母牛的肚子。它不稳地站立在它所见到的第一个人眼面时，浑身遍染亡母的腹液和鲜血。翟兆兴瞪着它骇极了，以为它是个怪物。它瞪着双手沾满鲜血的翟兆兴也骇极了，以为他刚刚杀死它的母亲又欲加害于它。在灯光昏昏暗暗的牲口棚里，翟兆兴怜悯地摸了摸它的头。这一摸不要紧，翟兆兴倒退一步，扑通就给它双膝跪下了。在那刚刚出生的牛犊子的头上，翟兆兴竟摸着了两只尖尖的牛角——一寸多长！翟兆兴这一跪，它仿佛立刻悟到——它所见到的第一个人，不是它的弑母仇人，而是它的助生恩公。它伸长颈子将头凑近他，舔他的手，并"哞"地发出了第一声牛叫。世人所谓舐犊之情，斯时恰作犊舐之景。翟兆兴惊心甫定，完全是受一种责任感的支配，烧热一大锅水给它洗了澡。洗后才看出它是白色的，白得如雪如棉，白得甚至使人觉得有几分神圣。翟兆兴恐它着凉将它抱到炕头，又将自己的被子盖在它身上。他又接着为它煮小米汤，用米汤哺它喂它如怜弱婴。从此，它与他形影不离……

它越长越大，越长越壮，大得很快，壮得异常。刚近交配之龄，它就成了翟村的一号种牛。二十年来，它没干过别的什么活，它对翟村人报以的唯一义务就是朝秦暮楚地去爱每一头他们推荐给它的母牛，并使"她们"受孕怀胎。二十年来，它没有个人的浪漫经历，翟村人不许它逾越雷池施情泛爱以防止它糟蹋垮了雄性牛体。这当然是一种特殊的关怀，它也从未有过蓄心积虑偷偷浪漫一两次的念头，因为"她们"是被经常不断地推荐给它的。当它与它的某一个"女儿"乱伦时，它没有丝毫犯罪感，过后也无忏悔意识。对于它，乱伦也是一种义务，正如别的牛犁地拖车是义务。翟村人不曾亏待过它，它对翟村人贡献大大的⋯⋯

如今，它已是一头老耄之牛，正如翟村的几位"老爷子"是老耄之人。区别仅仅在于，翟村的"老爷子"们一位位是老得都相当可以了，但它——翟村的这一头老白牛却老而不衰，壮似当年。它曾统领过一个庞大的家族，而它的家族现在从兴旺的顶峰阶段萎缩了，它的众多的"妃妾"都不知去向、生死不明。仍与它朝夕相处的二三母牛，已是明日黄花、风情丧尽，全无了当年的魅力，一头头都自惭形秽，不好意思再向它赊情卖俏。它亦不再亲近"她们"，只将"她们"当成几位"老相好"，维系着不必过甚、不应全无的敬意。它的这些个后代，有的在重役之下劳累而死，有的于荒灾之年饥饿而亡，有的因"三角恋爱"夺娇吃醋、争雄斗狠遭同类利角残害，有的毙命恶瘟，有的丧生横祸，有的干脆就是被见钱眼开的主人牵着送入了屠宰厂⋯⋯

幸免于种种厄运，跟它一块儿熬到了享福之日的，除二三当年"妃妾"，其余都是它的"孙儿""孙女"⋯⋯

如今，它专执一念、情系一身、欲予一体的乃是一头黑色小母牛。

它以"祖父"的辈分宠爱"她"并占有"她"⋯⋯

"她"分明也因此感到一头小母牛情爱方面的种种满足和幸福⋯⋯

牛们并不对乱伦现象进行任何道德谴责。在这一前提之下，它们可谓是牡威牝柔、情投意合的一对儿……

翟村唯一个体饭馆营业者翟玉兴，坐在饭馆门前的小板凳上夹着烟歇息，若有所思地望着大草甸子上那一对儿"情侣"。

他的饭馆，平素是真正含义的饭馆——只蒸馒头、包子、花卷，烙烧饼，炸油条出售。每日里，村里人一早一晌图节柴省事，光顾的不少，买卖不算兴隆，倒也混得过去。他一人身兼掌柜的、跑堂的、掌勺的，胜任愉快。他厌烦了侍弄土地，虽烟熏火燎，却是乐意的。只有逢村里有热闹，他的饭馆才有承办酒席的机会，那时便全家上阵。半年多来，村里没什么热闹，也就没什么酒席可办，而煎炒烹炸的今天是半年多来头一遭……

在他的视野里，大草甸子上那一对儿"情侣"，一白一黑，一大一小，一悍一秀，恰如组成太极图的一阴一阳，又如同一艘大驳船旁边伴驶着一艘小艇游弋在湖面。茵茵绿草淹没了它们的腿，它们泅凫得既缓慢且从容。别的牛们离它们远远的，仿佛一些侍卫远远保护着一位君王和一位王后……

听到饭馆里双方众人在具体议定每一头牛的价格，他想——别的牛都有祸从天降、死于非命的可能，那头老白牛却是绝对安全的，因为翟村人视它为祥物，不会允许外人触犯它。那头小黑母牛也是绝对安全的，因为"她"是属于它的，更因为"她"是属于它的。他是"她"真正的主人，"她"是他家的祥物，正如它是翟村的祥物一样。自从"她"被它专宠独爱了，他便有些不再将"她"当畜生看了。他很高兴他家的那一头小黑母牛与翟村的牛王结为"配偶"，并且祈祷"她"早日承孕祥种，接二连三地生小牛犊。等小牛犊长大了，都似翟村的牛王一般体格巨大……否则，他早把"她"卖了，或者把"她"切成碎块儿，腌制成嫩牛肉，分斤舍两地出售了……

正想入非非，大草甸子上便牛群涌动起来。黑的、白的、黑白杂花的，渐渐排成方阵，整整齐齐地向他踏来，动作一致地扬颈、举头，并"哞！——哞！——哞！——"地发出直冲霄汉的牛叫，气吞山河，壮似军威……

它们仿佛在接受他的检阅。

他无声地咧开嘴笑了。

他的这种向往与财富观念无涉，倒是多少与他的权威崇拜思想有关。

他是翟村没有权威可言的男人中的一个。

他极渴望某一天真正崇拜一个什么人物，而那个人物是他自己，哪怕其根据仅仅是由于一大群牛率先向他顶礼。

至于翟村的那几位"老爷子"，包括婉儿的爷爷，哼！……

他内心里并不尊服他们。

他们连上茅坑都得让人搀着……

"叔……"

翟文勉迈了进来，将一只手掌平伸在他颏下——掌上有颗石榴籽样的橙黄镶红的东西。

"这是什么？"

他纳罕。

"这是'二老爷子'的牙……"

"让我看这个干吗？"

他感到恶心。

"你菜里竟有块碎石，把'二老爷子'的牙给硌下来了！他左上边最后一颗嚼齿……"

“哎哟，我可作了孽啦！……”

他惶惶然起身，进屋去打躬作揖不止……

那天晚上没有月亮。

那天晚上很黑。

那天晚上剧组开机了。

那天晚上“倩女”屠牛了……

翟村的电工，早早地就将电路接妥了。翟村的木工，早早地就将场景搭就了。翟村从前当过民兵的那些个男人，早早地就围起绳子圈起地盘，担负了保障秩序的义务。翟村的女人和孩子们，早早地就吃罢了晚饭，带着各类可供一坐的东西在绳圈外占据了便于观看的好位置……

屠牛“倩女”已化好了妆，做好了头，穿一身束腕束踝的武短衣裳，操一柄长不盈尺宽不逾寸的利剑，正在场景前上三下四左五右六地比画。

“那剑是假的，木头的。我家孩子白日里偷偷摸过……”

“木头的，能杀了牛吗？”

“到时候看呗……”

女人们聚头凑脑，窃窃唔议。

一头小黄牛，早已被拴定在场外的桩子上，对于自己的命运浑然不觉，很安泰，很老实。

几个孩子可怜它马上就要死了，拔了些青草喂它。

它吃，不饿，吃仿佛不愿辜负了孩子们的善良……

“开灯！……”

一声喊，几盏惨亮大灯同时亮起，将绳圈以内照耀得白昼似的。

“摄影，好了吗？”

"OK！"

"灯光，好了吗？"

"OK！"

"牛……"

那头小黄牛，被牵入了场子。

"导演，你呢？"

"没问题！"

"真拍？试拍？"

"第一把得自信，来真的！"

"导演第一把要来真的，替身，你呢？"

"放心吧！"

"全体注意！现在，导演上场，我替导演执行！各就各位，预备！开——拍——啦！……"

计场板"啪"地打响，迅速从摄像机镜头前移开……

摄像机发出了轻微的运转之声……

小黄牛在强光下有点儿发蒙。它还没有或者刚刚进入青春期，严格说它尚是一个"少男"或"少女"。那会儿，围在绳圈以外的翟村的男人、女人和孩子都可以把它看得很清楚，即使它身上落了一只牛绳也不会逃过人们的眼睛，而它却看不清楚绳圈以外的人们，就像舞台上的演员看不清楚台下观众的面目。

它没有感到害怕。

因为它还不知道害怕什么。

它只是很困惑。

"瞧那眉眼，描得多俏哇！"

"瞧那小腰，束得多细哇！"

"瞧咱村的男人们，恨不得把人家争夺着吞吃了似的！……"

女人们，对浓妆艳抹的"倩女"发表着种种议论。

说时迟那时快，"倩女"纵身一跃跃至牛前，探扭蜂腰，轻舒螳臂，腾挪一步，闪于牛头左侧，朝牛颈一剑刺去……

翟村的许多女人"呀"地失声尖叫……

"好！……"

翟村的许多男人喝起彩来……

翟村的许多孩子捂住了眼睛，然而目光从指缝透出还是要看……

小黄牛却未倒下，只眨了眨它那双懵懂、困惑、温良的眼睛——剑尖儿距离它的颈子还有半尺哪！

失声尖叫的女人和大喝其彩的男人，因刚才忘了"倩女"那柄剑是木剑而浪费了作为热忱的围观者的情绪，都觉得怪不好意思的……

"停！……"

摄像机停了。

"怎么样？……"

黑影里一个男人征询地问"倩女"。

"感觉良好！"

"倩女"回答后拍了拍牛颈，玩笑道："一级群众演员，配合得不错……"

翟村的女人们发出了笑声。她们觉得该笑出声儿来，仅仅为了给"倩女"捧场也该笑出声儿来。尽管她只用木剑比画了一次屠牛的架势，但不给予些鼓励岂不倒显得翟村的女人们太缺少虔诚了吗？何况她们还要等着看她真格的白刀子进去红刀子出来的情形哪！

183

翟村的男人们也发出了笑声。

他们笑，是由于他们的女人们笑了，而他们的笑也带有捧场的意思——首先是为他们的女人们捧场，其次才是为倩女捧场。寂长寞久的翟村的女人们啊，他们的女人们啊，他们是太从内心里觉得对不起她们了！连点儿热闹都不能替她们营造，他们还算是她们的什么男人呢？在她们开心之时，他们岂能不陪着也表示开心吗？再说，也休叫外人耻笑他们毫无幽默之训练啊！

翟村的孩子们却一个也没笑。

他们笑不起来。

这会儿，只有这会儿，他们才着实地感到那个叫"倩女"的美丽异常的女人是很可怕的。她明明要断送那头小黄牛的性命，却还拿它逗乐儿！他们猜想，她原先可能是屠宰厂里的操刀女工吧。他们并不知道，如今的屠宰厂已实行机械化了，杀生是很干净、很容易、很卫生的工作……

"监视器那儿，效果如何？"

"满分儿！"

"替身，准备好了没有？"

"万无一失！"

"注意！替身上场，倩女灵活配合！不停机了，两组镜头连续拍摄……开——拍——啦……"

摄像机又发出了轻微的运转之声……

替身——一位男性"倩女"大步跨至真的"倩女"刚才所站的位置，手中握的可是一柄真剑！他以与真"倩女"刚才一模一样的姿势（显然早已模仿娴熟），腾挪一步，闪于牛头左侧，朝牛颈一剑刺去……

小黄牛的头猛地晃了一下，却仍站着未动。那剑太锋利了！刹那间，它还没真正感觉到被刺，它刚来得及吃惊而已……

替身飞快地闪开——真的"倩女"接替了他，一手握住剑柄拔剑——刺得太深，直至剑柄。她用力过劲儿，剑出人仰——倒也灵活机动，就势一个后滚翻，单膝跪地，双手拄剑，极帅地一扬头看那牛，目光冷酷、漠然。这一连串动作，潇洒，优美。

"倩女的脸，推眼睛的特写！移向牛头！牛头！牛眼！牛颈！……"

黑暗中，一个男人豁亮的嗓门在指挥……

惨白的强光下，小黄牛的两条前腿缓缓弯曲，终于扑通一跪。牛头缓缓垂下，牛角触地之时牛头顽强地做了最后的一抬，未能真正抬起就又垂下去，这次是牛的下唇触地……

接着，牛身一倾，四腿蹬直，不明不白地就死了。人们所能看到的那只牛眼，不解地大睁着……

"怎么样？"

"倩女"导演急切地发问。

"还行……"

扛着摄像机的男人不太自信地回答。

"不行！不行！这哪行啊！……"

观察监视器的男人走到"倩女"导演跟前。

绳圈以外，翟村的女人、男人和孩子鸦雀无声。

"怎么不行？我不行，还是替身不行？说明白点！"

"不是你不行，也不是替身不行，是这头牛不行！这头牛，怪了，它怎么不往外冒血哇！咱们要的不是那一种效果吗？剑一拔出，'嗖'——喷出一腔子鲜红鲜红的血，喷了你一身！接着，半凝不凝的血块子，从伤口咕嘟咕嘟往外涌！那是什么效果，那多刺激！可这算怎么回事儿，根本就等于没见血！这能行吗？起码少卖几十盘！……"

这个男人说着说着就朝那头死了的小黄牛的颈子踹了一脚。这一脚踹出血来了，鲜红鲜红的血，正如他所希望的那样——"咕嘟咕嘟往外涌"，泛着大大小小一串串血气泡……

瞬间，血流遍地，淹没牛尸……

"你看你看，气死活人不，这时候它才出血！它这腔子血不是白出了吗？……"

这个男人好不懊丧。

"这头牛，怎么这样啊？真是的！……"

"还不如只鸡！鸡临死还扑腾好一阵子呢，死得也太没意思啦！……"

"人家是花了钱买它一死的！这人家白花了一笔钱不是，搁咱们也会觉得倒霉！……"

"听说人家有的是钱，不在乎白死一头牛、两头牛的！……"

"不光在钱，还在于好玩儿不好玩儿。咱村那些牛，若都这么个死法，莫说人家懊丧，就咱村许多人跟着兴师动众、忙前忙后的不觉着败兴吗？……"

翟村的女人们对死了的小黄牛叽叽喳喳地发表谴责言论。

"不是头好畜生。"

"死得一点儿不精彩。"

"出血出晚了——这是它的一个很大的不可原谅的错误。"

她们一个个瞪着双眼，却没看到好看的热闹，就认为她们有特权贬低它！整个翟村动员起来参与进行的这件事儿，首先不就是为了满足一下她们爱看热闹爱凑热闹的趣味吗？

翟村的男人们听了女人们的言论，也感到她们的不满足不满意是有她们的理由的。

于是，他们也跟着摇头、叹气、跺脚，一个个显出比剧组那个懊丧的男人更懊丧的样子……

翟文勉钻过绳圈，走入场地。

他走到"倩女"导演大姐跟前，搓着双手，像应承担不可推卸之责任似的，很觉得对不起她似的，窘态毕露地说："大姐，是因为我没经验……这头牛是我亲自带了两个孩子从草甸子上牵来的……我怎么也不会预想到它是这样的一头牛！我真是缺少这方面的经验……"

她倒十分开通，反而安慰他："没什么，没什么，是牛不好，又不是你不好。干我们这行，出现这种预想不到的情况是常事……"接着，将脸转向她那班伙伴们，高声问："再来一条，还是怎么着哇？"

有的回答："质量第一！再来一条！"

有的回答："导演中心，听你的！"

还有的回答："别瞎耽误工夫了，说来就来！"

于是，她举起双手拍出一声脆响，果断地下达了"最高指示"："各就各位，再来一条！不拍成功鲜血喷射的镜头，不散！"

于是，各就各位。

于是，翟文勉也对绳圈外的男人们喊："谁去再牵一头牛来？"

"我！……"

"我！……"

"我俩一块儿去！"

两个自告奋勇的男人挤出人墙，再牵一头牛去了……

片刻，又一头牛被牵了来。这是一头体形明显的牯牛，比那头死得一点儿也不精彩、一点儿也不令人满足满意的小黄牛大不了多少。

它一被牵入绳圈内，也像那头小黄牛一样发蒙。但它只发蒙了一会儿，就显得阢陧不安起来，以蹄刨地，以角犁地，扬颈举头，"哞——哞——"悲叫不止。

尽管刚才在那头死得一点儿也不精彩、一点儿也不令人满足满意的小黄牛的鲜血上被铺洒了一层沙土，分明的那一股弥漫未散的血腥味儿仍对它造成了某种刺激。

为了以防万一，翟文勉命人将村井绞桶的粗铁链取来拴住它的一只后蹄，另一端拴在绳圈外一棵大树上。这样一来，即使它发起疯狂来，也伤不着人了。

"倩女"导演大姐对他想得如此之周到报以感激的微笑，并提醒扛着摄像机的男人："注意，机位下移要控制好分寸，别将铁链子也拍进去！"

替身不握剑了，改拿一柄大钐刀头了。

"倩女"问："用这个，效果好吗？"

替身说："好！这下你听我的，你只拿着这柄钐刀头朝牛一步步走过去就行，接下来的事我全替你包了！"

女人们见牛被铁链所拴，又见替身换了剑改拿大钐刀头，便鼓起掌来……

男人们见女人们的兴趣变得高涨，便一个个很自觉地将他们所占据的"甲等"位置礼让给女人们……

翟村的女人们的确是爱孩子的，这种时候她们尤其忘不了对自己的孩子充分体现出可敬的母爱。于是，她们将自己的孩子纷纷召唤到或者扯拽到男人们礼让的"甲等"位置，并安稳住孩子们要他们注意地看，唯恐孩子们错过了什么精彩的瞬间……

为了使人的表演和牛的本能神态逼真、情绪饱满，此番拍摄之前配以音响和彩光效果渲染紧张气氛：钢纸抖动以造雷鸣，手电筒乱晃以替闪电，湿柴闷火以作云烟，薄膜遮灯以使惨白光照变为森蓝异红，人喉尖叫辅足氛围怪诞，刹那间仿佛天折地裂，眨眼时真的云烟沸涌！

正是——"魑魅魍魉疯狂夜，悍男倩女屠牛时……"

那头现实的牯牛，戏中的配角，分明地恐惧了，左冲右突，哞哞长叫……但因铁链锁蹄，哪里逃得开去！

手掣钐刀的替身飒爽侠姿，方显英雄本色。他欺近牛身，但见钐刀在牛颈下以美妙的姿势划了道弧，于是一腔牛血喷射！

替身闪过一旁，"倩女"接踵而上，握过血刃屠器作金鸡独立、仙鹤展翅亮相之状……

那牛惨痛得猛扬颈哀吼，用力骤剧，自行使刀口更加撕裂，一颗英俊牛头欲抬而抬不起来了……

"摄像干什么吃的？！"

"没停机！！"

"推近牛头，特写！推近牛眼，大特写！推近刀口！三十秒拍足！……"

"倩女"已退至安全地带，瞪着精彩挣命之牛，一次次举臂劈掌，发出果断而权威的指示……

奇静。

只有摄像机哗哗作响……

终于，那头牯牛一腔子牛血喷光射完，力竭气绝，而那颗牛头也快甩掉了，耷拉在前胛。它四腿僵立片刻，耳躯扑通而倒，似倒了一

189

堵墙……

奇静。

奇静延续数秒，一片欢呼乍起：

"见血啦！见血啦！……"

"好！再来一头！……"

"不要看替身的！要看倩女的！"

男人们也欢呼，女人们也欢呼。

有人鼓动孩子们喊成一片：

"倩女！来一头！……"

"倩女！来一头！……"

"倩女！来一头！……"

翟文勉又一次钻入绳圈内，双手紧紧握住"倩女"导演大姐的一只手，虔诚至极地祝贺道："替身手段高强，牛死得惊心动魄，血喷得猩红漫空……"他还想恭维她几句，却一时乏词，嗫嚅语塞，只得连赞道："无与伦比，无与伦比，无与伦比……"

经他无意提示，她立刻想到了替身。于是，她撇下他，执替身手将其导至场地中央，在众目睽睽之下吻替身脑门儿，接着与替身共同向翟村的男人们、女人们深深鞠躬，并说："感谢翟村人民！感谢翟村的牛！感谢大家的鼓励！感谢！感谢！明天，我们将再露几手，我们一定不要辜负翟村人民的热情！……"

掌声……

热烈的掌声……

翟村的男人们和女人们，真是满足极了，满意极了！半年了，半年没有这么有看头的热闹了……

掌声中，翟文勉内心酸酸的，因为"倩女"导演大姐吻了替身，却没太理睬他的恭维……

有一个人始终不鼓掌，也不喝彩，并在这最应表示热忱的时刻竟悄悄地独自离去了……

是婉儿。

婉儿内心里充满了妒忌。

"哼！又不是她亲手结果的，而是替身，算什么了不得的本事！这些个没见过什么真正大场面的翟村人！"

这翟村的傲女，第一次如此强烈地感到自己的存在被公然忽略了。

她失落了。

匆匆地、悻悻地走着，她突然站住了。她站住并不是因为看见了什么，而是因为感觉到了什么，感觉到了才站住，站住才抬头，抬头才看见……

她看见一列黑影排开在道旁，每个黑影都一动不动地望着热闹场地那边儿。它们离她那么近，以至于她似乎感觉到了它们的一股股鼻息。那一股股深重的鼻息，仿佛一条条看不见的无形的手臂，在深夜清爽的空气中抓挠着什么，逮捉着什么……

是翟村的牛。

一列黑影的排首，正是那头庞大的老白牛。

她骇然了……

她后退了……

她壮起胆子轻蔑地说："活该！你们这些畜生！你们真以为你们一向都是翟村人心中的宠畜吗？你们就等着翟村人一头头地把你们牵给人家，让人家一头头地把你们全宰杀光了吧！……"

它们好像全听懂了她的话，因为它们的头都缓缓扭转向了她。

它们分明都在瞪她。

她更加骇然了……

她急转身绕道而行，不由得越走越快。她觉得有东西紧跟着她走，觉得有东西已经触着了她的衣服，再加快脚步也无法摆脱的触犯透过衣服使她的背部感觉到了。一阵寒颤从她的心底升起，迅然遍布背部乃至全身。那种带有试探性的小心翼翼地触犯，如同一把刀的刀尖在她的后背、在她的衣服上轻轻比画着，好像一旦判定心脏的部位就会一刀子捅进她的肉体，却不愿损坏她的衣服……

"谁?！……"

她猛地站住，倏地一转身——象牙似的一矛巨角正对着她的心口窝……

是那头庞大的老白牛！

她以前从未感到它的角是那么可怕的杀人利器，也从未注意到它的角端是那么尖那么锐，尖锐得可以锯下来当成纳鞋底儿的好使的锥子！

幸亏，它也同时站住了。

"妈呀！……"

她尖叫一声，扭身便跑……

热闹的场地那儿仍然很热闹，除了一个男孩儿，没有谁听到她那一声尖叫。

男孩儿问身旁的一个女孩："我听到有人尖叫，你听到了吗？"

女孩儿应付地摇摇头，那模样不但表示没听到，还表示一层反问的意思——这么热闹的时候，你还能游走神思儿听到有人尖叫吗？

女孩儿抬头见母亲在笑，便急忙也笑——翟村的这些男人们，将两颗牛头插在木棍上，分两队耍龙般耍得起劲儿……

一种热闹接替另一种热闹，乃是人的游戏心理跨向亢奋的阶梯。

此后，或清晨，或中午，或黄昏，或深夜，或村头，或村尾，或林中，或河旁，或山墙前，或粮囤后，翟村的一处处地方都变成了屠牛的屠场。刀光血气，衬以日月星云。"倩女"屠牛，牵动风雨雷电。屠之手段，变化多端，险象环生，悬念跌宕，或以重锤击脑，或以长钎穿肛，或以薄刃剖肚，或以利斧劈胸，或先折其角而后断其蹄，或先剔其目而后削其耳……直怖得憨牛犹如怯鼠，直屠得鸡逃狗窜鹅飞罢！……

翟村的女人们啊，不再和丈夫怄气，不再吓唬孩子，不再串门儿，不再播蜚短流长，都无比勤快起来。每日里，她们利落麻索地做完家务，便相约着拽扯上孩子们这地场那地场地占据了好位置专看"倩女"屠牛……

她们竟至于爱看得都很上瘾了。

她们对实际屠牛的并非"倩女"而是替身这一点也都认同了，不再计较，不再批评，不再流露出不满足、不满意的情绪了……

翟村的男人们啊，从来没有如此之积极地参与过某一件事。他们已不仅仅是为了博得女人们的欢心而参与，更是因听命于某一种意识而参与。那一种意识仿佛具有不可抗拒的魔力，如一个神明的声音反反复复地在他们耳畔命令道："不可停止！不可停止！不可停止！……"

于是，他们趴在一堆火前，仿佛趴在他们的原始祖先前，吹、吹、吹……唯恐火会熄灭。

翟村的牛，一头接一头死于非命。

牛头吊在一些人家的院子外——那好比是单据，他们将凭牛头领取钱款。许多人家的外墙上用钉子钉着抻得平平板板的牛皮，他们都腾出坛坛罐罐来腌制牛肉。他们该看"倩女"屠牛的时候就看，没得可看的时候就腌制牛肉，一边腌制牛肉，一边盼着看下一次更精彩的屠牛场面。

翟村的男人们和女人们，都认为所参与的这一件事情是占大便宜的事情。可不是吗？牛价高，很高，而整头牛实际上又全归自己，且还有刺激的热闹白看，却不劳自己动手屠杀。

翟村的狗们也解了馋。牛骨、牛蹄和人不屑于吃的某些牛的器官，便成了狗们的佳肴。那些日子里，狗们气儿吹的似的，眼见着好像就肥胖了起来。狗们因争吃新鲜淋漓的血腥，一只只的都有些红了眼了……

那几天，翟玉兴最争先、最执着的一桩事，就是毛遂自荐去到草甸子牵一头牛至指定的场地供"倩女"屠之。这并不是一桩很出风头的事，没人打算和他争，但他生怕别人和他争，每次都摩拳擦掌奋勇夺标。毕竟因为没人和他争，那奋勇不免有些唐突可笑。他却相当地认真于此，一再地问详细——牵一头什么颜色的？公的还是母的？壮点儿的还是弱点儿的？傻笨呆钝的还是机灵狡猾的？驯良的还是易怒的？……

亏得他尽责，所选献死之牛，"倩女"皆大满意。翟村的热忱不泯的欢男乐女，亦每每夸奖他的眼力。于是，这一义务便理所当然地成了他的"专利"。

"玉兴！玉兴！……"

"翟老三，牵牛去呀！"

人们喊叫他的时候，就是一场血腥的游戏开始在即之时。

"嚷什么，嚷什么？这用得着你们操心吗？牛不是在那儿吗？眼睛长脚后跟啦？"

他得意地讥笑人们。

"好！就是它啦！……"

"倩女"走过去拍一下他的肩，或握一下他的手，分明地对他的一切感谢尽在不言之中……

他自己，则从他所包揽的义务中体验到一种别人无法体验到的愉悦，一种说小不小说大不大且仿佛在渴又不十分太渴的情况下，从容不迫地缓吮慢饮一杯兑了蜂蜜的凉开水似的愉悦。在他，那简直是奇妙得不可言传的一种愉悦。

牛剩的愈少，便愈聚群了。

他每次去到草甸子，都将牛们逐个审视一通，好像一位将军检阅士兵并要从中提拔起一位上校。他望着它们的那种目光，无比的亲昵，无限的温柔，无可置疑的怜悯，显示出内心里无上的崇高博爱，堪称是一种慈父般的目光。他从不曾以那样一种目光望过他的老婆或女儿，即使是伪装的，他对她们也是根本伪装不出的。

这一种目光，比鞭子和吆喝更能使翟村的牛们在他面前变得乖乖的。

"嗯，畜生，这番该轮到你啦！……"

他若相中了哪一头，内心里便潜怀着极大的幸灾乐祸。他走到那头牛跟前，拍拍牛颈子，抚摸抚摸牛身背，甚至亲亲牛额，嘴上絮絮地、娓娓地说："牛哇，听话，跟我走。啊？要乖乖地跟我走！啊？唉，唉，你们啊，可怜的牛！我知道，我知道，你们都是些好牛呀……"

于是，那头牛在他的感召之下就淌下牛眼泪来……

于是，他便轻而易举地将那一头相中了去献死的牛牵走……

每次，他还不忘拍拍别的牛的颈子，抚摸抚摸别的牛的身背，亲亲别的牛的额，絮絮地、娓娓地对别的牛说："别嫉妒它啊，明儿我还会来的。明儿我来就牵走你，后儿牵走你……哪个乖，我先牵走哪个，都要有耐心……"

于是，别的牛就"哞哞"叫，仿佛领悟了他的话。

他并不牵着注定要献死的牛径直朝村里走，而是朝相反的方向走，走出草甸，走出别的牛们的视野，然后再拐向村里……

别的牛们，每次都噙着牛眼泪目送他和它们的一头伙伴，直至不见……

"我，是我，翟玉兴，而不是别的谁，这就牵你去死！你他娘的去死，不是老子去死。你死的时候哪，老子看着，还有那么多的人看着。那么多的人看着，你也死得其所了。你还浑然不知哪，嘻……你还淌你的牛眼泪哪，嘻……你还感激我哪，以为我是要把你牵到一个安全的去处，巴望着能逃过你的劫数是不是？你做梦吧！劫数难逃哇！我们人是信这一点的。你不懂，也就谈不上什么信不信的，是不是？你啊你啊，你上了我的大当啦，嘻嘻……"

他倒背双手牵牛其后，不慌不忙地走着，并边走边在内心里说，还咧着嘴笑。那一份儿愉悦，那一份儿快感，真是无法形容。

欺诈给某些人带来的愉悦和快感，是胜过瘾君子吸大烟时的愉悦和快感的。那欺诈若能置人于死地，那一种幸灾乐祸则是足以令其手舞足蹈起来的。他难得有机会如此这般地对付一个人，因为翟村的男女普遍都比翟村的牛难以欺诈、难以对付。现在，能有机会这么对付牛们，也是挺好玩的嘛！何况，牛是并不低贱的畜生。在《百家姓》中，"牛"不是也位列其中吗？何况，他很有自知之明，他的伎俩发挥到极致也就是这么高的水平了。以此有限的水平，对付牛们是绰绰有余，对付人可就有点智慧不足了。再说，如此这般对付牛，并无日后遭受报复的忧患，因为它是死定了的嘛！如此这般对付人，则太危险了。

他从不做冒险的事儿，也没那种胆量。他不过把他自己的行径，当成在人圈里不敢于实践而对畜类则不妨试试的游戏……

每次他把牛拴牢，牛就意识到上当了，但死即临头，后悔也迟，欲逃徒劳，欲拼无奈。牛怒而恨之地瞪着他时，他总是忍不住想哈哈大笑起来！

他觉得没有比这种事儿更能令自己开心的了！

他毕竟是大人，不是孩子，多少得表现出点儿大人的深沉。他竭力遏制住自己，并不在那一头怨而恨之地瞪着自己的牛跟前手舞足蹈、开心得失态。他在距离那头牛不远处蹲着，也瞪着那头牛，并大口大口地吸烟，听着一些男人、女人对那头牛的死做种种预见性的论断，以及对他的义务的评价。他激动异常，夹烟的手指微微颤抖，满脸释放着既得意又谦逊的红光，一双眼睛被内心里的渐升渐强的幸灾乐祸燃烧得炯炯有神……

然而，最后那一天，"倩女"指定了要屠一头青春年华的小黑牛。

"黑的？不行！"

"怎么不行？"

"只剩两头牛了！除了那一头老白牛，再就剩一头小黑母牛……"

"公的母的无所谓，只要是黑的。"

"无所谓？你们无所谓，我可有所谓！那一头小黑母牛是我家的，我对它有感情！……"

诱导别人家的牛送死，图的是愉悦，是快感，是开心，是一种幸灾乐祸心理的极大满足。诱导自己家的牛送死，那种别人们无法体验到的感觉，不就有些不对劲儿了吗？感受不对劲了，愉悦还是纯粹的愉悦吗？快感还是纯粹的快感吗？开心还是开心吗？幸灾乐祸还能百分之百地幸灾乐祸得起来吗？……

对方意味深长地"噢"了一声，仿佛完全不消他再说下去就已经明白了许多，对他理解了许多。

对方从大黑皮夹子里摸出一张纸钞放在桌子上，用小手指的指尖按住一角，缓缓推向他。

"什么意思？……"

他明白那是什么意思，觉得受了侮辱。因为他尚未看清，那是一张百元的最大票子。

"你可要看清楚哟……"

对方淡淡一笑。

"哼！给钱也不……"

话没说完，他看清楚了钱的票面，咽了一口唾沫，把到唇边的话也同时咽进肚子里了。

对方又摸出一张百元大票，以同样的小动作推向他。

双方都不失时机。

"这个……这个……钱，并不重要……"

"对。钱并不重要……"

第三张百元大票再推向他。

"我说了，钱并不重要……"

"我也说了，钱并不重要……"

他继续期待着。

然而，对方收起了钱夹子。

"明天黎明时分，五点半吧，井台边儿，拴在井台边儿那一棵老槐树上，你的义务就结束了……"

好像他已经答应了似的，对方说完就走，那么自信，不似跟他商量什么，倒似对他下达指示。

他独自气闷了半天。

百元大钞，他是第一次摸，第一次见，崭新的。上面的四个人头像，第一个一眼就认出了是谁，第二个似乎熟悉又似乎陌生，第三个、第四个可就完全陌生了……

他喜欢这三张百元大钞，认为是所有人民币中最精美的。

钱嘛，就应该用最好的纸，就应该印得很精美……

夜里，他到草甸子去了。

在天然形成的坑塘边，在一丛灌木后，他寻找到了"她"和那一头老白牛，"她"偎在它身旁。

他带了一包细盐，他知道"她"爱舔细盐。用那一包细盐，他将"她"引出了草甸子。

那一头老白牛，大概因白日里带着"她"东躲西藏而过分紧张，过分疲顿，竟毫无知觉……

黎明时分，"她"被吊死在井台边儿那一棵老槐树上……

"倩女"说那够得上是经典的情节，是可以在艺术上达到"问鼎"水平的画面，是会彪炳史册的，是会震撼全世界的影坛的。

他不知道"鼎"是什么人物，是何方大师，而翟村的男人们、女人们也都没听说过，于是向"倩女"探问。"倩女"纷纷摇头微笑，不作答，表情神秘。

吊起"她"的，当然不是"倩女"，是替身。但替身当然也没那么大的神力，因为替身背后余出了老长的一段绳子，那是剧组的男人和翟村的男人们在帮着使暗劲儿……

那时刻，天是苍灰的。

那时刻，天上只有一颗星是启明星。

那时刻，"她"没有"哞哞"地叫，也没有像别的牛一样淌泪。"她"只是尽了"她"对"她"的生命的最后之本分，四蹄蹬地，与众多的男人们拔河。

那时刻，男人们也很奇怪。按说，他们应该喊号子，就像人和人拔河一样喊号子。但他们没有，他们都紧拽大绳、紧咬牙根且身体一致地朝后倾倒，都默不出声地使出他们全身的气力……

女人们中也没有替男人们喊号子鼓动情绪的，她们全都站在两旁默默地看，有的看男人们，有的看牛……

那是静悄悄的一场较量。

终于，"她"的两只前蹄离开了地，越离越高，越离越高，而两只后蹄仍深深地蹬在土中……那样子，似人立。

翟村的女人们，有些曾见过马人立时的情形，却谁也没见过牛人立时的情形。

那一刻，她们目瞪口呆，大开眼界……

终于，"她"的两只后蹄也离开了地，"她"的整个躯体越悬越高，越悬越高。"她"四腿平伸，牛尾直垂，腰背有些弯曲。分明的，"她"还有一股不小的牛劲儿勒窒在"她"的躯体里，在躯体里为生命做最后的一次顽强……

衬着苍灰的天幕，一头皮毛黑缎子似的牛被高高吊在井台上方，吊在一株老皮斑驳的槐树上……

那真是一幅看了足以使人思维停止的画面啊！

吊死个人只怕也达不到那么一种难以描述之效果的！

所有的人，翟村的男人、女人、孩子、“倩女”等众，皆仰望着，皆很肃然的样子，如同仰望万世一现的神明，并在心中默默祷告什么……

“把那半边树的叶子全削了！连细枝细杈一齐砍，只保留那两根粗干！……”扛着摄像机的男人突然有所灵悟，大喊起来……

“对！对……”观察着监视器的应声附和……

“砍！砍！还都愣着干什么？上树去砍呀！……”“倩女”导演大姐点兵点将，命令人上树……

树枝、树叶纷纷落地……

翟村的男人、女人，不待吩咐，帮着都抱走了……

于是，忙坏了摄像的那个男人——一忽儿躺在地上举着摄像机拍；一忽儿骑在别人肩上平端着摄像机拍；一忽儿凑近拍；一忽儿退远拍；一忽儿在左拍；一忽儿在右拍；一忽儿蹲拍；一忽儿卧拍……

观察监视器的男人不时地赞叹：“好！好！这画面，真他妈的正啦！……”

于是，“倩女”等人和翟村的男人、女人、孩子都拥至监视器前，你推我，我挤你，踮脚碰头，将那九寸电视机大小的东西围得里三匝外三层，水泄不通。

方寸之屏上，苍天寂地，虬干老井，瘦树悬牛。一只乌鸦流矢般飞来凑热闹，“哇”的一声怪叫后从天而落，落下就啄牛眼……

“倩女”为之惊奇，替身交口称绝。

观察监视器的男人激动得都快哭了，指着方寸之屏说：“这画面不算经典，就没经典了！……”

翟村男女，虽看不出所以，却都啧啧咂咂接趣捧场……

翟文勉欣赏不了那等经典画面，这几天他夜里常做噩梦，梦见那些惨死的牛。吊牛时，他并未袖手旁观，也帮着拽大绳，不遗余力。投身入伍之际，觉得不过似拔河，这会儿心中竟怀了几分恻隐，但又想着"倩女"导演大姐之托，岂敢敷衍塞责？事事关注，连日操劳，今天又起得过早，感到有些头晕。从人墙里层突围而出，见婉儿穿着一身丫鬟戏服，独自仰首睇视那头吊着的牛……

他走到婉儿跟前，说："都看，你怎么也不过去看看？我替你挤出个地方？……"

婉儿阻了他片刻，"呸"的一口唾沫啐在他脸上，一扭身跑了……

望着婉儿的背影，他觉得太对不起她——几天来，副导演领受了"倩女"导演大姐的旨意，从上午到下午，总喋喋不休地给婉儿讲戏，一讲就讲得眉飞色舞起来，嘴角螃蟹似的冒白沫儿。本是子虚乌有的个角儿，现编现讲，编到哪儿讲到哪儿。今儿这样，明儿那样，后儿全不对了，又从头编起。随心所欲，信口开河，越编越乱，令婉儿吞涩含苦，不堪忍受，如遭折磨。刚明白了自己是好人，正面形象，"心灵美"，无缘无故地又变成了坏人，反面客串，蛇毒蝎狠小女人。请求进一步指点迷津，说是"好在表面，坏在肚里，阴险狡诈，口蜜腹剑，笑里藏刀，善中夹恶。怎么演？你得自个儿去悟，这么个角色演好了，你就一夜成名，跨入明星行列啦！到那时，就等着东西南北中都来争着跟你签合同吧！但愿，那时别忘了谁是你的启蒙老师、引路先生……"。

搞得婉儿至今忘了自己本是谁，究竟是"好人"还是"坏人"……

他知道——不过是为稳住婉儿，哄骗她一时高兴罢了……

"倩女"导演大姐倒是真将他视为心腹，除了副导演，只向他一个人透露了这等机密……

他真是从内心里觉得太对不起婉儿了！……

　　当晚，村中大设宴席，为"倩女"导演等众庆功祝捷。东邻置案，西舍搭棚。主殷客爽，谈笑生风，喜气洋洋，欢洽融融。男人豪饮，女子善劝。遗老竞尊，顽童赛嗲。口中尽啖，釜内皆烹。美羹佳肴，鲜汤嫩肉，七盘八碗，巨盆小碟，全出在牛身上——炖牛排，烧牛尾，焖牛肘，煨牛鞭，炒的是牛心，拌的是牛耳，连锅端上来的是清蒸牛脑子……

　　这一方说多多搅扰，那一方道小小意思，醉倒了遗老，撑饱了顽童。不胜应酬的是男人，乐于周旋的是女子，天翻地覆慨而慷！

　　翟文勉始终不见婉儿，高兴不起来。吐了一回，尿了两泡，借故不适，悄悄地离了席。

　　没走几步，背后柔语轻唤。回头一看，却是"倩女"导演大姐。

　　"文勉，你哪儿去？"

　　"我……回家……"

　　"不是回家吧？"

　　"是……"

　　"我看你不太开心的样子。"

　　"开心啊……"

　　她左右四顾，见并无人注意他们，朝他丢了个迷魂眼色："随我来，我有事儿和你商议！"

　　他犹豫了一下，本想托辞不随她去，怕她又提出什么非分的要求，使自己不诺为难诺也为难，但又觉她那眼色异于往常，不比一般，似乎包含着更明确更丰富的内容，脚不由人地、心猿意马地、想入非非地、一声不吭地就跟随了去……

　　他随她来到了她的住屋——他堂叔翟玉兴那幢新房子的东厢一间。

　　"你坐。"

没有椅子，他只有坐在"床"沿——那"床"，不过是一块旧门板担在两罗坯上。

"你喝茶不？不喝？喝吧。我也喝……"摸着黑，她涮杯子，瞥见他想拉灯绳，低声制止了他："别开灯，兴许人们正找我，逼我喝酒呢！你一开灯，不是把他们引来了？"

他那手，乖乖地松开了灯绳。

她沏了两杯茶，晾在窗台上。走近他，俯视他，问："你想对大姐说什么？说吧！"

他十分纳闷儿，她怎么就看出了他想对她说话——屋里这么黑，她也没法看清他脸上的表情呀！

"大姐，你到我们翟村来，是我们翟村的荣幸，真的！让你睡门板，委屈了你啦！……"

"别说这些，为了艺术为了事业嘛。"

款款地，她坐在了他身旁，挨他极近。他不由得心头突突撞鹿。

"你，刚才是不是想去找婉儿？"

"是……"

"想把我透露给你的机密话告诉她？"

他默默地点了一下头。

他暗恼自己在这个女人面前说不了谎。

"那，你不是把大姐我给卖了吗？大姐我对你一片真情实意，这一点你是心中有数的。"

"可大姐，不能那么哄骗婉儿啊！你透露给我，我就知道了。我明明知道，却不告诉她，我觉得太对起她了。你们走后，我如何向她解释呢？……"

"这首先怪她自己，是她把我逼得出此下策嘛！我也觉得太对不起她了，我很不安，很内疚。你助大姐办了不少事，大姐从心眼里感激你。所以呢，我才把机密也透露给你。我的不安，我的内疚，需要有个人替我分担一半儿。这个人，若不是你，还能是谁呢？……"

她的手，软软的一只手，像只小猫似的，在他不经意间业已爬上了他的肩。她的头，一歪，稍稍那么一歪，便靠着他的头了。

耳鬓厮磨的一对儿影子，被淡淡的月光映在地上。

他看着一对儿影子，似乎在发呆发愣。

"你为大姐效劳，图什么？"

"我……我可以发重誓，我图的绝不是钱……"

咔咔地，她笑了。她软软的那只手，开始抚摸他的脸颊。

他觉得他快燃烧起来了……

"我知道你图的不是钱，知道……那你图的又是什么呢？……"

"大姐，你……你得相信……我……我……我对你，内心是很……纯洁的……"

他这么替自己辩白，竟很相信自己的内心对这个女人是相当纯洁的了……

然而，他却猝地将她紧紧搂抱住了。

他的双手却是再也没法儿自重了……

"别急，别急……大姐可以做出对不起任何人的事儿，就是不愿对不起你……这儿不是扣子，是拉锁儿……"

什么都忘了的那个时刻，他也没忘下意识地扭头看门……

"门，我早插上了……你得对我发个誓——今晚什么都别告诉婉儿……"

她用双手防护着他最迫不及待要攻占的宫闱……

完全迷乱了的是他——而她相当清醒。

他一声不吭。

他凶猛地进行攻占……

于是，她不再防护，移开了双手……

她明白男人在这时候一声不吭，就是什么都答应了。

她笑了，不是胜利地笑了，而是自嘲地笑了。某些男人可以为此一快出生入死，她所要求于他的不过区区小事一桩，犯不着逼他发誓他也会守口如瓶……

"心理学研究生？小老弟，整天研究心理，你却太不懂你自己的心理啦！"

她想挖苦他几句，又懒得……

她从身旁抓过自己的牛仔裤，掏出烟，摸出打火机……

她吸着一支烟，由于受着蹂躏，呛了一口，懒得再吸，掐灭……

她顺手一扯枕巾蒙住脸，腿蹬在墙上，觉得舒适了许多……

她任他兀自折腾，想象着蓝天、大海、礁石、海鸥，自己在海边入静，做瑜伽、气功……

她浮想联翩地竟想到了"一休哥"——"不要着急，不要着急，休息，休息一会儿！……"

她随他气喘吁吁，自身且作小憩……

她真是憋不住地要笑出声儿来，认为一切一切皆是一场游戏，贯穿着她的机智而且好玩……

村子里各处挑灯秉烛，豪饮的男人、善劝的女子热闹得正火……

翌日中午，翟村仍静悄悄的。

醉男们拥着乏女们，朦胧在被窝里欲醒还眠。

公鸡们似乎昨夜也全体醉了，都不曾啼。

这般的一种静悄悄，首先使翟文勉觉着不大对劲儿，并非知识分子更敏感，乃因昨夜全村顶数他喝得少。他见他家的狗趴在窝旁，看样子也不大对劲儿。走过去踢狗一脚，狗身软软的，狗眼皮都不抬一下。弯腰细看，狗嘴角吐出些白沫儿。说死，没死；说中毒，不像；说醉了吧，这狗昨夜可没居案坐席呀！谁家的狗也没有哇！……

他直起腰发了一会儿怔，猛可地意识到什么，匆匆奔往堂叔家那幢新盖的房子……

人去舍空，里外打扫得干干净净……

"倩女"不知何处去，此地空留屠牛村……

他一屁股坐在门槛上。这时，他才发现，目光所及处，这里那里都张贴着些写在红绿纸上的标语：

"人民万岁！"

"理解万岁！"

"向翟村的父老乡亲学习！"

"向翟村的父老乡亲致敬！"

"怀念翟村的兄弟姐妹们！"

"祝翟村的老爷子们身体健康，永远健康！"

"君子报恩，十年不晚！"

"勿忘我！勿忘我！"

"我们还会回来……"

发现那最后一条标语，他腾地站了起来，仿佛遭遇海难之人于茫茫海面发现了有船舰在向他打旗语……

刚刚站起，又徐徐坐下——站起时才看清楚，那一条标语后是个大问号——"我们还会回来？"……

翟村人群情激昂，愤怒到了顶点。

牛是全变成牛肉了，牛肉是再也变不成牛了！

可钱呢？

答应他们的价钱，谁也没想到急着要哇！

只翟玉兴得了三百元，他不敢说出来，怕说出来引起普遍的嫉妒，尽管他也是很吃亏的。

再就是婉儿白捞了一套丫鬟穿的戏装，还有一个假头套。

有人想起来了，那帮骗子用馒头屑喂过村里的公鸡们……

有人想起来了，还用牛杂碎挨家挨户喂过村里的狗们……

鸡们并没有死。

狗们也并没有死。

分明的，鸡们和狗们，被服了安眠药，或者"巴比脱"……

翟村的男人们、女人们同仇敌忾，却是枉然。丧失了进行报复的对方，他们便互相宣泄愤怒。女人憎恨男人，男人诅咒女人，男人彼此憎恨，女人彼此诅咒。有的发狠地拧断自家的公鸡脖子，恼羞于公鸡没早早啼醒他们。有的挥舞棍棒毒打自家的狗，迁怨于狗在骗子们夜遁时不追不咬。后来，他们一致认为对于一个人是无论如何也不该宽恕的——那就是翟文勉。

他们奔至他的家，喝吼他滚出来，对他们的受损失和被捉弄要有个交代，扬言要立刻放火烧房子。

他战战兢兢地从家里出来了，他向他们低头认罪，并发誓一定追寻到骗子们，将欠款一分不少地讨回来。

他的老娘被激怒的众人吓坏了，跪在尘埃里，磕头如捣蒜。

他的父亲倒还镇定，请求众人别烧房子，说万一欠款讨不回来，他家卖房子也要赔偿众人的经济损失。

"只是经济损失吗？是你养的好儿子，招引一伙骗子到村里把咱翟村人都当猴耍了！"

还是有人怒不可遏，不依不饶。

"话也不能那么说。我家的牛不是也被杀了吗？何况，这件事的后果也不该我儿子一个人承担。咱们翟村的'老爷子'们不做主，咱们翟村人会都跟着起哄？"

当老子的为了保护儿子和家庭，临危不惧，以理相驳，表现出了大无畏的英雄气概。

众人敬于他的气概，也觉得他的话有几分道理，吵吵嚷嚷的，一窝蜂似的，挨门挨户的，将昔日至尊的几位"老爷子"从各自的家里吁呼了出来。从前不敢对"老爷子"们放肆的，携怒壮胆，出言不逊，指颊点颐，数数落落。

"老爷子"们也只有降下昔日的架子，唯唯诺诺，卸责推过的份儿。

他们说，他们固然该死，使翟村人蒙受了奇耻大辱，真真是千年垂恨、万代铭训的事啊！但最最应对后果承担责任的，难道不该是"老老爷子"吗？"老老爷子"不做最终表态，只他们几位"三老爷子""四老爷子""五老爷子"能锣鼓定音吗？

于是，众人又吵吵嚷嚷奔向婉儿家。

婉儿她爹她娘躲在屋里不露面儿。婉儿却双手叉腰，柳眉倒竖，杏眼圆睁，一位镇关女将似的屹立在院门口，就好像她是当阳桥头的张翼德，发一声喊能喝断江河水倒流！

她举手一指，冷言凛色："你们，要干什么？"

众人一时被她慑住，瞠目相觑，不禁肃然。

毕竟是"老老爷子"的家门口，是翟村活祖宗的尊舍前，再放肆的也不太敢造次由着性子胡来。

"婉儿，我们要请你爷爷露一面儿。咱翟村被闹腾到这般地步，他老人家总得对大家伙儿检讨几句吧？要不大家伙儿的气，今天是没法儿消的……"

"你们，真要我爷爷检讨？"

"就是，就是……"

粗声细嗓，喊成一片。可见，人同此心。

"行。你们在这儿等着，谁也不许跨入我家院门一步！谁敢，小姑奶奶可不是好惹的！"

于是，婉儿不卑不亢地转身，迈着稳稳当当的青春少女那种谁也不可欺的步子走进了她的家。

顷刻，婉儿出来了，正当胸前捧着个不大不小的雕花木盒。

"有什么话，你们只管对我爷爷说吧！"

婉儿神态自若。

"婉儿，你爷爷他还没出来哇！"

"婉儿，别向大家使拨火棍……"

"放屁！"婉儿火了，"他老人家就在这里边儿。我把他老人家请出来了，这是他老人家的骨灰盒！他老人家最怕阳光，只给你们三分钟的时间，他老人家就回屋去了！"

"啊！……"

"他他他他……他老人家，什么时候死的？"

众人全体大诧，个个震惊。

210

"死仨月了！那次到县里看病，就没能回来！我爷爷生前有话，咱翟村主事的大权，不能落在那'二老爷子'手里！我爷爷说，他是个心胸狭窄、城府太深的老东西，嘱咐我们要等他也死了再告诉大家我爷爷已死了，推举'三老爷子'直接主持咱们翟姓大事！……"

偏偏"二老爷子"拄着根拐跟了来，隐在众人之中。听了婉儿一番话，气得一口痰堵入咽喉，当场昏倒……

众人顿乱，有的掐其人中，有的捶其后背，有的抚其前胸。

"三老爷子"竟也跟了来，这时踉踉跄跄、跌足错步地扑至婉儿跟前，夺过"老老爷子"的骨灰盒委至于地上，泗泪滂沱，号啕大哭："哎呀，我的老哥呀！你才活到九十九，怎么就去得这么早哇！你撇下老兄弟我，我活得还有什么意思呀！……"

于是，儿女辈的，孙儿、孙女辈的，早忘了来由，齐刷刷一排又一排跪将下去，哭成一片。直哭得云灰日暗，天恓恓地惶惶，哀乎悲也！

婉儿家屋里，婉儿的父母，也在屋里相应地哭了起来……

咽长泣短，和声分部，A调、B调、降b调此起彼伏，忽强忽弱，里外传接，齐旋异律，好一场赛哭！天若有情天亦老！

众人终于找到了一处宣泄的豁口，就比着长劲儿宣泄，竟无一挺身而出问婉儿假传"老老爷子"旨意盗尊欺众的罪名。

好容易找到了一处宣泄的豁口，谁那么愚蠢那么缺德，非要逆情犯众再把它堵上呢？

村子这一边的哭浪，冲蒙了那一边的翟文勉一家……

当天，男女活跃分子张张罗罗地开始为"老老爷子"追办丧事……

翟村尚未从一起热闹一次集体娱乐的恶劣后果中超拔出来，凶险的威胁正潜伏在大草甸子里，转移在深蒿矬树间窥视着它，而它就又营造开了另一起热闹，发动了另一次集体娱乐，兴起了另一类的别种品位的刺激……

为"老老爷子"举行的象征性大出殡收场了，翟村的男人和女人在这另一类的别种品位的刺激中恢复了以往的心态。婉儿和她的"冤家"和好如初，仿佛实际上并不曾有过什么"倩女"等人来到过翟村似的，仿佛翟村人并没有被捉弄过似的，仿佛翟村并没有蒙受过什么羞耻似的……

家家倒是都吃只怕吃不完的牛肉。

那一天夜里，婉儿和她的"冤家"又在她的闺屋里幽会。穿着一双鞋面儿上补了孝布的鞋的翟文勉，照例地翻墙跳院。

这一对儿翟村的儿女啊，恰似"林妹妹"和"宝哥哥"，好得也快，掰得也急。偷度良宵，贪欢欲旺，哪顾忌什么孝道丧礼？一个如床上淫娃，一个胜帐内猛郎，恣情肆意，蝶浪蜂狂，柔怀缱绻，芳心情浪……

"冤家"问婉儿——"你就那么爱演戏，连演个现编现排的丫鬟也行？还打出你爷爷的旗号压迫别人！"

婉儿撇唇一笑——"你当我那么爱演戏哪？我不过是想开众人一个大玩笑！咱们翟村人，多少事儿都能鼓噪成热闹，单就不许我婉儿在场热闹中插科逗诨一次？"

"冤家"也笑了——"你学你爷爷的话，怎么学得那般像？莫说我，莫说他们，连几位'老爷子'，都被你骗过，信以为真啦！"

婉儿自鸣得意——"我是我爷爷的孙女嘛！我先写在了纸上，反复地改好几遍，又背了大半天，背得滚瓜烂熟。能不像？"

——"你爹你娘不晓得你的把戏？"

——"知道。知道又怎么样呢？骗人玩儿没有意思吗？把你们骗得那个样儿，你们一走，没见他们乐的呢！不会寻乐子的人，还是个咱们翟村的人？再者，我也替他们掩护了我爷爷死了的真相……"

两个人正叽叽咕咕调笑不够，猛听得一声牛吼，吼碎了无尽的温存。

那一头老白牛，它趁夜潜入了村，一吼起来可就没完。那一夜，翟村人被它吼得大人孩子都没睡成囫囵觉。大人们缩在被窝里，紧搂着受到惊吓的孩子，侧身聆听外面"嗒嗒"的巨蹄奔突之声，一忽儿从村头到村尾，一忽儿从村尾到村头……

它那吼，分明就是一头老疯牛的号哭，听得大人心惊胆战，听得孩子魂飞魄散……

它那吼，一声交替一声的，凝聚着深仇大恨，充满了暴戾和邪恶……

自此，它夜夜入村，潜遁突至，来去无踪。它不仅以它那吼声恫吓人们，而且开始对人们实行真的威胁了。

半夜里，一颗巨大的牛头猝然撞碎窗棂，连粗壮的颈子都拱入屋内，半张的牛嘴咧出残忍的令人毛骨悚然的狞笑，腥膻的黏液随着滞重的喘息喷在吓得毛骨悚然的大人和孩子的脸上……

或者，撞开人家的院门，撞开人家的屋门，虽然肩胛卡在门外，却足以用它的角将灶台捣毁，将水缸顶个圆圆的大窟窿……

或者，用它那大象般的屁股撞人家的山墙，一下、两下、三下……直撞得基震梁倾，终于将山墙撞倒而埋住躲藏菜窖里的一家……

有人家的狗被豁开了肚子，还被插在了树丫上挂着……

有人家的猪圈被蹋为平地，公猪、母猪、仔猪尽数被蹋得扁扁的，如同将全肉包子擀成夹馅单饼……

在大白天，它也闯入村来了，凸突的网着红丝的牛眼，仇视地睃寻一切进行报复的目标——不管有生命的还是没有生命的。一旦它朝什么逼去，有生命的便没有生命了，没有生命的便彻底毁灭了……

人们被迫演习极迅速地钻入菜窖……

它神出鬼没……

它白天黑夜在村子四周傲慢地转悠，翟村被它封锁了……

于是翟村人不得不联合起来保护家园……

于是翟文勉满怀对翟村负罪的忏悔鼓起自己的英雄气概……

于是便有了那一夜一败涂地的大围剿发生……

于是接续了翟玉兴一家的惨剧……

于是翟村的传统和历史沾染上了鲜血……

此时此刻，在翟村这一片土地上成长起来的，深受翟村人心理环境影响的，踌躇满志地加入了其实前程早已局限如箍的小知识分子行列的这一个翟村的儿子，认定自己将成为翟村历史上罪孽深重之人。他的英雄气概被严酷的现实撕得粉碎，毫无意义。他总算清楚地认识到了这一点。他的虔诚的忏悔也是毫无意义的，非但没能赎回什么，反而使自己罪上加罪。他一心要拯救翟村，同时也拯救自己的献身的精神彻底崩溃了。他根本不知道自己下一步该怎么办了？他明白了自己已然被事件推向了悲剧之人的角色，他明白了他所扮演的角色已然被事件所确定，他已然实践了一半属于这一角色的行为，他已然堕入这一角色的思想陷坑和命运下场无法自拔。

"难道这一切都是对我这个角色的铺垫吗？"

"典型环境、典型氛围、典型影响、典型性格——难道我是在演戏吗？"

"还不如昨夜惨死了的好。"他想。

悠然地，他觉得身后有人想要把自己怎么样——猛回头，一把铁锨凌空劈额砍将下来！

惊慌一闪，铁锨深深砍入地里……

"爸……"

"别叫我爸，我没你这个儿子！"

铁锨又举起，又无情地砍下……

他拔脚就跑，他的父亲提着铁锨穷追不舍，意欲将他置于死地……

神色麻木的呆立在一堵堵残垣断壁和破窗悬门后面的翟村的男人、女人、老人、孩子，极其冷漠地望着这一幕。

他绕着井台跑，他的父亲绕着井台追……

"砍死他！……"

一个孩子的声音。

"砍死他！……"

"砍死他！……"

"砍死他！……"

许多孩子的声音。

曾在人们聚众向他问罪时挺身而出替他辩白勇敢保护他的老父亲，这时因达不到一铁锨砍死他之目的而急得一屁股坐在地上，蹬踹着两条腿，哇哇大哭起来……

"翟文勉他爹！你哭有什么用？你养了那么个儿子，你还不跳井？！……"

一个女人的声音。

"跳哇！……"

"跳哇！……"

"跳哇！……"

许多女人的声音。

他的父亲不哭了，揪了一把鼻涕，习惯地抹在鞋底儿上，就像听话的乖孩子似的，很快地朝井口爬……

"爸！爸！你别……"

晚了……

"扑通……"

他眼前一下子消失了他的父亲，就像一个幻觉似的消失了。

他扑到井口，对着井中哭喊："爸！爸！爸啊！……"

深褐色的，如同好几年前的高粱秸一样的几根手指，在水面抓挠了几下，沉了……

井水渐渐平静，映出了一张歪扭的脸。他感到那张脸极其陌生，因为他自己的脸上从没有过那么一种歪扭的表情……

"文勉，你爹都跳了井了，你还等什么？"

这是"二老爷子"的声音。

"你还不跳吗？怕什么的呢？跳吧，啊？"

这是"三老爷子"的声音。

"文勉啊，要听话呢！读书之人，都讲个自觉性。跳了，你的罪也就减轻了……"

这是"四老爷子"的声音。

几位"老爷子"的声音，循循善诱，苦口婆心，娓娓动听，具有卓越的说教的意味儿。

他抬起头，四面张望，却哪一位"老爷子"都没看见。

不知他们隐于何处。

不知他们为什么要躲藏着。

听他们的话，他们分明有过什么预先的勾结。即使没什么预先的勾结，他也清楚他们在骨子里其实是那头老鬼畜的同盟。因为它是他们确定的图腾和迷信，他们都在不同程度上是它的一部分，撕扯不开的一部分，主体的一部分……

他跪在井边磕了三个头，站起来大喊一声："不……"

人们却只见他一声不吭地就走了——他是用他的心喊的……

他的家院却完好无损，院外前后左右一丈以内，竟连个牛蹄印也看不见。但东邻遭殃，西舍宅颓，仿佛有神明划地为禁，暗中庇佑。他心中窃喜，但东邻西舍大人、孩子投射在他身上的目光，使他接连打了几次寒噤。他想，那老鬼畜若不是仍感念着他的父亲当年对它的助生之德，便是对他采取以其道还治其身的特殊报复，离间他和翟村人们，使他陷于四面楚歌、十面埋伏，陷于翟村人心理围剿的恶阵。他们对付它束手无策，听天由命，但能对付他。他看透了，隔夜之间，显然已是不谋而合，难以逆转。不管那老鬼畜是出于感恩或是出于报复，结果都一样了。

他蹑足走近窗口，窥见他的母亲跪在炕上，面朝一隅，双手合十，嘴唇飞快地翻动，口中念念有词，正祈祷着……

他不愿也根本不想干扰母亲，便蹑足离开窗口，一步步倒退出院子，慌慌张张往婉儿家去……

翟村"老老爷子"的家被彻底毁了，四面的墙大部分坍塌了，屋顶架在几处不可靠的支点上，看上去令人提心吊胆。婉儿她爹当宠物养着玩的几只长毛兔，大白耗子似的在瓦砾堆钻钻蹿蹿……

因为畜生就是畜生，所以敢于无所畏惧地犯祖蔑尊。

在这一点上，比起翟村的全体男人，比起幻想拯救翟村和翟村人的翟文勉，更具有英雄气概，更顶天立地，真不愧是一头英雄的老白牛。

颓墙败舍之内，回荡着摇滚之乐，不知名的女歌星唱着情绪迷乱的歌：

跟着感觉走

紧拉住侬的手

…………

他吓跑了兔子，找到了婉儿。

婉儿蜷缩在一个墙角旮旯，秀发纷乱，灰尘垢面，神色骇绝。她一个胳肢窝夹着的是她爷爷的骨灰盒，另一个胳肢窝夹着的是她的宝贝录音机。录音机电池乏电，"感觉"听来就有些错乱，好像感觉错的是女歌星本人似的……

婉儿一发现他，就丢弃了两个对她来说相当重要的东西——她爷爷的骨灰盒和正教导着人们如何紧紧抓住"感觉"的录音机，张扬着双臂扑向他，紧紧搂抱住她的"冤家"，仿佛他已是她此时此刻必须紧紧抓住不放的一种什么感觉……

"太可怕了，太可怕了，太可怕了……"

她浑身颤抖不止。

"婉儿，你爸你妈呢？……"

"我……我也不知道……"

"不会……砸在了倒墙下吧？"

婉儿还是机械地摇头说："不知道，不知道……"

"你，为什么还开着录音机，开着那么大的声音？这种时候、这种情形之下听音乐，别人会怎么看你？这不是我行我素的时候。你不清楚咱们翟村人吗？你千万要怀几个戒心……"

由自身而预料她的处境，他耿耿地警告她。

"我……我是为了给自己壮胆量……刚才那样子，我觉得像是跟三个人在一起……我爷爷，还有另一个女的……全村的人都不用好眼看我……可我……可我又没亲自坑害他们！他们不是一向巴望着发生什么刺激的嘛！小小不然的刺激刺激不了他们，而他们一心巴望着发生的，难道不是最大最大的刺激吗？我的玩笑就算开得过了，那也是为了成全他们，是一片好心呀！……"

婉儿满口的道理、满腹的委屈，说着说着，委屈得哭了……

婉儿哭得别提有多么伤心！

"别哭，别哭，哭也没用！我没时间多耽搁，我不能和你在一起，我这就得走……"

他用手指抹去她脸上的泪，如同轻轻抹去沾在玻璃上的水珠，似乎要更看清什么。

"我不放你走！……"

"我得去办要紧的事儿！"

"那我也不放你走！……"

婉儿将他搂抱得更紧。

女歌星还在迷惘地唱着"感觉"……

"别哭，听话！放开我……"

"不……"

"你放开我！……"

"就不！……"

他不想向她解释什么，明白解释也白解释。他不得不掰她的手指，撑架开她的胳膊，从她的搂抱之中脱身一闪，就势一推将她推倒了……

他顾不得她怎样望着他可怜兮兮地哭，一狠心转身便走……

她的哭声像一条甩不掉的狗一样追赶着他。

还有那女歌星的歌唱，也像一条狗，甩不掉似的……

　　跟着感觉走

　　紧抓住梦的手

　　脚步越来越轻

　　越来越快活

　　尽情挥洒自己的笑容

　　爱情会在任何地方留我

　　…………

　　隔着办公桌，县公安局局长研究似的瞧着翟文勉，像精神病院的医生般惊讶地瞧着一个没人陪同前来的严重的精神分裂患者。此刻，他是多么后悔同意传达人员允许这个大汗淋漓、强自镇定的年轻人见自己。

　　"你怎么来的？"

　　"半路……搞了一辆自行车……"

　　"半路搞了一辆？这话什么意思？拦截的？抢劫的？……还是偷的？……"

　　"拦截的。"

　　"你认识对方吗？"

　　"不，不认识。"

　　"那么，就不是拦截了，而是抢劫了！这二者，性质是根本不相同的……你自称你是研究生，这点儿起码的法律常识你是应该懂得的……"

"我懂。拦截，抢劫，随你怎么理解都可以。请你赶快派人，跟我到翟村去！……"

"你说你懂，那你不是知法犯法吗？"

"你他妈的浑蛋！"翟文勉终于不可忍耐，从桌上操起暖瓶双手高举，欲砸在县公安局局长头上，并且威胁，"你到底派不派人？"

"别，别，你别生气！吸烟吗？……不吸？那我可就自己吸啦！……一头疯牛，顶死了几个人，当然是很可能的，不，是完全可能的！你放下暖瓶嘛！坐嘛！我很替被顶死的人悲痛。我相信你讲的都是真的！我相信！但是，小伙子，第一，这是公安局，我不能派公安战士跟你去对付一头牛。咱俩都应该通情达理，是不是？你看你又瞪眼睛啦！年轻人，火气这么冲，不好，很不好。这样吧，我给县武装部挂个电话，你去找他们。武装部的武器装备比我们公安局先进！就是对付一头牛，也需要好点儿的武器，何况你说得很明白，还是一头很厉害的疯牛！我现在就挂电话，行不行？放下暖瓶，放下暖瓶……"

见对方抓起了电话，翟文勉才放下暖瓶。

翟文勉离去了。

县公安局局长吸着烟，独自寻思刚才发生的事儿，扑哧笑了，毫无疑问，这是一个精神病人嘛！他为自己急中生智将一个难缠的精神病人，倒脚射门似的巧妙地射进了县武装部的大门儿，感到挺开心的。现在，就让武装部那帮家伙去对付一个精神病人或者一头疯牛吧！

人有时在做一些小坏事的时候能够获得特殊的愉快，即使这个人一向是挺好的人。

县公安局局长愉快地唱起了京剧：

包龙图打坐在开封府，

呼一声王朝马汉听端详……

　　唱了几句，他又抓起电话将传达人员训了个狗血喷头："难道你看不出那是个精神病人吗？他自己说他不是？愚蠢！愚蠢透顶！自己说自己是精神病人，那还真是精神病人吗？亏你在公安部门混了这么多年，连最简单的判断都失误？下次再发生这样的事儿，我扣你三个月奖金！……"

　　接着，他给自己沏了杯茶，慢呷缓饮，没什么具体工作可做。他又寻思了一通，又喷儿地笑将起来……

　　"找部长？"

　　"对。"

　　"非找部长不可吗？"

　　"是的。"

　　"你找不到部长，他不在。"

　　"可是，五分钟以前公安局局长当着我的面儿亲自挂来的电话！……"

　　"那电话不是部长接的，是我接的。部长他儿子今天结婚，都去参加婚礼了！只我一个人留下值班，有什么事儿你就直截了当对我说好啦！……"

　　翟文勉有些犹豫。

　　"现在的风气，可真是的啊！办事儿的，都学会了找当官的，而且一找就找第一把手。第一把手要是什么事儿都能亲自处理，还用我们这些小催拨儿干什么？催拨儿有催拨儿的作用！比如我，要是没有我留下值班，别人能都去参加婚礼吗？……"

222

　　武装部那个值班的"催拨儿"正闷得慌，可是来了个人了，也不在乎他是不是精神病，只管引诱他侃。

　　翟村的后生不得不把在县公安局陈述过的那番话又陈述了一遍。

　　"等等，等等！我说伙计，你别再讲下去啦！我讲吧！我讲，你听明白了没有——一头老白牛，很厉害的一头老白牛，疯了，怎么疯的？不需要你进行解释啦！总之它是疯了，对不对？怎么疯的也是疯了嘛！这一点无关紧要。它顶死了人，顶死了两个。你不是说死了三个人吗？噢……甭解释。你父亲是跳井死的，那也和它有关呀！对不对？还有那个吓疯的，当然更和它有关啦！可你……你没事儿吧？我的意思是，你……"对方显然来了兴趣，用一根手指指着自己的太阳穴，还转了几小圈。

　　"我发誓，我的神经没问题。同志，你可一定要相信我呀！……"

　　翟村的后生潸然泪下了。

　　"别哭，伙计。你的神经保证没问题就好！那头疯了的老白牛，还严重地破坏村子，危害人民的生活，所以你来请求武装部去你们翟村为民除害，对不对？你来请求我们是非常正确的，我们是人民的治安武装嘛！你多余去请求公安局了。他们——哼，只配抓小偷和卖淫的！我去！我当然去！义不容辞！……"

　　对方说着，起身从墙上摘下带套的手枪佩在腰间。

　　"您……就您一个人去？"

　　翟文勉显出失望的样子。

　　"还要去一个军？笑话！我一个人去就绰绰有余了！……"

　　对方显摆地拔出手枪，美国西部牛仔枪手似的，使手枪在手指上转，还对着枪口吹了几口气，仿佛枪筒里积满了灰尘。

那是一支老旧的五四手枪。

那是一位耻于继续当"催拨儿"的"催拨儿"。他好大喜功，正闲得百无聊赖。

他戴上大壳帽率先往外走，走到门口又反身跨到桌旁，说："你不是嫌我一个人少吗？我再替你拉上一位……"

接着，他打电话："报社吗？找小王。小王？我谁？我是你大哥呗！听出来了？哎，我告诉你：现在，有一件事儿，我亲自去办。不是对付人，是对付一头疯了的老白牛！详细情况，路上再讲给你听！伙计，你就跟我一块儿去吧！我保证你回来后能写一篇有声有色的报道！"

耻于当"催拨儿"的"催拨儿"刚将吉普车发动起来，那位记者就到了，还有一位秃顶的中年人。记者介绍说中年人是位有名气的作家。

四个人一上车，记者就掏出小本本垫着膝盖开始发问，并开始唰唰地记。"催拨儿"总是一边驾车一边抢着回答，实在回答不了，以其昏昏使人昏昏时才将回答的权利不甘心地让给翟文勉。

"关键是死没死人。死人了，报道的价值和分量就重多啦！你父亲也死了？请问你当时的心情怎样？顺便劝一句，你要节哀啊！那两个死者的惨状如何？讲得越细越好……尸体模糊，横陈在血泊之中……血已经凝了吧？许多房屋都被疯牛所摧毁！对，就用'摧毁'一词！村不像村，家不像家！你看我，忘了进一步介绍作家了！咱们县这位大作家，发表过许多作品呢！《壁橱里的女尸》，读过没有？……"

车飞快地开，记者不停地问，不问便说，说起来就不停嘴。

作家却挺有修养的，很照顾翟村的后生的心情，什么也不问，也不跟他说什么，只是严严肃肃地与记者讨论同样的素材在新闻报道和小说中如何分配才合理。

武装部的"勇士"对作家怀有十二分的尊敬，说作家发表的小说他都拜读过，不仅自己拜读过，还极力推荐给亲朋好友看。

作家是位很谦虚的作家，一个劲稳稳重重地说："哪里，哪里！过奖，过奖！但是，我是坚决主张小说要具有人民性的！我的每一部小说，发行量都在三十万册以上。我写的时候，心中总想着'人民'二字。人民性，乃是最高原则……"

车到峡谷，正是黄昏。乏鸟归林，孤鸦郁噪，残虹烹天，初雾漫地，爽雨方息，暑蝉寂寂，风筛秋凉，雷惊四野。

"勇士"颇扫兴："妈的，怎么下起雨啦？"

记者神采飞扬："下雨好！下滂沱大雨才好！氛围就不一般了！'风萧萧兮易水寒，壮士一去兮不复还。'不该停，不该停！"

"勇士"说："用枪，不遂我心愿。要是一件什么冷兵器，那我更提情绪！"

作家首先踏下车，在车旁撒了一大泡尿。尿毕，通畅得浑身一抖，口出一诗曰："一元大武，威及四荒，壮哉猛士，称颂八方！"

"勇士"听出了是讴歌自己的意思，赞道："好诗，好诗！"并悄问记者："'一元大武'怎么解释？"

记者笑而不答，似乎在说——"这你都不懂呀？也太没文化了点儿吧？"

作家便逼问记者："你懂？你讲，你讲！"

记者吭哧半天，分明也是不知。

"一元大武者，一头雄牛也！"作家自得了，拍拍记者的肩，"老兄，往后多读点儿古文吧！"

记者红了脸，说："我不是不懂装懂嘛。你小解，引起了我要大便。我这正憋得慌呢，所以一时就想不起来……"跑向远处，匆忙一蹲……

翟文勉最后一个下车。他回望他的翟村，连缕炊烟也不见……

他心情沉重万分！

他提醒他搬来的孤胆英雄："你那枪里，上了子弹没有？"

"噢，对了，还没上子弹哪！"

对方赶紧往老旧的五四手枪里压子弹，然后大喊："我来啦！"

其喊将落，一声牛吼顿起！谷口现出一丘庞大白物，似坦克，似装甲车，似推土机，耀武扬威地就过来了……

翟文勉低声说："就是那老鬼畜……"

离着还半里多地呢，"勇士"慌慌张张地便开枪了。

"叭！叭！叭！……"

像小鞭炮，倒也响得脆亮。

作家怒斥："你怎么开枪了？你不是说要等它离你三五步时再开枪吗？……"

射出的子弹不知都飞往哪里去了！

"一元大武"耀武扬威地仍踏将来……

"你小子他妈的快再上子弹呀！"

"没，没，没子弹了！子弹全射出去了哇！"

"你存心让老子陪着你送死啊！"

"还愣着干什么！上车上车！……"

"勇士"双手握空枪，傻眼呆瞪"一元大武"，僵在那儿。

作家面无人色，将他硬塞入车。

吉普车仿佛遭到当顶一棒的猪，晃头晃脑，笨笨哈哈，掉头开走……

记者提着裤子朝吉普追去："别撇下我！别撇下我！王八蛋！狗作家，我半点素材也不让给你！……"

裤子落下，绊倒了"后景大曝光"的记者……

"一元大武"奔突起来，冲向作叭儿状的记者……

翟村的后生却没逃跑。

他觉得逃跑不逃跑对他来说早已都是无所谓的事儿了……

他看得清楚——那头疯魔了的老白牛怎样冲到连滚带爬的记者跟前，巨头一低，双角将记者从地上叉起，如同农夫用钢叉叉起一捆草般轻而易举，干得令人难以置信的灵活而且利索……

吉普早已驶出很远……

记者在牛头上舞手画脚……

它顶着他，朝一棵树踏去。绕树一周，又朝另一棵树踏去。如是者三，它终于相中了一棵它所要寻找的树——一棵有断枝利茬的不高不矮的树。

它就翘首把他插在那棵树上，好像服装店的售货员用叉杆将一件顾客挑了半天而最终未买的衣服恼丧地又挂在衣钩上……

裤子从记者身上褪下来，悬一大白……

那可怜的人儿仍在舞手画脚……

翟村的后生望着，竟丝毫也不感到触目惊心了，只是觉得所见有些滑稽……

他想——噢，它不过就是这样将狗插在人家的门楣上或院栅栏上的呀……

它退于丈外，以一头畜生所能做到的标准的"立正"姿态，向插在树上的那不雅的东西行"注目礼"。

227

"立正"对于畜生来说，能做到它那样也就算做得最标准最好了。

远远地望着它，他给予它一种客观的、毫无个人成见的、发自内心的评定，好比一位教练对受训的运动员之某一高难度动作给予场外的公正评定。

它那样子，显然是在欣赏它的杰作。

忽然，它亢奋地跳起舞来。是的，的的确确是在跳舞。不是跳任何意义上的古典舞或传统舞，是跳现代舞，是跳类乎迪斯科、霹雳、宇宙舞。它那如盘的四只大蹄子踢踏有致，它那庞大的身躯尤其它那夯壮的后臀扭得相当猛烈，它那威武的头一扬一俯得格外骄横……

望着一头畜生亢奋而舞，如同望着一个人学婴而爬，对视觉同样是意外的犒劳。

那一丘白色的既老且壮的半高等生命，造就着一种轰轰烈烈的感染力，使它周围的一切似乎都显得生动了起来。树仿佛也在扭。一片片的草也仿佛开始抽搐，仿佛抽搐着抽搐着就马上会变成一群群奇形怪状的东西，伴随着那一头疯魔了的邪性的庞大畜生兴高采烈地踢踏欢舞。连插在树丫上那具不雅的半死不活的东西，胳膊腿仿佛也比画得更欢更来劲儿了——使人联想到一个把自己悬起来练泳姿的人……

翟村的后生受到感染和蛊惑，不由自主地，情绪难耐地，双脚也踢踏起来，身子也扭动起来，也竟有些兴高采烈起来……

他简直不由自主……

他简直情绪难捺……

那一丘白色的既老且壮的半高等生命，轰轰烈烈地踢踏着如盘的四蹄，匪夷所思地扭着庞大的躯体，边舞边退向峡谷……

翟村的后生边踢踏着边扭动着亦趋随着跟向峡谷……

它终于退入峡谷去了，就好比一位舞蹈演员边频频谢幕边退隐于垂地大幕之后。

随着它的消失，四野肃静。

翟村的后生驻足在雕嘴峡谷的前面，瞪着斧劈般的两仞嵯峨山势，如望着空荡荡、寂悄悄的"大舞台"之台口，弄不明白自己刚才是怎么了……

他只记得它在谷咽行了一次"屈膝礼"——是的，它那怪诞姿态，简直就是行"屈膝礼"！同时，它还对他呵呵冷笑。它那牛脸上的冷笑之颜，他是已经很熟悉的了……

然而，他还是打了一串寒颤！

峡谷里，啸出一阵阴森森、湿漉漉、冷飕飕、腥汹汹的异风……

他觉得它那种冷笑，酷似"二老爷子""三老爷子""四老爷子"们惯常的冷笑，甚至使他想起已经死掉了的"老老爷子"活着时惯常的冷笑。

他又打了一串寒颤……

当黎明拖走了那一天的夜晚的残骸，一个艳红艳红的人儿飘出翟村，火似的，霞似的，血似的……艳红艳红的那一个人儿，翩翩曼曼的，轻轻盈盈的，一只大蝴蝶似的，被风吹着一般似的，向雕嘴峡谷飘来……

那是翟村的宠女婉儿。

她提着她心爱的宝贝录音机。

录音机里含着那一盘她最喜欢的磁带。

不知名的女歌星迷惘而迷乱地歌唱着的是——

跟着感觉走

紧抓住梦的手

　　蓝天越来越近

　　越来越温柔……

她穿的乃是她为自己的新婚之夜预备下的红绸睡袍……

翟村的男人、女人、遗老、顽童则一排排一列列跪于村头齐呼：

　　白牛啊，白牛啊，归来吧

　　已为你盖好了牛棚啦，白牛啊

　　已为你备好了上等豆料啦，白牛啊

　　已为你选好了大小母牛三五头啦，白牛啊

　　它们可都是外地的优良品种哇，白牛啊

　　归来吧，归来吧，白牛啊

　　白牛啊，白牛啊，长生不老

　　…………

　　翟村的宠女婉儿，"跟着感觉走"——翩翩曼曼的，轻轻盈盈的，一只大红蝴蝶似的，被风吹着一般似的，向雕嘴峡谷飘来，悠悠地飘来……

　　她在谷咽处看见了她的"冤家"——他被牛筋捆在十字架上，十字架深深钉入地里。

　　她推了推十字架，十字架纹丝不动。

　　她微笑了，说："冤家，他们弄得很牢很牢的呢！怎么忘了给你钉个帷盖儿，也防日晒着了你，雨淋着了你呀……"

他什么都没说。

死人都是寡言的……

她见他一只鞋的鞋带儿开了，便放下录音机系好了他的鞋带。

之后，她拎起录音机，咿咿呀呀地哼着唱着也不知唱的什么，脚步儿错差地，身子儿扑旋地，脸庞儿欢颜悦色地，被异风吸入了谷腹……

疯魔了的老鬼畜被这火似的、霞似的、血似的、艳红艳红的人儿激怒了，也被录音机发出的歌声激怒了。

当它俯着头挺着角直向她冲来时，她塞身在一道岩缝里。

它一头撞在岩上，一只角折断……

它愈怒，后退数丈，又猛冲过来，又一头撞在岩上，额裂浆喷……

这一头既老且壮的半高等生命目凸欲暴，一次次后退，一次次猛冲，一次次顽撞……

可怕而可怜的畜生的头血脑浆，染得岩体红白相间……

终于，它一头撞入了岩缝，它的头被卡住了，退不出来了……

它那庞大的躯体无力地挣扎了几番，瘫软了……

它的前腿一弯，似乎极卑恭极驯良地跪下了……

血……

婉儿的血，一滴，一滴，一滴……

滴洒在谷腹的土地上……

它的另一只角，插入了她的胸膛，正插在两乳之间……

土地贪婪地吞咽着她的血。

它的头像一个吃奶的孩子的头，偎在她怀里……

她抬起一只手，抚摸那牛头、牛脸、牛鼻、牛唇……

这最后的一番刺激，使她的神经大为满足。

她说："嘿，乖犊儿，咱们该玩完了。是吧？"

她说完就死了。

那时刻，大地正分娩出半个太阳，朝霞正燃烧得无比辉煌。

录音机被踏在一只牛蹄下，峡谷中余音回荡——

　　跟着……

　　跟着……

　　跟……

死 神

时值正午，暑热难遣。

他躺在床上，恍恍惚惚，似睡非睡，欲醒难醒。蒙眬之中，听得有人敲了几下门，想应一声，应不出声，想坐起来，坐不起来，仿佛身体已不是自己的，僵而且沉。

门外人又敲了几下门，轻轻推门入室。他顿觉一股森凉，和着一阵馥香。

蹑着脚步徐至床前，来人分明在向他俯视。森凉之气袭面，香水味儿盈鼻。强睁双眼，见一芳龄女性极美的脸，情态娇娆，红唇微动，带着不露齿的很甜很媚的笑意，唇角扯出了桃腮上浅浅的梨窝。

陌生。

她将垂散胸前的乌丝般的柔发朝肩后一撩，直起腰来退离床前，十分优雅地提了一下裙裾，款款地坐在圆桌旁的一把椅子上，用迷人的目光注视着他。

他不免因自己的失仪有些发窘，也莫名地有些慌乱，睏困全无。他立即坐起，趿鞋下床，坐在圆桌另一旁的椅子上，低声嘟哝："请原谅，我这几天正生病。"

她耸了一下肩，兀自很甜很媚地笑着。

"你是……大学生？"他问，并打量着她——水粉色的无袖的连衣裙，玉臂尽裸，象牙般的颈子上戴着金项链，一个金的小十字架半露在连衣裙领口。他立刻否定了他的猜测，女大学生一般是不戴那玩意儿的。

她摇摇头，还是那么甜那么媚地笑着。其神其态，如无邪少女，天真而又风情百种，令他莫测高深，复凡心暗动，有些被蛊的感觉。

"演员？……"曾有演员或想当演员的访过他，希望经他向某某导演推荐，在由他的小说改编的电影或电视剧中扮演什么角色，可他最近并无小说改编成功。

又摇头。

"编辑……"他感到全身发冷。

仍摇头。

"记者……"

摇头，笑脸依旧。

"那你究竟什么人？找我有什么事？"他如堕五里雾中。

"我是死神。"她终于启口，话音莺啼燕呖，如珠玑落盘。言罢，贝齿轻衔下唇，明眸凝睇而视，似庄犹谐，故矜且笑。

他调侃道："死神是你，世人不惧死矣！"潜意识中，生出取悦的动机。

"我是死神。"她重复说道，并缓缓伸过一只手来握住了他的一只手。

他不禁打了个寒颤，如冰的一只玲珑秀手啊！

她的手握住他的手不放。他的手像在冬天被什么铁器粘住。

他这才恍然彻悟，为什么她走入房间后他感到一阵甚于一阵的森凉。他瞧着她惊呆了，然因其殊美，并无所惧。

"你相信了吧？"死神放开他的手，那种很甜很媚的笑愈加动人、迷人、蛊惑人，大有得意之色，而得意之中还包含着些许诡诈，几多狡黠。

他瞠目结舌，说不出话。

"怎么，你还不相信呀？"

"信……可是……你来找我，有何贵干？……"

"瞧你问的！"死神哧哧笑道，"我来找你，还会有什么事呢？履行公事呗！"

"公事？……组稿吗？"他凝视她那面如桃花的脸，只觉怪诞而迷乱，一味问呆话。

"组稿？……"死神抬腕掩口，哧哧笑得愈发可爱。笑罢，嫩嫩纤指朝他额上轻轻一点，莺声燕语道："我来要你的命！"

他觉得额上似乎被电棒击了一下，一阵冰冷直透脑骨，神志格外清醒起来，便收敛了云游他方的心意，并认识到眼前的现实是需要严肃对待的。他谨慎地问："你搞错了吧？我才三十岁呀！"

"我对我的工作一向是很有责任感的。"死神正色道，"自从我主宰人类寿命以来，还一次也没出过差错呢！"

"您千万别误会，我的意思是……太突然了……"他不由得"肃然起敬"，乃至诚惶诚恐，对死神称起"您"来。

死神用习以为常的语调回答："人人难免一死。人人死到临头，都觉得太突然。不过，也正是这一点，使我从中获得了乐趣。"

他不知再说什么好。

死神又轻舒玉臂，像唱戏的旦角一样，秀手宛若白莲，嫩嫩纤指朝床上一指："你瞧，其实你已经死了。"

他这才发现——床上仍直挺挺地躺着一个他，确乎已经死了。

他这一惊，非同小可。

她却一副司空见惯的模样，甜而媚地一笑，娇声细语地说："我很忙，不能在你家里耽误太久的时间。"说着，瞥了一眼冰箱。"有什么止渴的饮料吗？我渴极了。"

"有，有！"他受宠若惊，赶紧站起来，打开冰箱取出一瓶汽水，开了盖儿倒入一只杯子中，并怀着十二万分的讨好心思卑下地笑着，奴仆似的双手恭恭敬敬地捧送给她。

死神俨然主子似的接了过去，不慌不忙地饮下，使他奇怪她本是冰冷的又何以也竟觉得热呢？她拿着一方洁白的手帕优雅地在桃腮边扇动，手帕散发出一阵比刚才更浓的馥香，这馥香又令他心醉神迷。——死神那连衣裙上无兜，手帕显然是死神变出来的。

他退开去，归坐原位，注视着死神，暗自思忖：女人的心，大抵是富于同情的，倘诉之以哀，兴许能博得死神的一片同情而免了今天一死。

待死神饮尽了那一杯汽水将杯子轻轻放在桌上时，他主意已定，虔诚至极地说："诸神之中，我最崇拜您死神，因为您的权利是任何人也无法抗拒的……"

死神谦虚地微笑着，桃花般的面上不无悦色。

他见自己的阿谀奉承对死神产生了影响，进而改换一种凄凄切切的语调说："我才三十岁，如果我现在死了，还有许许多多的身后事未曾料理，功不成，名不就，而且还没爱过……没爱过，怎算做人一场呢？……我真是没活够……"

他喋喋不休地说着，说的倒也是些老实话。他自己都被自己的话感动了，不禁潸潸然而泪下了。

"别再说下去了，唠唠叨叨使人心烦！"死神打断他的话，认真地说，"总之，你是怕死的，对不对？"

"对，对！"他诺诺连声。

"但我是绝不会被你感动的。"死神又像先前那么甜那么媚地无声地笑将起来，如桃花的面上梨窝浅现，姝丽的脸儿美而俏，楚楚生情。

他却不肯动摇他的信心。在信心的支配下，他哇地放声大哭，一边哭泣一边继续重复他说过的那番话，涕泪交流，悲悲哀哀。

"噢，可怜的人儿，不要哭呀，不要哭呀……"死神似乎动了恻隐，用充满柔情蜜意的语调安慰他，同时又掏出那一方洁白的馥香的手帕隔着圆桌伸过玉臂秀手来替他拭泪。

他暗自庆幸目的达到，掩饰着窃喜，放开胆量握住了死神那只玲珑秀手，并洒下些泪珠儿在那手上。他如同握着块冰，但不在乎。

"只要您……放过我这一次……我将视您为我心中的偶像，我将无限敬仰您，无限崇拜您——这最美最美、最善良最善良的神……"他骗死神，也将自己骗了，仿佛他所表白的是他由衷的信仰。他的手已被冰得如同死神的手一样苍白，五指已麻木了。

死神矜持地从他手中抽出了手，依然那么甜那么媚地笑着，依然娇声细语地说："无论如何，我也绝不放过你。"

死神的话又一次令他感到绝望。死神的笑则又一次蛊惑了他。于是，他又哭。于是，死神又很有耐心地哄他，像哄一个小孩子。死神的语调温柔极了。死神的模样善良极了。死神是动人极了，迷人极了，但始终在哄他的话语中不忘提醒他——"无论如何，我也绝不放过你"。说时，她如年轻的母亲哄自己的孩子一样，不停地用如冰的秀手抚摩他的脸、他的头，用她那洁白的馥香的手帕替他拭去不断从眼中涌出的泪水。这样，他于绝望之中一直怀着不泯的一线希望，自信死神必定是会被他感动的。于是，他哭泣得更加令人可怜，最后竟跪倒在死神面前，抱住她那修长的可与芭蕾舞演员媲美的双腿，将脸埋在她那如冰的膝间唏嘘不止。——他是真真感到悲哀绝望了。

死神总说着那句"无论如何，我也绝不放过你"的话，桃花般的面上依然浮现着很甜、很媚、很迷人、魅力无穷的笑。

他绝望之下竟卑贱地吻起死神如冰的脚来，他的眼泪弄湿了死神那薄薄的透明的丝袜。

"好啦，可怜的人儿。别哭了，我放过你就是……不过，你得将你的一样东西给予我，作为对我的报答。"死神终于改变了说法。

他顿时止住哭泣抬起头来，仍跪着仰视着死神那张美艳的脸。

死神眼中闪耀着无比快乐的光彩。

死神是那么得意。

"什么东西？只要我有的……"他发誓般地说。

"当然是你有的，我要你的情感。"死神说时向他低俯下脸，收敛了笑，咄咄盯视着他。

"我的……情感……"

"对，你没有吗？"

"有……有……"

"你不肯吗？"

"肯……肯……"

"那么，我放过你这可怜的人儿。"死神伸出两条玉臂将他扶了起来，桃花般的面上复现出那甜而媚的笑。

他彻底被迷惑了，也彻底受益了，自然同时也彻底从绝望中解脱了。死神的话，使他想到了"爱"字。他半信半疑，竟不知究竟是他征服了死神，还是死神征服了他。面对死神如花似玉的容貌，他竟心猿意马起来。

他忽然冲动地将死神拥抱在自己怀中，刹那间他从心里往外打了个哆嗦。那种冰凉的感觉，宛如拥抱着一块冰。然而，他不顾，他将死神拥抱得紧紧的，并且吻死神那两片红唇——涂了唇膏的冰。

死神微微闭上双眼，像个温柔的情人，乖顺地偎在他怀里。

他吻着死神，抚摩着死神那女性的身体，自己的身体也渐渐变得冰冷。他却不愿多想，恣意亲爱。

他无意中又瞥见了床上死去的他，一双僵滞的眼睛分明流露着焦急，似乎要呐喊。

他转脸旁视。

他心智迷乱地暗想："这是怎样的一种浪漫，这是怎样的一种爱的奇迹呀！"

死神这时推开他，咻咻笑道："你错了，我是无性的。你们活着的人，不知根据什么偏要以为我是女性。这真是一个大错误！"

他愕然了。

死神复坐下，接着说："我向你索要的不是爱，而是你的情感。"

"这……"他一时不能明白死神的话，懵懵懂懂地问，"有什么区别呢？"

死神讥嘲地说："爱，不过是你们活着的人最经常打出的一张牌，它对我却没有丝毫价值。我要你的满把牌，喜怒哀乐，热情痴绪，伤感愁怀、忧郁、崇高、怜悯、激越、忏悔、感动、思念……总之，是一切情感，当然也包括爱。"

"那……我成了什么呢？"

"这就不关我的事了。"

"我的情感对你又有什么用呢？"

死神轻蔑地说："玩。"

他又从内心里打了一个寒颤。

他明白了，死神一定在预谋着什么，或许怀着对人类的某种险恶动机在他身上进行着什么试验。

他这时才对死神感到有些恐惧。

他又跪了下去，又哭泣起来。他一边哭泣，一边哀哀诉说："如果变成了那样一个人，倒还莫如死了好。"

"那么，我就拿走你的命！"死神怫然色变，如桃花的面，现出了某种怒容。

可是，他又不想死，想继续活下去！面对冷酷无情的死神，他绝望至极，只有跪在死神面前痛哭流涕，完全忘记了自己是一个强壮的男人，死神不过一娇媚女子而已。

死神倏然站了起来。

"不识好歹！"死神凛凛地说。

死神说着就变了，变成了一具骷髅，披着黑色的斗篷，散发出腐败难闻的臭气，还有几条蛆虫正在两眼的黑洞和牙齿间钻着。

"走！"死神的一只枯骨的手抓住了他的一条手臂。

他刚才竟跪倒在这丑恶的骷髅面前，竟对它哭泣、哀求，拥抱它，吻它的脚！……他感到一阵恶心，差点呕吐。他产生了一种巨大的羞耻，这种羞耻立刻转化为一种巨大的愤怒。

"放开我！"他大叫，企图挣脱自己的手臂。

死神不放开他。

他用力挣脱了手臂。他突然举起一把椅子，狠狠地朝死神砸去，一下子就将死神砸散了，一堆白骨横七竖八堆在地上。

他万没料到死神竟这么不堪一击，低头瞧着那堆白骨发呆。他倏然想到，死神可能会立刻又变成刚才的样子出现在他眼前，于是赶紧翻找出一些结实的绳子欲将那堆白骨捆绑起来，以防止死神变化。

躺在床上死去了的他这时活转来了，下床帮他一块儿捆。两个他在忙乱中合而为一了，似乎从未分开过。

他拎着那一堆骨头匆匆离开家，下了楼，将那捆白骨扔进了垃圾箱。他转身离去，又不放心地站住了，忐忑不安地回头看，手里仍拿着的死神那件肮脏的黑斗篷竟忘了扔掉。

附近建筑工地上的搅拌机轰轰地响着，他用死神的黑斗篷包裹了死神的白骨朝搅拌机走去，趁工人们不注意连骨头带斗篷塞进了搅拌机中。

他仍不放心，站立一旁听着搅拌机发出破碎之声。

一会儿，几个工人过来，从搅拌机中泻出泥沙，用斗车运走了。他跟在他们后面，亲眼看见他们将泥沙倾倒在模型内，才略觉放心地回家了。

房间里，腐败的臭气未消。

他敞开门户，开了电风扇。

几天后，工地上矗立起了几根十几米高的水泥柱。其中一根顶端露出五截锈钢筋，有的勾着，有的指着，正对着他的窗口，使他联想到死神那玲珑的秀手，五指纤纤捏成莲花形的样子。

他常从窗口望着那根水泥柱冷笑……

复仇的蚊子

一

郑娟是好看的女人。

现今的人们，尤其男人们，早已不用"好看"二字赞美女人了。现今，赞美女人的词汇极大地丰富了，并且仍在创新着。但在从前，"好看"二字是民间的底层赞美女人时最常说的。"好看"是受端详的意思，是越细看越能发现美点的那么一种模样。除了"好看"，再就是"漂亮"了。比"漂亮"还漂亮的话，那就够得上是"大美人儿"了。民间的底层赞美女人，基本上就这么三级标准。

郑娟还达不到"大美人儿"的级别。

甚至，离"漂亮"的标准也有点儿差距。

然而，她的确是个好看的女人，容貌好看，身材苗条。走在路上，回头率蛮高的。当然，指的是县城的路上。三十六岁的郑娟，其实也没离开过县城几次。那南方的县城二十几万人口，是新区开发得挺现代，旧区改造得挺得体，新旧结合得颇自然颇有味道的一个县城。很难说该县城居民们的幸福指数怎样，从没谁调研过、统计过，但他们生活得都比较从容淡定倒是真的，起码表面看起来是那样。郑娟一家三口，以前过的也是那么一种从容淡定似的日子——自己经营一处小百货店，丈夫刘启明是名刑警，女儿上小学二年级了，富不起来，却也穷不到哪儿去。

2014 年 7 月里的一天早晨，郑娟突然地不再是一个女人了，不但不再是一个女人了，连一个人也不是了。究竟好看不好看的，对她已经全没了意义。

像许多女人一样，她有醒来后摸一下脸颊的习惯。

她摸了一下自己的脸颊，居然没摸到。

咦——怎么回事儿？

她困惑了。

又摸一下，摸到了——但感觉与以往太不同了。

刚醒嘛，神志处在一种似梦非梦的状态，那种不同没太使她当回事，只不过有点儿困惑而已。

她那会儿怎么也想不到自己居然变成了一只蚊子——一只雌蚊。

这是任何一个人都料想不到的事呀！

在枕头下方一尺左右，在薄薄的线毯的褶皱之间，她伏在宽大的双人床上。丈夫死后的一年多里，她度过了近四百个独眠之夜。夫妻间感情一向挺好，独眠不是她所习惯的。一场车祸，不但使她失去了丈夫，而且使她失去了女儿。多少个夜晚，她的泪水弄湿了枕巾，仇恨在心里发芽！

但，她现在变成了一只雌蚊。

她还没睁开一下眼睛。

她想仰躺着，仍闭着双眼缓一缓噩梦连连之后的迷糊劲儿——却没能仰躺成功。

一只活的蚊子，不论雌雄，是一生也不"仰躺"一次的，除非被冻僵了，或者快被蚊香熏死了。

"我怎么动不了啦？"

她又困惑了，但还是没有睁开眼睛。

她想摸出枕下的手表看看几点了，那同样也没成功。当时的情况其实是——作为一个人的意识和变成了一只蚊子的神经反应系统之间，还没有达到最初的通畅。也就是说，她作为一个人的意识是一回事，而作为一只蚊子的反应完全是另一回事。她终于睁开了眼睛，然而除了光亮她什么都没看见。蚊子虽也有眼，但视力是很差的。蚊子是靠对气味的敏感来决定行动的，而且几乎只在需要吸血的时候才有所行动。那时的她也就是那只雌蚊，并不饥渴，所以也就没有行动的欲望。像所有那种情况下的蚊子一样，"她"一动不动地自以为安全地伏着，如同老人在养神，如同婴儿浅睡。实际上，作为一只蚊子，"她"的生命标准是成熟的，经历却是一张白纸。一个三十六岁的身高一米六八、体重一百一十七斤的女人微缩成了一只蚊子，"她"的第一感觉当然会是以为自己根本不存在了，也当然会是找不着北的。

那种仿佛自己根本不存在了的感觉，不仅使"她"极为困惑，而且使"她"极为惊骇了。

"怎么，难道我死了吗？"

是的，"她"以为自己已经死了，只剩灵魂飘浮在空间了。关于灵魂呢，"她"此前是宁可信其有，不可信其无。同时，"她"的理解告诉"她"——灵魂是一种可脱离肉体存在的意识，却又不会一直存在下去。至于灵魂能存在多久，因人而异，因人怎么个死法而异。

"她"因为自己已经死了而哭泣起来，那是绝望与恐惧相混杂的哭泣。"她"太不甘心自己已经死了，因为害死丈夫和女儿的一干人等还逍遥于法外，丈夫和女儿之死的真相还没大白于天下。"她"还有报仇雪恨的使命在身，怎么可以就这么不明不白地死了呢?! 即使使命完成了，"她"也还是愿意活着不愿意死的。

由于"她"的哭泣，伏在薄线毯褶皱间的那只蚊子微微动了几动。

二

一年多以前，她的丈夫刘启明还活着。有一个时期，他心事重重，经常紧锁愁眉地发呆，显出心理压力巨大的样子。在她再三地追问下，有一天晚上丈夫主动向她倾吐了心中的郁结——他在参与侦破一起受贿金额巨大的干部腐败案的过程中，逐渐明白了连他们公安局的某几位头头脑脑都涉罪于案了，而在他们背后的腐败案的始作俑者竟是县里的几位领导。郑娟听罢，一点儿都没往心里去。她说："老公，你至于在家里唉声叹气、愁眉不展的嘛! 你在办案组不过是个小角色，装傻就是了呗。他们腐败他们的，咱们过咱们的小日子，跟咱们有什么实际的关系呢。他们就是腐败得再不像话，不是也没将咱们的一分钱给贪了去吗?"丈夫说："那倒是，还发给了我一万多元的办案辛苦费呢!"郑娟笑了，说："那你应该高兴才是嘛!"丈夫说："我怎么能高兴得起来呢，那明摆着是封口费嘛，我收还是不收呢? 十八大以后，反腐反得多来劲啊，又打老虎又拍苍蝇的。我如果收了，万一办案组没替当官的抹平，哪一天露馅了，我不也成了一根线上的小蚂蚱了吗? 那也肯定是要判刑的呀! 如果我锒铛入狱了，你跟女儿往后的小日子可怎么往下过呢?"

郑娟一向是这么一个女人——事不关己，从来只当耳旁风的。各色人等对腐败现象的街谈巷议、义愤填膺，那是决不会影响她一门心思过好自己小日子的心思。她能熟练地用电脑，但对网上真真假假的关于腐败的新闻丝毫不感兴趣。她只在网上买东西或为小超市订货，或看看关于明星、名人们的绯闻八卦解解闷儿。丈夫刘启明却与她截然相反——他特别关注社会时事，尤其关注腐败现象与反腐新闻以及社会治安报道。只有没有那类新闻值得关注的时候，他才看各类体育赛事。往往，丈夫手握遥控器锁定一个正报道反腐新闻的频道边看边大发忧国忧民之义愤时，陪着的她却已手握花生或瓜子打起盹来。

那一天，郑娟与丈夫交谈了几句之后，对于丈夫备感烦恼的事本不怎么走心的，却也不由得有几分重视了。

她不解地问："现在既然反腐势头来得这么迅猛，他们怎么还敢顶风上呢？吃了熊心豹胆了？"

丈夫说："吃了熊心豹胆也不敢顶风上啊！这是十八大以前的腐败，以前已经将腐败的事做下了，贪污受贿的钱已经入了自己账户了。忽有人举报了，上边下了批文要求从速查清，他们除了想方设法地掩盖真相，再也没有什么好的自保的计策可应对的了呀！"

她追问："你不收那笔封口费，你们办案组上上下下的人对你就没不好的看法？"

丈夫叹道："已经有了啊。"

她想了想，为丈夫出了个主意，教丈夫怎么样怎么样装病，然后要求退出专案组。

丈夫说自己虽然不曾在单位装病，但已经以别的借口要求退出办案组了，只不过还没批准。不过，一场"大冲突"已发生了——两天前，他发现自己的抽屉、柜子被人翻过。

"你的钥匙被偷了？"郑娟不免有点儿吃惊。

"在我们这行里，干那种事儿还用偷钥匙？"

丈夫苦笑，说他开骂了，结果和一名同事打起来了。柜子里的记事本不见了，而记事本上写着诸条自己对于案情真相的怀疑。

郑娟劝道，那你也不必有心理压力嘛！有心理压力的应该是他们，绝不应该是你啊！又说，如果他们做什么对你不利的事，那我支持你干脆向上边举报他们！你在单位虽然是普普通通的小角色，但如果受欺负了咱才不忍。这年头，谁怕谁啊！何况，你还掌握着完全可以整倒他们一大片的材料！

丈夫叹气说，真是她说的那样当然就可以藐视他们谁也不怕了，可自己实际上并不掌握什么证据确凿的材料，只不过心存疑点而已。但疑点毕竟不是事实，所以还不能轻易举报——如果一旦举报，最终被证明只不过是自己的疑心而根本不是事实，岂不是自取其辱，并在同事之间落下笑柄吗？

郑娟说，那又有什么可怕的呢？反腐是每一个公民的权利，更是公民对社会的责任。即使举报错了，那也没什么可笑的。谁取笑他，是谁自己不对。

丈夫说，虽然理是那么个理，搁在一般老百姓身上，倒也确实没什么大不了的后果。但自己不是一般老百姓啊，自己是公安人员呀。身为公安人员，自己应该清楚举报要有事实根据呀。否则，别人指责你居心不良，企图诬陷，就跳进黄河也洗不清了。身为公安人员，最忌讳的就是有了这一污点。那还能继续穿着警服在公安这一行里工作下去吗？

郑娟说，那也不能算是污点。

丈夫说，对于公安人员，不是污点也是污点啊……

两口子交谈到这儿，郑娟不知再说什么好了。

上床后，郑娟使出女人的浑身解数，尽显妩媚，故作娇羞，主动投怀送抱，给予种种柔情温爱，一心想要与丈夫云雨，以便用"性"趣驱除丈夫的烦恼。丈夫却因思虑重重，无法同时进入状态，始终疲软，令郑娟好生索然、郁闷而又无奈。

　　隔日是周六，丈夫说要驾车带女儿去郊区散散心。郑娟因为小超市进货了脱不开身，便没同去。半个多小时后，噩讯传来，丈夫和女儿都亡于一场交通事故，死状极惨。所幸她没同去，若也在自家车上，估计连她也做了横死之鬼了。

　　那不能算是因公殉职的。追悼会开得匆匆草草，象征性的悼词也只不过寥寥数语，而最该参加追悼会的同事、领导借故并没参加，参加者都不情愿似的鞠过躬就走了。

　　郑娟大病一场，之后开始走法律程序，要求对方司机给予经济赔偿。在这个时候，她也不由得起了疑心。顺着疑点明察暗访，疑心越来越大——对方司机竟是本县一位副县长的远亲，而那位副县长也是丈夫生前所怀疑的腐败干部之一！法院判的不能说不公正，赔偿数额也算说得过去。但她只不过收到了一份判决书及区区三万多元钱，再之后就一笔钱也要不到了。法院的答复是对方确实无力全额偿还了，她说经过她的暗中走访了解到对方还是一处品质良好的大理石矿的老板呢，而且开的是"奔驰"车。又开"奔驰"车又是矿业老板的人，能说没有偿还能力吗？为什么不强制执行呢？钱是根本抹不掉她的伤痛的，那怎么能呢？但如果连赔偿都获得不到，丈夫和女儿岂不是白死了吗？两条人命啊。一个好端端的幸福的小家庭被毁了啊！法官耐心开导她，劝她切莫钻牛角尖，凡事不能想当然。法官说法院方面也明察暗访了呀，说法院了解的情况乃是——大理石矿的开采权、销售权并不属于被告嘛，被告只不过是名义上的法人，只开一份并不太高的工资，那不违法。法院是要严格依法办事的，但法院如果封矿上的账，没收不属于被告而实际上属于别人的矿业收入，那可就是执法犯法了。至于那辆"奔驰"车，当然也不是被告的，而是真正的矿主的。

她问，那真正的矿主是何许人呢？

法官说，这可不便相告，因为这属于非当事者的第三方的隐私，如果相告了，就等于身为法官侵犯了非当事者的第三方的隐私了。

法官还极同情极遗憾地说："你丈夫和你女儿，如果上了意外人身伤害险种就好了。你也要节哀顺变！再不幸的事，摊上了又有什么法子呢？死者不能复生，活着的人还要一如既往地活下去啊！"

她含悲忍气地问："请您告诉我，我怎么就能一如既往地活下去呢？"

那位比她大十来岁的男法官略微一愣，随即打着哈哈敷衍道："问得好问得好！是啊是啊，我理解你目前的心情，特别理解。再回到以前的生活轨道上是不太可能了，但是呢，任何不幸只能摧垮我们的一部分人生，却不能摧垮全部。比如，我们渴了还是得喝水的，饿了还是得吃饭的，困了还是得睡觉的。这些人生的基本方面，还是得一如既往地进行下去，除非……我说还要一如既往地活下去，指的主要是以上方面。我说得对不对啊？是对的吧？……"

法官一番话，说得她半晌哑口无言。她目不转睛地望着他，觉得他真是太能说会道了，同时想到了四个字——"行尸走肉"。

法官又说："你作为原告，不必太性急。人家被告不是没说再不赔偿了嘛！人家一再表示，赔还是会如数赔偿的。不过呢，你要给人家时间。五年赔偿不完，十年还赔偿不完吗？十年赔偿不完，十五年、二十年还赔偿不完吗？总而言之，人家并不想要赖。我们法院的判决，也是到任何时候都有效的……"

法官的话彻底激怒了她，尤其对方口中一而再再而三说出的"人家"二字，如同往她心中的怒火上浇油。

她瞪着对方骂了一句很难听的话，一句有语言自尊感的女人即使在极其生气的情况之下也羞于骂出口的那么一句话。她一向是一个有语言自尊感的女人，这受益于她曾是一所师范学院的学生，更受益于她有当过三年小学教师的经历。她活到三十六岁，口中真的就没说出过几次脏字，自从当了母亲以后更是一次也没说过。那日，那时，瞪着那位法官，她像秽语骂街的泼妇似的骂出了口。

对方愣了愣，眨眨眼，修养极高地矜持一笑。那时，对方的双手捧持着一夹子案宗，一笑后将夹子夹在腋下了。于是，她看到对方的另一只手还拿着手机。

那法官抱歉似的说："我将咱俩的话从头到尾录下来了，这是我的工作习惯。我认为，对于法官这是个好习惯。"

他一说完就转身扬长而去。

她站在原地呆若木鸡。

她以后就见不到那位法官了。

但是，她想要解决自己的问题，非得再见到那位法官不可啊，于是只得四处找关系求人。现今，求人只用嘴是不行的，得送礼。现今求人只送市面上常见的种种食品、特产保健品之类的也是不行的，那些东西作为平常联络感情的礼品还勉强送得出手，真求人办事时往往会被视为垃圾礼品。她还算是个谙知世风与时俱进的人，自然除礼品之外也给了一笔封在红纸袋里的钱。三十六岁而又风情正茂的女人求人，就得允许所求之人对自己的轻佻行为，不管情愿不情愿，那是都要装出愉快的样子的，否则就是太不懂事了。这点儿"事"她是懂的，只得"愉快"地允许对方趁机占尽便宜。

她终于又见到了那位法官，前提是她得当面向"人家"认错。

她当面认错了。

法官就又将上次对她说过的话几乎原汁原味地重说了一遍，像上次一样一而再再而三地强调"人家"被告其实并非想怎样怎样，只不过希望怎样怎样。总之，听来仿佛是这么一种意思——"人家"被告其实挺懂事的，也挺愿意服从法院的判决的，只不过限于能力有限……所以，她应理解，也应懂事。

那次，法官的双手什么也没拿。

那次，她又想骂那一句不堪入耳的脏话来着，却没敢再骂，怕法官兜里揣着手机，而手机还开着录音。

她颇费周章却一无所获地与法官又见上了那么一面。

不久以后的事，更令她难以接受了——被告因患过肺结核病，服刑期间查出痰中有结核病菌，被保释监外治疗，没几天便回家养着了。

于是，郑娟开始了迫不得已的书信上告"战役"。

为了一封封信能使县里的领导们以及管着他们的地级市的领导们确实收到并作出"重视"的批示，她又开始求人。真心同情她的人劝她何必那么花钱送礼并大费周章地求人，说不那样各级领导也是可以收到她的信的，起码有些领导能收到她寄出的部分信。但那时她已听不进劝了，她的经验使她认为，劝她的人都未免太天真了，尽管她相信他们的同情是由衷的——但她希望那些领导们能确实收到她寄出的信，更希望他们作出"重视"的批示啊！要达到后一种目的，不借力怎么行呢？

她送礼送得越发实在了。

她给钱给得越发大方了。

被形形色色保证能帮上她忙的男人们占尽便宜时，她样子装得越发地乐意了。

然而，礼白送了，钱白花了，也白被形形色色的男人们一番番大占便宜了，就差跟他们上床了。

也许正因为就差跟他们上床了，她的信皆如泥牛入海，没了下文。他们中的一个是律师，五十来岁，矮而壮，半秃顶。如果不是西装革履的，就怎么看怎么不像是律师。然而收了介绍费的人言之凿凿他千真万确是律师，不但是而且还是县城里鼎鼎大名的律师。她以前从没跟律师那一行的人打过交道，根本不了解律师中谁有名谁又只不过初出茅庐，便信了介绍人的话。何况，她也相信人不可貌相。

律师在电话里说："郑娟啊，你的事啊，就隔着那么一层薄薄的窗户纸，你就不明白究竟该怎么办。只要有人愿为你捅破窗户纸，指点迷津，你的事办起来就没什么大难度了。"

言下之意，他就是那个愿为她捅破那层薄薄的窗户纸进而指点迷津的人——她的"贵人"。

她说了些拜托和感激不尽的话。

对方说："看在你苦苦相求的份儿上，那我就帮帮你吧，哪天我先为你捅破窗户纸吧。不过呢，咨询费你还是要付的。我是律师事务所的合伙律师，如果我白接受你的咨询，所里的其他人会说闲话的，会有意见的。明白吧？"

她连说："明白，明白。"

她也正想核实一下介绍人的话，于是第二天就去对方指定的律师事务所交了三千多元的咨询费。那律师事务所的办公环境挺上档次，但没见到那位律师本人，接待员说他参加开庭去了。

她有心套话，随口而言似的问："他一向很忙是不是啊？"

接待员说："是呀是呀。如今官司多，我们所的律师都很忙。何况他是我们的名牌律师，更比别人忙了。"

离开律师事务所后，她暗自庆幸自己找到的是一位名牌律师，并且由衷对介绍人心存感激，也就不像点钱时那么心疼那三千多元，转而认为花得值了。

隔了几天，她收到了那律师的短信，说她的事太敏感，不便在所里与她谈。

她回短信建议了一处地方。

对方说那地方人多眼杂，更不便了。

她又建议了一处地方，对方说那地方太幽静了，是个口碑不良的地方。

"怎么，你不知道吗？那里是有那种关系的男人女人经常出没的地方，是出绯闻和丑闻的地方，我是从不去那种地方的。"

看他短信的意思，仿佛受了侮辱。

"那，还是您说个地方吧。您说哪儿，我去哪儿。"

她表态唯恐不及。

于是，他接连不断地向她的手机发过来一条条短信。前一条刚确定一处地方，后一条随即指出种种言之有理的顾虑予以自我否定。起码，在她看来那些顾虑是言之有理的。如是者三，似乎整个县城就没有一处适合他与她坐下来安安静静地谈事的地方了。别说他有那种感觉了，连她自己也都有了。她摊上的案子不但一度是县城里的重大案件，成了头条新闻，还引起过广泛的流言蜚语和街谈巷议。后来，不论她出现在哪里，总像有几双眼睛在暗中监视着她，即使走在路上也每每有那种感觉。

她干脆拨通了他的手机，试探地问："那劳驾您到我家里来谈行吗？"

"到你家里不太合适吧，我可是从不到当事人家里谈业务的。"

他的话听来不怎么情愿。

"我家现在就我一个人了，绝不会有人来打扰。再说，我家住的小区挺偏僻，新小区，入住率也不高，你不太可能碰到认识你的人。"

她已经在说服他了。

她太渴望见到他这位能替她捅破那一层薄薄的窗户纸，并且当面指点迷津的人了啊。

"那，也只有如此了。你将详细住址发过来吧。"

他总算勉强同意了。

他出现在她家里那天，她预先将屋子收拾得干干净净，沏好了茶，备好了烟。当听到他的敲门声时，她觉得他如同上帝般按时站在门外了。丈夫刘启明曾是一个偷偷信仰耶稣的人，并且信得蛮虔诚，所以她每每觉得上帝离她也怪近的。

他吸着好烟，饮着好茶，称赞着她家这里那里的舒适和干净整洁，穿插着重复地说同一段预先背过似的话："你摊上的事，我是发自内心同情的。想必你也清楚，许多人不愿听你说你丈夫那件事，更不敢和你谈那件事。本县公检法以及我们律师，尤其不敢沾那件事。你是聪明的女人，不必我说出原因想必你心里也是有数的。我这样的男人如今不多了，我不敢说自己是个见义勇为的男人，但起码敢当你面说，我来见你那是无私无畏的。你的事吧，隔着层窗户纸看就很复杂，捅破了那层窗户纸看其实解决起来也比较顺利……你家窗台那几盆花养得真好，我也喜欢养花。看到别人家里有花，我心情就愉快，对主人就有一种情不自禁的亲近感……"

他的话重复过来重复过去的就是不捅破他所言的那一层薄薄的窗户纸，有时看似真知灼见已到唇边了，却话题一转又称赞起她家的舒适和干净来。

终于，她从他看着她时的目光中明白了原因，进而心中有数了。此前，她已为了她的事两次向同一个男人奉献身体了。是的，那接近是奉献。那男人比这律师年轻，才比她大两岁，比她丈夫刘启明还小一岁。他自称县公安局政委是他表姐夫，有他表姐夫这层关系，他与县法院的头头们关系也走得挺近，而靠以上关系他觉得自己能帮上她的忙——那起交通事故不是交管局作出的结论吗，他自信能替她要求县公安局引起重视，并介入重新进行调查。如果得出的结论不再是事故，而是蓄意谋害，那法院不是就得重审重判了吗？于是，她的目的不是也就达到了嘛。他是一家房地产公司老板的助理，挺斯文的一个男人。她不是经人介绍而认识他的，而是他毛遂自荐主动认识她的。他很坦率，说此前她虽不认识他，但她早已是他的梦中情人了。自从他有次在她的小超市买过饮料，以后就常去她的小超市了，买东西是自己给自己找的借口，其实是为了再见到她，再从她手里接过诸样东西。

"你回想一下，我是不是常到你的小超市去？如果你不在，我会转身就走。只有你在的时候我才买，买完这样买那样的，每次都买一大袋子，每次你都笑着说：'欢迎下次再来。'想起来了吧？"

她回忆了一下，想起来了，以前确实在自己的小超市里见过他几次。

于是，她凄苦地笑了笑。

"我承认我心里确实对你有非分之想，否则我也不会主动来。但是，我的希望是纯洁的，是不能与我的非分之想画等号的……你明白我的意思吗？"

她点点头，表示明白。

他说那几句话时，夹烟的手指抖抖的，吸烟的双唇也抖抖的。他像不速之客一样迈进了她的家门，双手递名片时就发抖。坐下后，他的双腿也没停止过颤抖。总之，他一直处在心理因不安而紧张的状态，显然一直提心吊胆的，分明是怕她先火起来骂他个狗血喷头。

她那一个时期对自己的要求是——只要表示愿意帮助她的人，不管其表示是真是假，自己都应一律地回报以感激，包括假的感激。她觉得自己太孤立无援了，太需要帮助了，连空头支票那种帮助也需要，因为对于渴极了的人眼药水儿也是水。

她以女人研究水果摊上的水果是否打过蜡的那一种目光看着他，语调尽量平静地问："你主动找上门来表示愿意帮助我，其实主要是因为你想趁机和我发生关系。我这样理解对吗？"

话一说完，连她自己都吃惊自己问话的方式未免太过于单刀直入了。然而她一点儿都没脸红，已是结过婚有过孩子的女人了，对于男人们打算和他们相中的女人发生关系的想法早就了如指掌不觉可耻了。只不过她一向善于把持自己，从没背着丈夫与别的男人劈开过大腿。

他倒吃惊起来，呆瞪着她一时说不出话，仿佛被她几下就剥光了衣服。

她又问："你和你老婆关系好吗？"

他却脸红了，自卑地说："我俩……我俩……三年前……离了……"

"把烟掐了吧。"

她说着站了起来。

他的手更加发抖了，笨拙地摁了几次，才将吸剩小半截的烟彻底摁灭在烟灰缸里，还弄脏了手和茶几。

"你站起来。"

他站起来了，掏出手绢擦手指、抚茶几，同时低声下气地说："我……我是真的愿意帮助你，真的……"

"这我看出来了，什么都别说了。"

她拉着他一只手，倒退着将他引入了卧室。

当二人做完那种事后他下床穿衣服时，她赤身裸体仰躺着，只用枕巾盖着小腹预防着凉。她目光挺温柔地望着他，有种久违了的心满意足的感觉。那时，她忽然明白自己需要的不仅仅是心理上的真真假假、真假难辨的同情和帮助的许诺，并且也直接需要生理的慰藉。一年多未行房事，对于她绝非习以为常，恰恰相反的是有时候她想得厉害。丈夫活着的时候，两口子三天两头就变着花样做一番。丈夫常服"伟哥"什么的，而床边这个以前根本不认识的男人的持久善战靠的却是实力。她对丈夫那种药物作用之下的来劲是有切身感受的，而床边这个男人可不是银样镴枪头。

他穿好衣服恋恋不舍地望着她，忽然想到似的说："差点儿把正事给忘了！我打算如何帮助你的几个步骤，咱俩应该商议一下是吧？"

她说："不必了，谢了！我心领了。"

她对他将怎样实施帮助反倒漠然处之了，不是根本不在乎了，而是从他在床上如饥似渴的表现看出来了——他夸大了他在那些当官的男人们之间的能量。她丈夫生前曾对她说过，男人们的能量基本上是同等的，在别的方面太强了，在床上就不怎么行了；反过来也是一样的。她比较相信丈夫的话是有道理的，因为自从丈夫对自己在单位的晋升与否牢骚满腹后，做爱前往往就需要偷偷服"伟哥"之类的了。

他说："那，我可以走了？"

她说："当然。"

他说："我自己想怎么帮你就怎么帮你？"

她说："随便。帮得上就帮，帮不上也别觉得内疚。"

她说完闭上了眼睛。他将房门关得很轻，尽管轻，还是不可避免地发出了响声。听到后，几乎同时，她眼角淌下泪来。

不久，她却反过来约见了他一次，也是在家里。她求一个最好的女友引见她认识一位县人大代表，对方称得上是她的闺密，县人大代表是对方的哥哥的高中同学，关系非比一般的高中同学。可对方找了一个极显然是借口的借口拒绝，同样显然地是要以那样的借口使她明白，请她以后不要再视对方为闺密了。那件事使她感到自己是孤立到众叛亲离的地步了，也使她感到"洪洞县里无好人"了——虽然她所在的县城并非洪洞县。

就是受到了那一次心理挫折后，她不由自主地约见了他一次。

他一进门就说："我发誓，绝不是我虚情假意地骗你，我是真心真意、实心实意想帮你的，可没想到他们一听都摇头，劝我别管闲事，还指出了你的一些不是。太有难度了，太有难度了，我太对不起你了……"

她用一根手指压住了他的双唇，随之默默拉着他一只手像上次那样倒退着将他牵入卧室里去了……

眼前这位县城里的大牌律师，却是一个仅仅论样子也引不起她一点儿好感的男人。女人和男人在习惯于以貌取人这一点上没什么本质区别。其实也不是习惯或不习惯的问题，直接就是人性的固有倾向，这种倾向在看待异性时决定着相当普遍的好恶。情况每每是这样，明明一个女人在花言巧语，但只要她的模样是一个男人所喜欢的，那么大多数的男人也会听得特享受，而没被好看的女人骗惨过的男人尤其如此。他们会一边听着她们的花言巧语，一边在心里这么想："谁叫我喜欢你这样的女人呢，所以你的花言巧语也令我听了高兴。"正如海涅的诗句所言："虽然我明知你一点儿都不爱我，但你的香吻同样使我如醉如痴！"反过来，女人的眼看待男人时也是如此。

那律师的样子引不起她一点儿好感是含蓄的说法，干脆的说法应该是——他的样子属于她很反感的那一类男人。他居然还穿得西装革履的，还往衣服上喷了香水儿，这就使她更加反感了。是的，如果他不是那样的一个男人，那么他的车轱辘话绕过来绕过去的她还会有更大的耐心坚持着听下去。你再绕，那也总有自己把自己绕累了的时候吧？但面对的是他那么一个男人，她实在坚持不下去了。

她强忍着没因发作而失态。

她告诫自己：不能生气，千万不能生气。郑娟，你必须听他向你捅破那一层薄薄的窗户纸啊，否则你肯在自己家里见他又是何苦来的？再说，如果你发作了，先不论失态不失态，若他过后四处贬损你，你还能指望仍会有人肯帮助你吗？连关系那么好的女友对你的事都怕惹上什么麻烦而避之唯恐不及了，何况别人啊？你为了认识他花了三四千元钱呀！只要他今天能向你捅破那一层薄薄的窗户纸，向你指点迷津，那你那三四千元钱就不算白花不是？

"你的事至今也没个令你满意的结果，归根到底是因为你虽然求了那么多人，但求到的都不是高人。高人是什么人呢？是那种一句话往那儿一搁，相求的人就如同醍醐灌顶般立刻茅塞顿开的人。捅破一层薄薄的窗户纸，说来轻巧，那也得有那高水平……"

她已经开始反胃了，再听下去有可能就呕吐起来了。

"对不起，失陪一会儿。"

她不看他，说完即起身进入卧室了。

几分钟后，律师大声问："哎，你还谈不谈啊？我的时间可是宝贵的！"

卧室里传出她如水龙头余流般的声音："进来谈吧。"

他也正中下怀地进入了卧室，见她已直躺于床，一丝不挂。

然而他差不多是白忙活了半天，忙了一头汗却并没忙出几许快活来，更谈不上快感了。她的身子一直凉冷冷的，连体温都没因他心有不甘的白忙活而升高一点点。

当他沮丧地站在床边穿衣服时，她依然以那种平静极了的语调问："现在，该捅破那层薄薄的窗户纸了吧？"

他说："什么窗户纸？……啊，对，对。是啊，是啊，是该捅破了。它是这么回事，你吧，你是不可以两种要求同时提出的。导致你丈夫和你女儿死亡的究竟是一场交通事故还是一场蓄意谋害，这是一个问题。要求法院强制执行经济赔偿，这是另一个问题。希望两个问题一块儿解决，太复杂了。所以，要分开，只先解决一个问题。后一个问题相对单纯些，所以应先……"

不必他醍醐灌顶，她已经明智地先易后难地进行了，而他的高人之高见对于她来说连是一个好建议的价值都没有。

她平静地说："滚。"

说完，便闭上了眼睛。

房门响过后，这一次她眼角连眼泪也没流，头脑里一片空白，像活死人似的。

她最后一个求到的还是一个男人。一个快七十岁的老男人，县里一位退休老干部，曾当过政协副主席。她和他之间并没发生肉体关系。他腿不好，离开了轮椅站不住多一会儿的。见面地点在他家，他老伴进进出出的使他想怎么样也不敢轻举妄动，只能趁他老伴不在眼前时亲亲她的手，拍拍她的腿——当时她穿的是裙子。

"乱支招！瞎支招！愚蠢之见！还是得要求公安部门将你丈夫和你女儿的死因先搞清楚。作为亲人，你既然心存疑点，那就有正当的权利要求公安机关介入侦查！这是你的公民权利。打蛇要打在七寸上。第一个问题解决了、真相大白了，第二个问题不就迎刃而解了吗？对吧，郑娟？……你的腿可真白……"

后来，她就不再没头苍蝇似的四处求助于那些男人了。求助于他们的一番番屈辱的经历使她明白——世界是男人的，也是女人的，归根结底是男人的，因为绝大部分权利由男人们掌控着。女人如果要求助于男人们，不跟他们来'潜规则'是很难求助成功的，即使来'潜规则'那也未必就能顺利地求助成功。因为女人求助于男人而又进入了'潜规则'的过程，即使将自己的身子搭上了，那也往往会被认为是自愿而自作自受的事，难以启齿对他人道的。

于是，她开始了上访这最后的路。

对于上访，她是很不情愿的。那一年，对上访者们管制得极为严格，种种耳闻使她畏如险途，但只剩那么一条路还没走，也就只有知难而往了。起先去往的是省城，在省城她的境遇还不太糟，接待部门的人士承诺会有批示，但实际结果是有批示还莫如根本没有批示——回到县城不久，她便发觉自己被严密监控了，连她所经营的小超市周围也经常可见形迹诡秘的男女了。她明白那几个男女是执行有关方面的任务对她的小超市实行"蹲点"的。顾客日渐减少，生意从没有过如此冷清了。那一个月的利润结算下来还不够付店面租金的，她干脆将小超市关了。

她横下一条心要上访到北京去了，孤注一掷，破釜沉舟。几次在列车站被拦截住，押回到家里，予以严词警告："你的做法是破坏社会和谐稳定的行为！"

然而她总是能避过监视又出现在火车站，却也总是会又一次被拦截住。最后一次，她被押到了一个"有利于"她"好好反省自己的偏执"的地方。那是一处废弃的农村小学，一间教室成为她的"感化室"，几个男女住在另两间教室里。他们住的教室有纱窗，床顶也挂着蚊帐。她住的教室没有纱窗，也没蚊帐。他们不分给她蚊香，怕她弄出火灾来。正是盛夏农村蚊子既多又猖獗的季节，被"感化"的十几天里，不论白天还是晚上，她几乎就等于是一个被别人成心喂给蚊子的女人了。

在那些想一死了之都死不成的日子里，她无数次祈祷："上帝呀，如果你真的是存在的，恳求你把我郑娟变成一只蚊子吧！我希望把我变成一只隐形的、蜻蜓王那么大的、飞的时候半点儿声音都不发出的大蚊子！仁慈的上帝呀，郑娟无怨无悔地哀求你了！……"

那时，这女人心里充满了憎恨。

她一向是善良的、本分的，是视一概之报复行为为罪过的女人，但变成一只大蚊子来实行报复则是她那时能想得到的最狠毒的报复方式……

三

此刻，她真的变成了一只蜻蜓王那么大的、隐形的雌蚊，但她还不清楚自己所变成的是一只多么奇异的雌蚊——除了蚊子，另外什么有眼睛的东西都看不到"她"。"她"自己却能看到自己，比如"她"飞到镜前的时候，飞近水面也能看到自己。蚊子的视力是很差的，"她"这只巨大的蚊子却有一双蜻蜓才有的那种复眼，而视力比蜻蜓还强。更为奇异的是，"她"根本不必与雄蚊交配就能够生小蚊子。是的，是能直接生出小蚊子的，就像有的鱼能直接生出小鱼那样。只要"她"在白天既吸过男人的血也吸过女人的血，那么男女两种人血在"她"体内就可以"自动"合成一只只小蚊子。它们没出生时像微小的鱼子，一离开"她"这母体就变成了蚊子。"她"每晚可生下一千几百只小蚊子，而它们见风就长，隔夜就是能叮人也能交配的成年蚊子了。"她"所生出的蚊子寿命比较长，一般蚊子最多活半个月，而"她"的"孩子"们可以猫冬活上二三年。

是的，是的，她当时还不清楚自己变成了一只多么大、多么强的蚊子。

"我究竟怎么了？病了，还是死了？……"

这种恐惧的本能一产生，"她"便无声地飞到了穿衣镜前。确切地说，那是两种本能使然的行动——女人的本能和蚊子的本能。女人的本能使"她"想照镜子，蚊子的本能使"她"立刻朝镜子飞过去。女人的本能支配蚊子的本能，于是"她"立刻出现在镜前了。"她"想照镜子的本能极为迫切，几乎使"她"一头撞在镜上。但并没撞在镜上，因为蚊子的反应不会使那么可笑的结果发生。对于一只蚊子，居然一头撞在镜上或其他什么物体上，岂不太可笑了吗？

于是，"她"看到了自己——一只蜻蜓王那么大的蚊子悬在镜前，蜂鸟般快速地扇动翅膀，虽然不能像直升机似的定位于空中，但基本可以保持水平状态。

"这是什么鬼东西？是我变成的吗？"

那一对半圆的花瓣状玻璃球似的复眼，起初使她以为自己变成的是蜻蜓，但立刻又看出那根本不是一只蜻蜓，而是一只堪称巨大的蚊子。——蜻蜓的嘴和蚊子的嘴区别是明显的。

"噢，上帝啊上帝，我究竟做了什么罪过之事你要这样惩罚我？不但将我变成了一只蚊子，还将我变成了一只不伦不类的大蚊子！你将我变成了这么大的一只蚊子，不是要使我一飞离自己的家就会被发现吗？那么，不论大人孩子，谁会不以将我消灭掉为快事呢？……"

她这么一想，就号啕大哭起来。那只不过是一个女人的意识部分在哭，无声，也无泪，没有任何相关的脏器反应。作为一个女人，整个的她也只剩下意识了，其他一切的一切全都微缩成了一只蚊子并改变生理结构存在于一只蚊子体内了。尽管相对于蚊子来说，那可不能说是一只微缩的而简直是一只巨大的蚊子。

但是，她的意识一号啕大哭，对于她变成了蚊子的身体还是会发生一些间接的影响——她的蚊子的身体难以水平地悬在镜前了，翅膀扇动的频率不协调了，而这使她蚊子的身体忽地一下坠了一尺左右的高度，紧接着以一种高超的飞行技能飞走了——那也是蚊子的本能反应。具有女人的和蚊子的两种本能的这一只超大的蚊子，它的奇异之处也在于，当女人的本能将会导致不好的结果时，蚊子的本能会反应迅速地化险为夷，反过来也是如此。

于是，"她"又降落在床上自己刚刚趴过的地方。

"我要复仇，我要复仇！我要实行私刑性的惩罚！"

这种强烈的想法一经产生于她的意识之中，压倒了恐惧，并且使她不再抱怨上帝也不再哭了，因为她忆起了自己曾那么多次地祈祷上帝使她变成一只蚊子。

"噢，上帝，原来你是真的存在的！那么，你就应该允许我采取报复行动，否则你就枉为上帝了！……"

随着她这么一想，她作为女人而唯一存在的那一部分也就是她的意识里顿时充满了复仇的能量和强烈的行动念头。那时，蜻蜓王般的大蚊子完全听命于一个原本很善良的女人"怒火熊熊"的意识了。

于是，"她"一下子又飞起来了。先是朝窗子飞去，有玻璃挡着，自然没法飞出去。一扇窗开着，也有夏初刚换的新纱窗挡着，那么大只的蚊子根本不可能从纱窗的网眼钻出。

"到卫生间去！到卫生间去！"

女人的意识果断又明确地下达了行动指示，于是大蚊子从窗前掉头飞入了卫生间。她每次洗完澡之后都习惯敞开着卫生间的门，为的是使潮气容易散出，卫生间干得快些。卫生间的窗户是半开着的，南方人家差不多都那样。为了防止蚊子飞入，往往在窗台上放一种小布袋，里边塞满气味像樟脑丸一样的驱蚊药。蚊子对那种气味特敏感，不敢冒险接近。

"噢，也不能从小风窗飞出去！"

"她"正这么提醒自己这只蚊子，却发觉自己已经在外边了，而作为蚊子的"她"丝毫也没嗅到那种气味。或者反过来说，那种气味以及其他一切蚊香、驱蚊剂、熏蚊草之类的气味，对于"她"这一只大蚊子是丝毫也不起作用的。"她"在庆幸自己的无恙之后，居然冒险地飞近了小布包，想要搞明白它对自己为什么竟无伤害。"她"甚至在小布包上伏了一会儿，丝毫也未感到任何不适，没有伤害就是没有伤害。

"哈哈，想不到我变成的是这样一只蚊子。上帝啊，您老人家太心疼我了，教我如何能不信仰您呢？……"

在她的意识想象中，上帝是一位慈祥的老者形象，酷似罗中立的油画《父亲》——她曾在电视美术频道见过那一幅油画，留下了很深的印象。《父亲》很像她早已故去的同是农民的父亲，而她很爱父亲，父亲也很爱她，父女感情深笃。不过，她想象中的上帝却并不扎白毛巾，而是一头凌乱的白发，这一点又有几分像晚年的莫扎特。郑娟可不是一个除了挣钱就只习惯于嗑着瓜子打麻将，或蜷在沙发上一集接一集兴趣盎然地看垃圾电视剧的女人。不，不是那样的。实际上，她是一个喜欢看书的女人。以前，常常是丈夫在低着头聚精会神地玩手机游戏，而她同样聚精会神地在看书。她对书的选择挺有品位，这使她文化见识的视域挺丰富，许多大学生都没有的见识而她反倒是有的。她是民间寻常女性中一颗为数不多的读书种子，所以她那无所归属的独立存在于空气中的意识的联想十分丰富。这种十分丰富的联想，又使她的意识觉得自己仿佛仍是一个女人，只不过被隐身了，而蚊子是蚊子，并非是她，最多只能说是她的一部分，还不是主要的部分。

　　"她"少了几分害怕，勇往直前地飞往第一个复仇对象必定会在那里的地方。"她"目的地明确地飞着飞着，看见一个姑娘在公共汽车站候车。姑娘二十三四岁，挺秀气，短发，穿无袖连衣裙，裸着的双臂白皙，皮肤细嫩。那样的两条手臂，确切地说是那姑娘的体味，几乎只有蚊子才能闻到的体味，诱使"她"胆大无比地飞了过去。那时，"她"这只大蚊子忽感饥渴难耐。"她"昨晚没吃晚饭就睡了，"她"的蚊腹瘪瘪的，"她"那蚊子的身体里顿时产生了一系列的生理反应，使"她"立刻想要畅饮人血，如同酒鬼犯了酒瘾似的。

　　然而，她不是一个行事莽撞的女人，在任何情况之下她都是一个胆大心细的女人。她先绕着姑娘的头飞了一圈，看那姑娘的反应是否敏捷。姑娘却丝毫反应也没有，仿佛是聋子。姑娘的手伸入了挎包里，于是"她"猜想姑娘将要取出手机了。姑娘取出的却不是手机，而是袖珍本的小书——安徒生的插图版童话集。"她"已看出那姑娘并不聋，当附近一棵树上有蝉突然鸣叫时，姑娘还朝那棵树望了一眼。

"她"困惑了。

"她"自己这么巨大的一只蚊子，飞时得发出多响的振翅声啊，但姑娘明明不聋，为什么就听不见呢？

但"她"仍不敢贸然行动——她太清楚有些人对付蚊子的策略了！明明听到了蚊子的嗡嗡声，却装出毫无察觉的样子，正在怎样便照样怎样，只待蚊子刚一落定甚至是将要落在身体的什么部位时，便出其不意地"啪"的一掌，一只蚊子就丧命了。那类人是蚊子杀手，十只想要吸他们血的蚊子，往往有八九只还没来得及下嘴就被拍扁了。其实，"她"自己没变成蚊子之前就属于那一类人，所以"她"要对那姑娘再进行试探。一只蚊子如果受一个成年女人的意识的支配，而那女人又并不是一个"脑残"的女人，那么那只蚊子便一定是一只极为狡猾的老谋深算的蚊子——虽然"她"是一只刚"出生"的不谙"蚊道"的蚊子。

"她"怀着高度的戒备飞到了姑娘的耳朵旁，翅膀几乎触着姑娘的耳郭了，就在那么近的距离悬浮着。蚊子要保持在空中悬浮不移，翅膀扇动的频率就应更快，发出的声音也更大。

然而，姑娘分明还是没听到，仍然低头专心致志地看着书。

县城里的生活节奏是慢的，虽有公共汽车，但乘车的人不多，车次相隔的时间较长，候车人等的耐性都可嘉。

姑娘的表现使"她"终于明白，原来"她"自己变成了一只飞着的时候并不发出嗡嗡声的蚊子，而这使"她"简直有些惊喜了。"她"又在姑娘的眼皮底下飞过来飞过去，还胆大无边地在《安徒生童话集》上落了一会儿——姑娘的表现依然如故。

这使"她"进一步明白，原来自己还是一只隐形的蚊子！

"哈哈！现在，人奈我何？人奈我何？我变成了这么奇异的一只大蚊子，如果还不实行一个都不宽恕的报复更待何时？更待何时？上帝他老人家将我变成这样的一只大蚊子，不就是为了成全我的报复愿望吗？……"

"她"不但惊喜，而且对于即将实行的报复稳操胜券，信心百倍，勇气大增。

但这惊喜并没抵消掉饥渴的感觉，丝毫也没抵消。

"她"腹中空空地又飞了一阵，但真是又饥又渴啊——"她"急迫地需要饱吸人血！

姑娘仍沉静地低头看书。

"她"从书上飞起，目光首先被吸引住的却不是姑娘的手臂，而是姑娘颈子的一侧。那部位的皮肤像姑娘的手臂一样白皙，比手臂还细嫩，并且白皙细嫩的皮肤之下隐隐呈现出一截淡蓝色的、毛线般粗细的血管。这是在成年人中不常见的情况，只有极少数儿童和少女的颈部才会那样，连少年们的颈部也很少如此。

那血管使"她"亢奋。

这世界上不曾有一只蚊子能直接将吸针刺入一个人颈部的血管中，然而"她"的吸针绝对可以轻而易举地刺入！

正当"她"预备突袭时，姑娘合上了书，书的封面印着安徒生的半身画像。那实际上其貌不扬的童话作家安徒生的样子被画家美化了，看上去有几分像英、法的美男子诗人拜伦和雪莱了。

在她的家里，如今仍保留着一本同样版式的《安徒生童话集》。

她曾为女儿读过。

女儿曾端详着"安"的画像，说："他很漂亮。"

在她和女儿之间，安徒生一向被亲昵地说成"安"，仿佛是她家的一个好亲戚。

她从没告诉过女儿真相——"安"一点儿也不漂亮，用"其貌不扬"来说他已是相当礼貌的说法。不仅如此，"安"还是男人中的小矮子。

就在那时，姑娘吻了一下"安"，吻得很深情。

姑娘这一动作，竟使"她"的吸针没有刺将下去——"她"嘴两旁的瓣腭已经分开了，"她"的吸针已快接触到姑娘的皮肤了。

然而，"她"收回了吸针，合拢了瓣腭，从姑娘的颈旁飞开，悬浮在姑娘对面了。

那秀气的姑娘看上去是一个尚未恋爱过却已开始思春的人儿。

"我不能，她和我无冤无仇，看上去分明还是一个好姑娘！再说，她正在看书，看的居然还是《安徒生童话集》！如果她在玩手机，那将是另外一回事。这年头，看书的年轻人已经不多了，看书的姑娘尤其少了。看'安'的童话集的姑娘，往往会被嘲笑为弱智的！这样的姑娘是应该友好对待的，我不能……"

她那女人的意识以各种理由说服自己不要"突袭"那姑娘，她的蚊子之身却由于饥渴难耐而生理反应强烈，一次又一次地向姑娘的皮肤接近，或者颈部，或者脸、手臂，甚至有几次还向下飞企图接近姑娘的裸腿。"她"的大蚊子的瓣腭也一次又一次分开、合拢，再分开，再合拢……

正当她的意识和她的蚊子之身互相争夺行动权的时候，公共汽车终于开来了。几秒钟后，姑娘已在车内，"她"被车门关于车外了。"她"灵机一动，落在了车后窗上搭乘起顺风车来了。

"她"气喘吁吁，觉得更饥渴了，还觉得好累，因为刚才那一番女人的意识与蚊子之身的争斗消耗了"她"不少的生理能量。见到那姑娘背靠扶手立杆又在看"安"的童话集，"她"竟因毕竟没有伤害到对方而产生了几许欣然。

搭顺风车的"她"，快捷地飞到了一处会场。昨天电视新闻报道，今天上午有一个关于维护社会公正与治安的会议要在那里召开，"她"估计她的第一个报复对象肯定在会场中。

她估计得不错，他果然在那里，正坐于台上对着话筒侃侃而谈。那男人并没对她"潜规则"，更没在肉体方面占过她什么便宜。实际上，两人没面对面过，更没说过话，但在所有她将要实施报复的男人中，她最恨的是他。她知道，是他亲批文件将她列为重点监控对象的。在她被"收容"期间，他还到那地方去检查过看管人员的"工作"情况——在关她的房间里，她听到过他和他们的对话：

"这就是禁闭她的房间？"

"是的，领导同志。"

"要好好调教她，使她彻底明白给政府制造麻烦是绝无好下场的！"

"明白。"

"纱窗不必修，蚊香不必给。"

"那么，蚊帐呢？"

"更是多此一举。蚊子又叮不死人，让她受点儿惩罚是应该的。这也是你们的责任，否则派你们在这里干什么？总之，要好好调教她。调教什么意思，你们都懂的吧？"

"懂，都懂。请领导放心。"

他走后，他们对她的态度更加冰冷了，有的男人甚至敢于调戏或凌辱她了，并且将她的关押时间延长了半个月，直至她肯于屈服地写下"悔过书"才获释放。

蜻蜓王般的隐形的不发出一点儿振翅之声的大蚊子，遍体膨胀着复仇的怒火朝在台上侃侃而谈的男人飞将过去，如同一架携带着核弹头的歼击机朝歼灭目标飞过去。如果"她"不是隐形的，那么人们看到的也许是一只着火冒烟的"大蜻蜓"。

那男人"啪"地往脸上拍了一下，确切地说，是一掌拍在右眼上。

"哎呀，什么虫子叮了我一下。请原谅我的失态之举啊，亲爱的同志们！坐在台上就这一点不好，雅或不雅的动作都会暴露在众目睽睽之下……"

他还想趁机幽上一默。

虽然那话也没什么幽默性可言，台下却照例响起了阿谀献媚的笑声，有人还起身高举手机为那时的他拍照。

"刚才我讲到哪儿了，同志们？……"

"啪！"

他紧接着又往左眼上拍了一下。

他的右眼已肿了起来。

多么大只的蚊子啊！它的吸针像静脉注射针头似的，何况还是一只愤怒到极点的大蚊子，当然袭击效果立竿见影了！

"哎呀，哎呀！……"

那男人的手分别捂在左右眼上，他感觉不是痒，直接就是疼，如同被马蜂蜇了。他离开了座位，碰倒了椅子，就那么双手捂眼，"哎呀，哎呀"叫着满台跑圈。

"她"却并没停止进攻。"她"嘴两旁的瓣腭一次又一次激动地分开，一次又一次准确地将吸针深深插向他的脖子、耳朵、额头、鼻尖、手。

台下的人全都站起来了，他们什么都没看见，也什么声音都没听到，根本不明白发生了什么情况。简而言之，他们都看呆了，有人还以为领导突然中了邪魔呢。

居然又有高举手机拍照者。看来不心疼领导的家伙不但什么时候都会有，而且往往在领导突遭不测时原形大露。

"别照啦！都照什么照？张科长，你还想不想再当科长了？快上台保护领导呀！……"

于是，有人对领导的"爱心"被唤起了，犹犹豫豫地往台边移动，进一步退两步的。不明情况，尽管"爱心"被唤起了，却谁都不敢冒失登台。万一真是什么邪魔附体呢，一旦转附到自己身上，那是闹着玩儿的吗？

领导仍捂着双眼，"哎呀，哎呀"直叫着，"啪嗒"一声掉下台去了。

"她"这才算多少获得了一些报复的满足和快感，扬长而去。"她"本是可以顺便也攻击别人几次的，比如那些想要表现对领导的"爱心"的人，但一考虑到他们挺无辜，分开的瓣腭便收拢作罢了。"她"想，如果"她"真的由着性子对所有的人攻击不止，那会使整个会场一片惊叫乱成一锅粥的。

但，"她"并无那种想法。

"她"离去得像进入会场一样顺利，伏在一个着急忙慌打手机的男人的背上进入了电梯——那男人是领导的秘书。出了电梯，"她"一下子就从一扇敞开的窗口飞到外边去了。

对于蚊子，人血以及其他一切动物的血本身是没有味道的，而对于"她"这只奇异的大蚊子也不例外。"她"吸人血时只感觉一股温热的液体进入了腹内，于是像电器充了电似的，生理化学反应使"她"觉得自己又强大了许多，但同时也感觉身子沉重了，以至于影响飞行速度了，就像人吃得太饱了反而倦怠那样。

"她"飞向一棵树，躲在几片大叶之间睡了过去。那一觉"她"睡得很长，醒来时已是黄昏，而那时的"她"才真正感到精力充沛，能量饱满，战斗力极其旺盛。

"她"看到了这样一种情形——那棵树的一侧是一片水塘，塘中莲叶翠绿，几茎莲花娇蕊初绽。在水塘上方，一群蚊子飞作一团，忽而飞散，忽而聚拢。它们分散，乃因有一只蜻蜓在攻击它们；它们聚拢，乃是出于一种自保的本能。若蜻蜓从飞作一团的蚊群中要逮到一只，比逮到一只单独飞的蚊子难度要大些，所谓视觉迷乱的缘故。

那是一只被人叫作"黄毛"的蜻蜓，比"红辣椒"大不少，比"八一"的身子稍微短点儿，却较肥壮，从头到尾全身都是黄色的，黄中带褐那一种不纯正的黄色，连四片翅片上的筋络状的线条也是那么一种黄色的。那只"黄毛"的飞行技巧很高超，显然特有空中捕食蚊子的经验，蚊群企图迷乱其视觉的伎俩对它显然失灵。它每向蚊群冲过去一次，总能准确地逮到一只蚊子大快朵颐。一般而言，一只蜻蜓吃掉两只蚊子就基本上饱了，吃掉三只就未免会撑得慌了。可"她"眼见那只"黄毛"已经吞食掉四只蚊子了，却还不肯罢休地继续向蚊群进攻着——看来是蜻蜓中的一只天生的吃货。

"她"讨厌吃货，不管是人还是蜻蜓，而且眼见自己的同类受到一次次无法招架的攻击，顿然心生出同情和侠义来。还没等她那作为女人的意识想好了究竟该不该管这等闲事，作为蚊子的"她"已经本能地果断地采取行动了。

"她"从树叶上起飞，向"黄毛"冲了过去。"黄毛"虽有一对复眼却看不见"她"，它只是从气流的变化预感到将有什么对自己不利的事发生了，但还没来得及有所反应就已被"她"撞得在空中连翻了几个筋斗。它凭着高超的飞行技巧刚一稳住身子，竟被"她"用六只"手"紧紧抓牢了尾部。"她"就那样拖着"黄毛"在空中忽上忽下地飞，使"黄毛"对自己的身子完全失控了。如果说"黄毛"是一条蛇，那么大只的"她"则宛如一条巨蟒，而"黄毛"根本不可能是"她"的对手，只有被"修理"的份儿了。

"黄毛"看不见"她"，那群不知怎样才能有效自保的蚊子同样看不见"她"。但蚊子们感觉到了一只强大的不知从何而来的无形的同类的存在——那是蚊子之间的化学信息的传递和接收现象，只有蚊子们之间才能明白的事，它们看到了"黄毛"被"修理"的惨状。那时，"她"的六只"手"已自上而下地牢牢地钳制住了"黄毛"的头，只要"她"想就可以轻而易举地将"黄毛"的头扭下来，或仅仅两下就用吸针刺瞎它的双眼。比较而言，后一种手段虽然"蚊道"一些，但"黄毛"还是必死无疑。

"她"犹豫着究竟该怎样结束战斗。

越聚越紧密的蚊群发出了更大的嗡嗡声，同时也做出了集体的释放性更强的生理化学反应，那种反应类似于人的欢呼与口号：

"王！王！神圣的蚊之王！……"

"吾王万岁！吾王万岁！……"

在"她"听来，确切地说是"她"所感受到的化学信息经由她作为女人的意识译成了欢呼与口号。

蚊群中的每一只蚊子都特亢奋——"她"的无形的存在，使它们以为"她"是无限大的，当然也就可以占领全部空间。它们想象着同类中产生了如此伟大的一只，那么地球以后肯定便是属于蚊子们的常乐家园了！

更多的蚊子迅速地从四面八方聚拢了过来，欢呼与口号之化学释放波频更密集也更声如雷动了。

这反而使她作为女人的那一部分意识顿时冷静了。

"见鬼！我怎么会被呼作蚊子们的王？我才不要做什么蚊子们的神圣之王！我才不愿堕落得不可救药！见鬼，见鬼，见鬼！……"

作为一个曾经的女人，她所反感甚至可以说讨厌的事之一，就是呼众集群起哄架秧子。她的经验告诉她，不论什么人，一旦参与了那种事，也不论在其中扮演什么角色，不被利用几乎是不可能的。要么成为主角利用由群氓组成的乌合之众，要么反而被乌合之众所裹挟，最终身不由己地被利用，结果也变得与他们差不多了。

何况，现在的情形是聚蚊成雷，是绝对的害人虫们的集结，比人类中的乌合之众的起哄架秧子更讨厌啊！

于是，"她"的六只"手"松开了，将已认命一死的"黄毛"放生了。

"黄毛"仓皇地飞走了。

"战无不胜！战无不胜！……"

群体庞大了许多的蚊子们，亢奋不减反增。

讨厌的情绪在"她"作为蚊子的身中成了主要的行动本能，使"她"明智地选择了逃之夭夭。

"追随吾王！追随吾王！……"

庞大的蚊群凭着生理化学定向本能地穷追不舍。

"我讨厌这种事！"

"她"也释放出了强烈的生理化学信息，随之加快了飞行速度……

四

"她"不知怎么摔落在自家的卫生间里，幸而并没摔伤——在落地那一瞬间又恢复为女人。

她一时有点蒙，未明白是什么事发生在了自己身上，以为自己不小心滑倒了。

她离开卫生间，从冰箱中取出瓶矿泉水坐在沙发上喝了一口，觉得脑子里一片空白。虽然天还没黑下来，但挂表的指针显示的时间已是七点多了，而对于自己在已经过去了的一个白天里的经历则毫无印象。

"我又病了吗？"

她摸了一下自己的额头，并不发烧。

电视遥控器就在手边，她随手拿起来打开了电视。央视新闻是她一向要看的，之后是本省新闻，那也是她照例要看的。

"今日上午，省第一人民医院收住了一名奇怪的重伤患者：该患者是由某县医疗抢救中心紧急送来的。据其自述，他是在开会时突然被看不见的什么东西叮咬了。为了不引起公众没有必要的恐慌，上级指示暂不报道那一县名……"

伴随着男播音员永远波澜不惊的语调，屏幕上出现了由手机实拍剪辑成的新闻画面：

那个被她报复过的男人的双眼肿得像大眼泡金鱼的双眼，他的脖子肿得快跟头一般粗了，他的鼻子肿得像獏的鼻子了，他的手肿得像熊掌……

还有记者对现场目睹者们的事后采访：

"您没看见和某东西是看不见的，这两种说法的意思很不同。您究竟是哪种意思呢？"

"我的意思很明白啊，当时会场中那么多人，什么都没看见的不只我自己嘛，没有一个人敢说自己看见了什么呀！许多人都用手机拍照了，录像了，结果都是没有呈现什么可见的活物嘛，这跟什么东西是看不见的意思没什么不同嘛！……"

此则新闻报道使她一下子忆起了自己的所作所为，却无法明白自己怎么就能又恢复成了一个女人。然而，成功实施了报复的痛快之感，使她又一次祈祷起来："上帝啊，另外那些卑鄙男人的行径也是应该受到惩罚的呀，那么我还是得多次变成蚊子啊……"

她在心中默默这么祈祷时，却无意间从镜中发现——自己的头在渐渐缩小，面容在渐渐发生改变。

那种改变令她大骇。

"噢，上帝上帝，不是这时候，不是这时候，您怎么比我还性急呢？……"

于是她的头和脸又复原了。

于是聪明的她领悟了，自己是可以通过内心祈祷来控制身为女人与身为蚊子之间的变化的。她大喜过望，移坐桌前，执笔展纸，开始写一份报复名单。

"嗡……"

她听到了飞蚊发出的声音，一只身子呈霉草根色的蚊子转瞬间落在白纸上。她下意识地举手欲拍，却并没拍下去，一种莫名其妙的亲和之感使她的手又轻轻放在了纸旁。

"王，我的神圣的法力无边的蚊王，请原谅我贸然出现在您面前。我有些至关重要的话希望能与您坦诚交流。"

她知道，只有老蚊子的身子才是那种颜色的。

出于"敬老"的礼貌，她向老蚊子传递出了"洗耳恭听"之信息。

于是，她与那只老蚊子之间进行起生理化学信息的"思想碰撞"。

"王，我无限崇拜的王，没想到您还能化为人形，这真使我大开眼界啊！"

"老者，您得明白，我讨厌别人，不，讨厌别的蚊子对我说个人崇拜那套话，非常讨厌。请您开门见山。"

"那好，那好。不过，首先还是得允许我讲讲历史。"

"允许。"

"在地球上，我们早于人类几亿年就出现了。可是呢，现在地球反倒主要成了他们人类的。自从他们聪明了一点儿，就千方百计地想要彻底消灭我们。这是一个事实吧？"

"是的。"·

"他们连电蚊拍都发明出来了，以后不知还会发明出什么东西来对付我们。可我们呢，我们那么渺小，发明不出来任何足以自卫的武器，更不要说进攻性的武器了。人类谴责在他们中使用化学武器，但对我们使用起大规模杀伤性武器来却仿佛天经地义。这公平吗？"

"那是因为我们，不，因为你们……因为蚊子传染疾病……"

"王，我的王，我不介意您说'我们'还是'你们'的。您是至尊至圣之蚊王，与我们普通的悲催的蚊子当然不可混为一谈。但，说到我们对人类健康的危害，那我就必须认认真真地与您讨论一番了。我们蚊子能在人类中传播区区几种疾病啊，更多的疾病是他们自己搞出来的呀！如果没有生了血液性传染病的人，我们想传播又怎么能传播得了呢。就寻常叮咬而言，我们一次才吸他们多点儿血啊，那一般后果无非就是痒一阵或肿个小包嘛。相对于他们自己对自己造成的危害，比如战争，比如天天吃被农药严重污染的食品，我们的危害岂不是微不足道吗？"

"你说的不是一点儿道理也没有，但是以你的年龄你应对这世界的真相具有一些常识性的认知才对。这世界上的许多事，本就是公说公有理，婆说婆有理的。"

"是啊，是啊。不幸身为一只蚊子，今天已经是我活过的第九天了，能活过十几天的蚊子少而又少，这一点想必您也知道。既然您说这世界上的许多事是说不清孰是孰非的，那么老蚊我斗胆请教，人类又凭什么认为彻底消灭我们是绝对正义的事呢？"

"老蚊，我不愿与你讨论下去了，以免咱们伤了和气。你就直说吧，究竟为何不请自来？"

"我的王啊，蚊子将死，其言也雷人。史有蚊言曰：'量小必人类，传病真蚊子。'恳求您以蚊王雄风，号召世界各地各等蚊子，组成天下最众之蚊子大军，与人类决一死战！天下者，蚊子之天下也。下定决心，不怕牺牲，将被人类控制的天下归属权夺回来！那细皮嫩肉且易于我们吸血的人类，我们可运用传播疾病之战术使他们成为瘫痪人，从而不能再对我们的叮咬构成危险，并变成我们的永久血库。如此一来，我们蚊子的一生，将不再是忐忑的一生。我们的寿命，也许就不再是十来天，而可能是几十天，甚至几个月、几年、几十年了。这地球，也将是我们蚊子的常乐家园了……"

"住口！简直是一派胡言，疯话！"

然而，老蚊子一经竹筒倒豆子般说起来，便刹不住车了。

它滔滔不绝地只图痛快地继续说："我知道在某处有一片拆迁造成的残垣断壁，那里曾是早年的传染病医院，因为条件根本不达标所以被拆。那里的许多断壁上留下了斑斑点点的干血迹，偶尔还能发现我们蚊子的干尸沾在上边。想想吧，传染病医院啊，那些干血迹全是有病毒的啊！不过，干了没什么的，我们可以用我们的唾液去化开。据更老辈的蚊子们传下的回忆，那里还有艾滋病患者住过院呢。人类以为我们不能传染艾滋病，那他们就大错特错了！只要我们携带着艾滋病患者那种有病毒的血迹，即使是一星半点儿，即使是干了许久又用我们的唾液化开的，只要弄到他们人类皮肤的伤口处，使他们传染上艾滋病的概率也是很高的。至尊至圣的王啊，暂且先将这县城当成战场吧，让我们蚊子将它折腾得人仰马翻吧！用词不当，用词不当。如今，县城里也看不到马了，那就声东击西地搞得它人心惶惶吧！……"

郑娟是不听犹可，越听越怒从心头起，恶向胆边生。

她猝击一掌，但听"啪"的一声，老蚊子被拍扁在白纸上了——六条细腿平平地呈现着，翅膀也是如此，完好无损，如同绝佳的扁平标本。

她觉得自己的心随之颤抖了一下，那是一种人们形容为"心疼"的微感觉。她心里甚至还产生了一种类似罪过的意识，却一点儿忏悔都没有。

当她用纸将老蚊子包起时，想到死了的是一只有今天没明天的老蚊子，便连类似罪过的隐约意识也完全消失了。

她想将纸团扔进纸篓，却没那样；想将纸团由马桶冲掉，也没有；最后将纸团在烟灰缸里烧成了灰烬，加了点水，浇在花盆里了。这样做完了，她的心情也就恢复了此前的平静，仿佛刚才的事根本没发生过。

她又开始列报复名单。

于是，第二天、第三天又有男人被什么"看不见"的古怪东西蜇了。虽然后果的严重程度不同，却照例被送到了省里的医院。县城里的医院不敢贸然收治，也治不了，更怕担责任引发医患纠纷。至于后事的严重程度不同，乃是由她实施报复时的愤怒程度怎样来决定的，而对谁"刺"下留情了几分，谁的下场便不至于太惨。

不论省里、市里还是县里，电视台进行报道时都统一了新闻口径，一致将"看不见"的东西说成是"没人看见"的东西，为的是避免使人心恐慌。

起初，县城里的人们普遍相信"没人看见"之说。没人看见嘛，不过就是没人看见嘛，极少有人往"看不见"方面去想。大多数人猜测，可能是某种毒蚂蚁之类的虫子顺着人的鞋爬到了人身上——它们那样咬了谁，谁自己和别人确乎是不太容易看见的。

有些人幸灾乐祸，"喜大普奔"。这年头，没有冤家的人屈指可数啊！何况，那三个男人都是县城里为人不仁、行事霸道、口碑恶劣之人。他们原先并不那样，但有了点儿权势后渐渐地身不由己似的就那样了。所以，除了他们的老婆孩子，几乎没人同情他们。他们的朋友们谈到他们的遭遇时，表面上装出同情他们的样子，其实内心里也是挺欢快的。他们那种男人是不太可能有真朋友的，正如他们自己不太可能是别人的真朋友一样。

然而，县城里的各种防虫水脱销了，特殊人士们甚至托关系、走后门搞到了被毒蛇、毒蜂、毒蝙蝠、毒蜥蜴之类的咬伤后足以保障生命安全的预防药品。同时，网上开始销售同类进口药品，真真假假，价格不菲。尽管，县城里从没出现过以上有毒的厉害东西。

然而，她"两耳不闻窗外事，一心只图报复功"。按照名单排列顺序，一天收拾一个，行动为"蚊"，在家为"人"，从容不迫，干得越来越顺遂，越来越有成就感。

到了第七天，她出门扔垃圾袋时见小区里停着几辆大卡车，那是三户人家同时在搬家，而且有一户还是与她同一单元同一楼层的斜对门邻居。

她问："大娘，你们怎么都搬家了呀？"

邻居家大娘说："郑娟，你一点儿不知道吗？"

她又问："您指的什么事啊，大娘？要发生地震？"

大娘说："也不是地震那么严重的事，但也怪吓人的。县城里都闹了好几天的古怪事了，也不知有了什么人眼看不见的东西，一旦被它叮咬了结果是够惨的。虽然到目前为止被叮的全都是大男人，谁知道以后呢？如果哪天也开始叮女人和孩子呢？省城派来了专家，可也没能给出个明明白白的说法。所以，有别处可住的人家，宁肯麻烦也要先搬走一段时间避避……"

回到家里，她坐在沙发上吸着一支烟。她曾是一个吸烟的女人，虽然戒了多年了，但那天破戒了。

斯时，她心生出一种大罪过感来。

这是扰民啊，扰民扰得太严重了呀！

一向安分守己的她，没法不自我谴责了。

但名单上还剩下一个名字没被划掉，而那是她认为必须予以惩罚的一个男人，与第一个报复过的男人一样必须予以惩罚——她本是求助于他的，他不但没相助，反而趁机蹂躏了她之后还恶语相威胁，警告她应该明智点儿，不许再执迷不悟。

她决定傍晚时分去将最后一档事了结了……

一眼看过去，未满周岁的婴儿在年轻的母亲怀中惬意地吮乳。

"难怪几天来我眼皮跳抖不止的，不想你爸上午去区里视察时还前呼后拥的，下午就被'规'了去了！刚才我到银行一问，咱们几口人名下的存款都被冻结了，连宝宝名下的账户也取不出现金来了。人家是早就暗中将你爸查个底掉了，可你爸还怀着侥幸心理以为能平安过关！家中值钱的东西都不知该往哪儿转移好，这可怎么办？这可怎么办？光那些东西也值几百万啊？你聋啦？倒是出出主意呀！……"

一个西葫芦身材的女人歪坐于沙发哭唧唧地说着，那是被惩罚的男人的老婆。

"妈，你别絮叨了行不行啊！事到临头，我能想出什么对策啊！"

那年轻的母亲哭了，眼泪滴在孩子脸上。

一个青年进入了这户人家，看样子是当女婿的。

那女婿急赤白脸地说："都他妈是白眼狼，向谁都探听不到什么情况！不管认识我的不认识我的，都东躲西躲的不肯见我！……"

这户人家的三个大人仿佛身在汪洋大海中的一叶小舟上，而小舟无帆无桨的且开始渗水，他们都显出束手无策的大恓惶来。

斯时，郑娟已在这个家中了。此时，该惩罚的男人被"双规"了，她挺索然。但她也不愿白来一次，正犹豫究竟应由谁来替罪。

她听说那位是老婆的女人有心脏病，怕那女人根本经不住自己的袭击就一命呜呼了，即使刺得留情。

那是女婿的男人经常吸毒——这在县城里早已是公开的秘密，虽然他一次也没被关进去过。她怕他的脏血污染了自己的血。

孩子太小，实在无辜，而且同样可能会因她的间接报复危及生命。

最后，她决定对那个女儿采取行动——"父债子还"，这是民间法则。同样，父亲作孽，当女儿的替父亲承受一定程度的惩罚也不算蛮不讲理。何况，"她"是一只雌蚊，其报复并不具有性侵犯的性质，更不打算取对方的性命。

忽然，那婴儿不吃奶了，瞪大一双乌黑的圆溜溜的眼睛盯着"她"看。

她联想到了民间一种带有迷信色彩的说法——未满周岁的婴儿的眼，可以看见大人们看不到的东西。

这一联想，她断定那小小人儿确实看见了"她"。

那小小的人儿咯咯笑了，笑得如同初开的向日葵，使她觉得自己心里仿佛有一轮太阳悬在叫心尖的地方，向下投射着舞台顶灯般的光，将她心灵的边边角角都照亮了。

她做过母亲的经验告诉她——婴儿如果起初吃的是奶粉，改吸母乳后基本上不需要什么适应过程，因为那是他们的天性更愿意接受的改变。反过来则情况大不相同，如果一个婴儿吮惯了母乳，改吸奶嘴则是会发生排斥现象的，有的婴儿甚至会哭上一整天，直到饿极了才肯含奶嘴……

她不愿使那咯咯笑着的小小人儿遭受大人之间的怨毒的牵连，不管他是否真的看到了"她"，不管他可爱的笑与"她"有关没关。

"妈，孩子他爸，你们快过来看宝宝怎么了？先是不错眼珠地看那儿，后又咯咯地笑起来没完……"

于是当爸爸的和当姥姥的都凑了过来。

当爸爸的横着一根手指在孩子眼前移来移去，继而转身四处巡视着房间。

孩子却已不笑了，目光随着"她"的转移而转移。

当姥姥的双手一拍："不好了。我想起了一种迷信的说法，也许有什么邪性的东西进来了……"

言罢，双膝跪地，双手合十，闭上眼睛快速地念起什么经咒来。

"她"一下子飞到茶几底下去了。

"她"是不怕任何咒语的，但那半老女人的语速令"她"讨厌。"她"还没有穿壁的本领，只能在谁开门时趁机出去。

她放弃了最后一次报复行动，那也是一次狼狈的行动。

"郑娟，你已经三个多月没产生不良幻觉了，想出院吗？"

问话的是坐在她对面的女医生。

她点了一下头。

"那么，你今天就可以出院了。哦，这份报纸你带走，是它使你的病情迅速好转的，留作纪念吧。"

她默默接过了报纸，霎时泪如泉涌。

报纸上有篇整版报道，通栏大标题是——"中纪委明察暗访惩办腐败，组合拳自上而下重击魑魅"，副标题是——"三年前交通事故竟是谋杀，一干人等尽数判刑"。

自从读了那篇报道，她的心情（将她送入精神病院的坏人们认为她犯了精神病）日愈平静，甚至都有点儿不在乎被视为疯子了。

她换上自己的衣服，拎着一个纸袋走出了精神病院的大门——纸袋里装着些小东小西，是她被强制送来时从她兜里翻出的。

那是初秋一日，上午九时许，天空晴朗，阳光明媚。

一个男人伫立于一辆轿车旁，捧着一大束鲜花。

他笑了，快步向她走来。

她犹豫了一下，也向他走去，脸上几乎没有所谓的表情可言，但心情多少有那么点儿愉快了。她对他早已不陌生，一年半以来他每个星期都来医院看她，每次都给她带她想吃的，并陪她度过一个上午或下午。

他说："我所遗憾的是，一心想帮你，可根本没帮上。"

她说："人的能力有大小，谢谢你的尽力而为。"

他将鲜花递向她，她高兴地接过去了。

他拉开了车门，她又犹豫了一下，然后坐进去了。

车开走时，她不禁扭头朝医院望了一眼——白底黑字的牌子的下半部被刚停在那儿的另一辆车挡住了，只望见了"精神"二字……

咪　娜

一

咪娜是只猫。

咪娜是一只两岁又两个月的漂亮的小母猫。

对猫而言，咪娜的"身体"已不算小，看上去不太会继续长了，如同发育良好的少女，身材定型，不太会再长高了。它或许会长胖的，若它贪吃的话。但咪娜并不贪吃，简直也可以说，它似乎具有人一样的节食意识，以保持自己"身材"的美观。它每次吃得很少，就像人形容人每顿吃得太少时说的那样——"吃猫食"。现在，它已不像一岁多的时候那么贪玩了。那时，哪怕一个小纸团都会使它发生极大的兴趣，一玩起来就玩半天，直至呼哧带喘玩不动了为止。它喜欢从假花上咬下花骨朵叼到什么地方去自娱自乐，尤其喜欢将花骨朵拨到有腿儿的家具下边玩。倘那缝隙的高度是它可以钻入的，便钻到下边将花骨朵拨出，自己则猫在下边不出来，只伸出一只爪子继续玩弄花骨朵，像是要显示自己的"手臂"有多么长似的。倘那缝隙太窄，它根本钻不进去，就会趴在地上竭力将爪子伸进去。为了能将花骨朵拨出来，它往往会仰躺着，将身子尽量向上弯曲，用两只后爪反蹬着家具，像在表演杂技或练瑜伽。如果还不能将花骨朵拨出来，那它就会去向它的小主人芸求助了。芸是初二的女生，如果以人与猫的换算年龄来说，芸比她的爱猫还小两三岁呢。但它向芸求助时，如同是独生子的缠人的小孩儿向宠爱自己的妈妈耍赖般。如果芸一时顾不上帮它，它的耍赖便接近于厚脸皮。倘芸是站着的，它会仰躺在地上抱住芸的脚踝咬她的裤角，即使她走动了，它也不肯放开，任她拖着它走。那时，芸则无奈地低头对它说："咪娜呀咪娜，没你这样的啊，太过分了吧？"——嘴上这么说，却只得去帮它。往往，她帮它将花骨朵从家具底下拨出来了，但它的玩兴反而过去了，只蹲着看一会儿那花骨朵，便不屑再摆弄一下了，于是大摇大摆地毫无谢意表示地离去。芸自然会很生气，瞪着它抗议道："咪娜，你给我站住！为什么不玩了？成心要我是不是？"

咪娜的尾巴离开时又往往是旗杆般地竖着的，显然它明知芸的话是对它说的，也似乎听得懂她的话是抗议性质的——因为它的尾巴尖那时会勾起来。

芸从网上查过，早已知道猫咪的尾巴如果竖着且将尾巴尖勾起来，证明它们那时的情绪是快乐的。

"咪娜，你气死我了！你耽误了我的时间，分散了我的精力，而你心里还特高兴是不是？我要惩罚你！"

然而，咪娜不理她那一套。它往往会若无其事走向芸的床，像穿山甲似的将褥子拱起，钻洞般钻入底下，结果平整的褥子被它拱得乱七八糟。——这表明它要睡觉了。

那时，芸就不知训它什么好了，只有望着自己的床生气。

被咪娜如此这般捉弄一通，却还不是芸对它最不满的时候。芸最不满的是，咪娜在她坐着的时候去纠缠她。那时，它的骚扰特过分——它会显示轻功般地跃上椅背，之后将腹部搭在她肩头，并喵喵叫个不停。如果她在看书，它便大献殷勤地替她翻书页。若它真能那么做得很好，当然也是芸没什么意见的，但它似乎认为芸应该一目十行几秒钟就可看完一页！它的爪子替她按那么快的阅读速度翻书，芸当然也就看不成书了。若她在写字呢，那它会一次次用爪子拨笔杆，同时也抗议般地喵喵叫，仿佛在说："写什么呀写，看不出点儿事呀，不明白我是在向你求助呀？"

于是，芸会叫起来："讨厌，别烦我！"

咪娜则不达目的不罢休。它一贯的做法是——后爪往椅背一蹬，于是四只爪子同时站在芸肩上，随之四腿绷直，将背高高耸起，然后在芸肩上伸一次只有猫咪们才能做到的高水平的懒腰。别以为那之后它就会一边头一边屁股地重新"搭"在芸肩上了，才不会呢！它又露了一手——隔着芸的脖子，它闲庭信步似的从芸的这一边肩头迈着优雅的猫步走到那一边肩头，随之再伸一次高水平的懒腰。接着，一跃而上，在芸的头顶趴将下去，并成心似的将屁股扭向芸的脸的方向，于是一条猫尾巴从芸的脸的正中垂将下来，使她的鼻尖痒痒的直想打喷嚏。

现在，咪娜已不那么欺负芸了。自从一年前芸偷偷带它去宠物医院为它做了节育手术，之后它那种捣蛋鬼的行径就不再了，常态安静，变得像一只淑女猫了。更多的时候，不论芸在做什么，它只不过乖乖地卧于她旁边，一动不动地注视她。如果她看它一眼，它则往往将头一转望向别处，但那并不意味着它对芸有什么怨气。它似乎不久就忘了芸曾带它去过宠物医院使它大受过一次惊吓那件事了，或者虽还没忘，但根本不明白两个穿白褂子的陌生人究竟将它怎么样了。它不再乱伸爪子，当芸看它一眼时又将头一转望向别处，仿佛更是出于一种懂事——不愿因自己的存在而分散了主人的注意力，仿佛还进一步明白——主人正在做着的事对主人是重要的事，是比它刨沙子将自己的屎尿盖住重要得多的事。确乎，咪娜从一年前起不但变得"淑女"了，也可以说变得更通人性了。它注视着芸时，两只猫眼似乎流露着理解和体恤。它似乎明白，人作为人，是没福分像一只受宠爱的家猫那样吃饱了喝足了便玩耍一场的，玩累了便纠缠主人给予爱抚或四仰八叉地酣然大睡的。——人必须每天做某种同样的事，情愿也罢，不情愿也罢，绝大多数人都必须做，而且得认认真真地做，因为那是人的宿命。如果人做得不好，人的"人生"就会出现问题，有时会是大问题。

芸是绝大多数人中的一个。尽管她还只不过是一个少女，但在咪娜看来，她已经是一个"人生"很容易出现问题的"人"了。

因为她是宠爱自己的主人，于是咪娜看她的目光特温柔，含情脉脉的。

猫既有眼，当然也是有目光的。

养猫的人都知道，猫眼才不是不能传达感情的只不过好看的眼，实际上猫眼的感情内容是相当丰富的，但要结合它们的某些细微的肢体语言来领会。一只目光中充满体恤且含情脉脉地注视主人的猫，如果它那时卧在主人近旁，两只前爪大抵是相对着蜷起的。不是指两条前腿，仅指两只前爪，而人类的双手从来不会那样子，甚至犬科动物的前爪也很少那样子，只有猫科动物才有的现象。如果它们穿带袖的衣服，那时它们仿佛是冬季里穿棉袄的北方的农村老汉。那些老汉"袖"起双手时，是他们心肠极软之时，即使心肠很硬的他们，只要那样子了，也证明他们的心肠已开始由硬变软了。猫那样子时，如果它正注视着主人还不想引起主人的注意，它的头又大抵是向一边歪着的，它的尾巴则肯定是收向腹部而绝不会在屁股后边的，它的尾巴尖往往贴着腹部纹丝不动的。它的耳朵也向左右放平不再竖着，它的两眼也不再睁得那么圆且眼上方的弧稍微下垂，使它的眼形看去像是被磨平了边缘的硬币。是的，正是那时，一只猫注视着它主人的目光显得含情脉脉。——当然，并不是所有的主人对自己养的猫都有那种感觉，而芸自认为是能够看出咪娜目光中的感情内容的，正如她认为咪娜能听懂她说的每一句话，也能理解她的全部表情。

芸对咪娜那种目光特敏感，像咪娜的眼睛对光线那么敏感。她只要一发现咪娜在以那种特异的目光注视自己，不管她是在看书还是在写字，都会情不自禁地抚摸着它，并亲昵地说："咪娜真乖，咪娜真是一只好猫咪！你知道，这时候不应该捣乱是吧？等我完成了作业，一定陪你玩一会儿啊！"

二

咪娜本是野猫的后代。

城市野猫或是被弃的家猫，或是它们的儿女，如咪娜。其实，它们一点儿也不比家猫野，而"野"只不过是将它们区别于家猫的人的概念。恰恰相反，大多数的它们比家猫胆小。它们的胆小，主要表现在怕人方面。生存的本能使它们靠拢人家和社区，因为在远离人家和社区的地方将因寻找不到食物而饿死；自我保护的本能却使它们提防着人，因为伤害它们的除了人不会是任何别的东西。如果一只所谓的野猫的爷爷奶奶是被弃的家猫，那么就可以说它们是名副其实的"野猫"了。名副其实的"野猫"实际上也并不"野"，只不过它们那种亲近人的基因严重退化了而已。所以，一只成年了的那样的野猫是较难再被养熟为家猫的。但一只那样的小野猫却不同，生存经历尚未将它们异化到视人类为天敌的程度。如果被善良的人抱回家去，它们在十几天后的全部行为又会表现为家猫了。在城市里，繁衍到第三代的野猫是不多的，能繁衍到第四代、第五代的野猫极少——生存的艰难和疾病，加上人的伤害，使野猫后代的存活率很低很低。小野猫活到五岁以上，简直便可以说是"资深"野猫了，但"资深"野猫也是不多的。城市食品垃圾的管理系统越来越严格，它们往往在五岁前便死于营养不良或由此引发的别种疾病了。一只被弃的家猫也容易在不久之后便死去，因为它若不及时融入某一野猫族群，就难以学会并积累独自生存的经验，而野猫族群本身已很难形成。如果有人怜悯于它，肯每天赐给它点儿吃的，那么它对那个善人的表现像极了乞儿对施舍者的表现——希冀、卑怯，试图讨好而又不敢贸然讨好。对于爱猫的人，那种样子的野猫特别是小野猫，往往使他们心软得不行。是的，爱猫的十有八九是女人。猫与女人相同的方面很多，所以她们爱它们，如爱别样的自己。假若果有人命之轮回，不少女人内心的想法是托生为猫，当然是被宠的家猫了，而有品位的猫身上也每每表现出有品位的女人的某些性格特征。

　　然而，芸起先并不是一个爱猫的少女。在成为咪娜的小主人之前，可以说她长那么大还没怎么关注过猫。这并不意味着她对狗反而更感兴趣，因为她长那么大也没怎么关注过狗。她出生在山里一个穷苦的农家，而所在的小村尚未脱贫。她自幼耳濡目染的自家以及别人家的种种凄愁，几乎侵蚀掉了她和小伙伴们对猫狗的喜爱之心。那小村里为数不多的猫狗也都处于苟活之境，它们反应迟钝、无精打采，比城市里无家可归的猫狗的命运强不到哪儿去，基本丧失了主动与人亲近的本能。

　　芸小学二年级时奶奶去世了，爷爷成了唯一与她相依为命的人。她小学五年级时，爷爷也去世了。于是，在城里打工的父亲不得不将她带到了城里，那是他十二分不情愿的事，因为他多次当面说她是累赘。

　　然而，芸是聪明、刻苦的少女。在"借读生"的班级里，她的学习起先跟不上，但那种令她备感压力的日子并不长，六年级时她的成绩已在班里排于前几名了。成为中学生以后，她居然成了班里的学习尖子，老师、同学都对她刮目相看。老师多次在全班表扬她，认为她有种"奋发图强"的学习精神。那是事实，学习好是她唯一可"图强"的事，她为"唯一"而督促自己"奋发"再"奋发"。

　　她的父亲在一幢老旧楼房的地下室租了一个十四五平方米的小房间，虽是地下室，却不潮湿，甚至也不能算阴暗。这间小房间有半截高出外边地面的朝东的小窗，被十来根手指粗的铁条防护着，窗子可在房间里打开——但不论是她还是她父亲，想打开窗子都得站在凳子上。每天早上，有些许阳光会从小窗洒入房间里——如果是晴朗的一天的话。

　　那时，芸觉得世界毕竟还是美好的。

　　她总是担心，某一天会由于某一种原因使她和父亲将不得不离开那个在城市里的家。城市里可供人租住的房屋固然很多，但以她父亲打工所挣的那点儿钱，只能租得起便宜的地下室的小房间。每年年初贴在地下室入口处的催促交租的通告，总使芸看着惴惴不安。地下室所有的房间一律半年一租，直至她从父亲口中套出话——"半年的房租交了"，她那颗悬着的心才会安定下来，却也只不过是又安定了半年。

　　父女二人临时的家里有两张单人床，一张是铁架子的，原本便有；一张是木架子的，是父亲从旧家具市场买的。两张床之间是一张桌子，一把椅子。在父亲与母亲住时，桌上摆着一台十四英寸的黑白电视机，一台微波炉和暖水瓶等盆盆碗碗之类的东西。芸从出现在这个家里那一天起就没见到母亲，之后也一直没见到过。算上以前没见到过的日子，她快四年没见到母亲了。为了使芸有写作业的地方，父亲将同样是从旧物市场买的微波炉从桌上搬了下去，放在一摞人行道方砖上。那些方砖是新的，红色，有花纹，挺美观。在施工队重铺人行道时，有一天夜里，父亲强迫芸跟着他一次几块往返多次偷回来的。微波炉对芸很重要，一直保障她夏天不吃凉饭，冬天不吃冷饭，而她的父亲自己不经常在家里吃饭。房间的门边有一台旧冰箱，那是楼里某户人家搬走时不要的，父亲白捡回来的——他将门旁的墙上钻了一个洞，将插头线接长引入到了房间里，于是父女俩的这个家也是一个有冰箱的家了。物业的人起初是严厉禁止的，不知怎么一来，又睁只眼闭只眼不再管了。父亲经常买回些熟食放进冰箱里，这使芸不至于挨饿。

芸曾问过父亲："爸，我妈呢？"

父亲没好气地回答："不知道！"

后来，她又间接地这么问过："我妈怎么总也不回家呢？"

父亲光火地说："她回来睡了，那你睡哪儿？！"

芸便再也不敢问了。

有妈而不知妈在哪儿，更不许问妈在哪儿。——她渐渐地认自己这种命了。

两年前那个冬季里的寒冷的夜晚，刚成为搬运公司搬运工的父亲在外边喝醉了酒，一进家门就吐了个满地，接着一头栽倒在自己的床上鼾声大作。

芸拖干净了地，将一袋脏物扔入外边的垃圾筒里时，见一个小小的单薄的影子从两只大垃圾筒之间闪了出来。

她看出那是一只小猫，肯定它想从垃圾筒里找到什么吃的，但垃圾筒太高了，它没法达到目的。

如果芸当时并没叫它一声，那么她以后便不会成为它的小主人。

可是，对猫并不关注的芸竟鬼使神差地叫道："咪咪……"

已经摇摇晃晃地走开了的小猫站住了，回头看着她。

她不由自主地又叫："咪咪……"

那小猫犹犹豫豫地走到她脚旁，微躬其背蹭她的裤角，同时乞怜地"喵喵"回应了两声。它的叫声像青衣在舞台上的唱腔，那一方面是天生的，另一方面是因为有气无力而叫声极小。

芸的第一个反应是夜异常寒冷，它又这么小，看上去也就她的文具盒那么长，如果找不到暖和的地方躲避寒流，很可能会被冻死的。

芸弯下腰怜悯地将它抱了起来，它那瑟瑟发抖的身子立刻偎向她胸口，顿时软得没了骨头似的，且又"喵喵"叫了两声，仿佛在哀求她不要将它放下。它很轻，轻得像她的中学课本。

芸将它抱紧了，以使它尽快获得温暖。她抱着它发了一会儿呆，叹口气又将它轻轻放下了。它似乎明白了它的希望完全落空了，头也不回地无声无息地向矮树墙走去。

芸又情不自禁地叫了它一声。是的，确实是情不自禁，当时没有任何想法的一种情不自禁。

它就又站住了，却并未回头，也未再以自己的叫声回应她的叫声。

那时突然刮来一阵寒风，芸浑身哆嗦了一下，穿得少的她觉得快被冻透了。小猫竟被寒风刮倒了。那么轻的小身子，当然会弱不禁风了。它并没随即便站起来，被刮倒时是四腿伸直的，也就那样子卧在地上了，不知是已经没有力气站起了，还是想等那阵寒风刮过再站起来。

芸连犹豫都没犹豫就第二次抱起它跑向了地下室入口，就像抱着的是自己被刮掉在地上的什么东西似的。

父亲还在鼾声大作，这对芸是件幸事，对那小猫也是。否则，芸会受到怒斥，而小猫的命运也不能改变。

芸不知该将小猫置于何处，因为不论让它待在哪儿，父亲一醒来都会发现的呀。她猜测得到，父亲会拎起它连话都不说就将它摔到门外的。她想了想，腾空自己装衣服的旅行袋，将小猫放入里边后并将拉链拉上了一半。

她悄悄对它说："待在这里，千万别动啊！要不，你我都会没好下场的。"

她关了灯，怀着忐忑的心情渐渐入睡。

不论对于芸还是那只小猫，很幸运的是第二天父亲得上班去，而芸则不必上学——她在寒假中。

当她醒来时，从小窗已投入了几束阳光。她立刻想起昨晚的事，欠身将旅行袋拖到床边，拉开拉链，但小猫已不在里边了。她心中一惊，以为父亲醒来时发现了它，而它已遭到了不测。她心中正替它难过，忽觉脚下湿答答的，坐起来掀开被子一看，原来小猫不知何时钻入了她的被窝正睡在她脚下呢。她的床上铺着电热毯，特暖和。它留下了行为不良的铁证，将褥子尿湿了一大片。她想打它，见它睡得极香的样子，举起的手没舍得打下去。她看着它呆呆地寻思，肯定的，它自从来到这世上，就没在冬季睡过那么暖和的一次觉，而且睡得还那么安全。它一定是在自己不知道的情况下才尿在她被窝里的，"小孩子"尿床也是常事呀。

她无可奈何地原谅了它。

那天上午，她跑到女同学家去借到了吹风机。她用电热水壶烧开了几壶热水，倒在她的洗脚盆里，将它浑身揉遍洗发液为它洗了一次澡。它刚接触到水时当然是惊恐的，于是她一边洗它一边柔声细语地说："乖，别怕。你身上太脏，不洗洗我是不会收养你的。兴许还有跳蚤什么的，多打几次肥皂就能将寄生虫杀死。"

听着她说的那些话，大概也由于热水使它感到舒服了，她发廊洗发妹一般的指尖动作也使它解痒了，它渐渐顺从了。既然它顺从了，那么她洗得更认真了，洗了两遍，用清水"淋浴"了一遍。

当她用吹风机吹干它的毛时，她才有心思欣赏到它的漂亮。除了加菲猫，世上大多数的猫皆是好看的，甚至可以说猫是世界上最好看的动物。猫的好看，体现于"萌、妩、媚"三方面。

狐是绝对做不出任何萌样的。除了画上的它们，现实中的狐是并不妩的。对于狐态，其实只有一个"媚"字可言。它们的脸形过于尖俏，行为也过于狡黠，这便使它们连"妩"也谈不上了。"妩"是指女性美得无邪，所以"妩"与"媚"二字组成"妩媚"一词，才是一个正面的形容词。不论以单独的一个"媚"字来谈女人或任何一种女性化的动物，都等于同时在强调其"邪"性的不容忽视。这是不言而喻的，即使以最大量的态度来理解"邪"字，那也起码包含着"诡计多端"的意思。

考拉和熊猫之类的动物无疑是常态很萌的动物，但是它们不能以"妩媚"来形容。不论"男""女"，它们的样子一概是无性的。

鹿一类动物尤其小时候的它们，却完全可以说是好看得"妩媚"的，但它们也是不能给人以"萌"的印象的。与狐相反，小鹿不"萌"是由于它们的样子太过单纯，而萌态却是这么一种样子——"看我单纯得很可爱是吧？那就要多给我一些爱哟"，透着博宠的意味。

鹿的基因里没有与人亲密的遗传，它们是不善博宠的。

大型狗的样子几乎都是雄性的，喜欢它们的男人大抵是在喜欢自己类似的一面或想要具有而并不具有的一面——狗有男人之人性的某一面；喜欢它们的女人潜意识里大抵埋藏着被压抑的雄性崇拜激情——她们总想要任性地随时随地释放，但作为女人的她们当然也知道那是特不明智的。对于小型狗，尤其那些被打扮得"小女人味"十足的小型狗，它们的样子看上去是完全不自然的，那表明它们的女主人总想将自己捯饬成类似的样子，也表明的是她们从小到大未曾改变的对女性美的一厢情愿的一种品位。

世上只有好看的猫们的好看才是"萌、妩、媚"三方面综合的一种好看，或也可以一言以蔽之地说它们是世上唯一一种"萌、妩、媚"动物。爱猫的女性，不论漂亮或不漂亮，身上必有某一点是令别人喜欢她的。芸不是漂亮女生，男同学和女同学却都挺喜欢她——因为她性格温良，而这也是大多数猫招人喜欢的方面。

一只猫如果算得上是漂亮的，那么也就差不多是在说它好看得像是一件美观的工艺品了。

芸"捡"回去的那只小猫便是一只漂亮的猫。

它是黑白两色的短毛猫，黑多白少。它白的部位雪白，白得美妙——下颏是白的，白至前颈，在那儿以领结般的形状结束；腹部也是白的，但如果它不侧卧着那是看不到的。它又是一只长腿猫，这使它看上去体态婀娜。它的四爪同样是白的，却不是人所形容的"四蹄踏雪"那么一种白法，而是一直白到腿弯为止。这使看着它的人会联想到黑披风裹身，穿白高筒靴的小美女。它从头到背到尾又全是漆黑的，尽管营养不良，然而还是由基因所决定的黑得发亮。

芸一边将它的毛吹干，一边赞叹："猫咪，你是这么漂亮，真叫我不知该拿你怎么办才好啊！"

其实，她已经决心收养它了。

那一天，它有了名字——咪娜。

芸的生活里开始多了一件事，每隔几天就要从某处建筑工地拎回一塑料袋细沙。城市里建筑工地比比皆是，这并没使她犯愁过。她捡回一个水果箱作为猫砂盆放在她的床下，每天两次按时清理。咪娜经常蹲在一旁看着她清理，很惭愧的样子。也许是出于体量，它从不将沙子弄得满地都是。

芸的父亲终于发现了咪娜的存在，他大发雷霆怒吼着命令芸将咪娜扔出去。她怕咪娜遭到父亲的毒手，便将它紧抱于胸前。

父亲的手高举起来了。

芸双膝跪下了。

咪娜吓得屏息敛气。

芸脸上淌下泪来，并异常坚定地说："不。"

父亲的巴掌僵在半空了。

咪娜就这样获得了存在权。

春季里，咪娜的"黑披风"黑得更亮了。晚上，每听到外边有别的猫们求偶的叫声，那叫声便使咪娜躁动不安。

芸知道，她必须带咪娜去宠物医院了，否则它的叫声会招致一片抗议的。

然而，她哪里有钱能为咪娜付手术费呢！

但她还是带着咪娜去了一家门面颇大的宠物医院。出于责任心，她不愿意在附近一家门面很小的地方让咪娜上手术台。

"你认为这个很值钱吗？"

一位中年男医生细看着她给他的一枚戒指，疑虑重重地问。

她诚实地说："不知道。"

"你这种年龄的女孩，怎么会有这种东西呢？"

"奶奶留给我的。"

"你奶奶，已经不在了？"

芸点头。

"你以它来代替手术费，爸爸妈妈同意吗？"

"我目前只和爸爸一个人生活在一起，他知道了会打我一顿的。"

"你刚才说这只猫是你捡的？"

"是的。"

"它好漂亮。"

"是的。"

"但我无法判断这只戒指是不是金的……"

"求求您了！"

"如果是金的，那么价值超过手术费好几百呢……"

"我不会反悔的。"

"可如果是镀金的，收下它对我也没什么意义……"

"求求您了！"

自从上了中学，芸只流过两次泪。她是个内心刚强的女孩，常要求自己"女孩有泪不轻弹"。

"别哭，别哭。其实，我的意思是……我为什么不可以免费为你这只漂亮的小猫做手术呢？……"

芸与医生对话时，咪娜就在她的书包里，而她的书包反背在胸前。它从书包里探出头来，好奇心特强地东张西望。见芸流泪了，它才不安地将头缩入书包里。

动完手术的咪娜，脖子上被戴上了一个限制罩，形状如同喇叭，硬塑料做的。戴上了那个东西，它就舔不着伤口了。但对于咪娜，那只"喇叭"太大了，像小伞，使它想趴下去都不能够了。

一回到家里，芸立即操作起剪刀来，要将那东西改造得小一点儿。但她失败了，将那东西改造废了。

医生嘱咐，最要紧的是防止咪娜当夜将缝合的刀口舔开，那对它是有生命危险的事。束手无策的芸，只得抱着下身"瘫痪"的咪娜在床上坐了一夜。后半夜时，它在她膝上睡过去了，她却唯恐自己也睡过去，一直看书看到大天亮。

后来，芸经常对咪娜说："好咪娜，对不起啊！我知道那种事对你太不公平，可我也实在是没有办法呀。理解万岁啊！……"

变成了"淑女"的咪娜，每每从窗口望着外边发呆。芸明白，它是向往自由了。虽然小小的房间形同咪娜的牢房，但她不敢放它出去玩，怕它一乱跑就失踪了——那它的命运又将凶多吉少了。她只有经常踏着凳子将它放到窗台上，那里是它很喜欢待的地方，从那里可以望出去很远，可以望到树、花与玩耍的孩子和遛狗的大人……

芸的父亲曾严厉地对她说："你要是因为一只捡回来的猫而影响了学习，那我还是会将它扔出去的！"

芸的学习成绩非但没下降，反而更优秀了。

一天，班主任老师单独对芸说："你自己也知道，老师因为这个班级里有你是很高兴的。但是，你一定要将我对你说的话如实告诉你爸爸：上级下达了文件，'借读生'都只能'借读'到初三为止了。你现在已是初二学生了，要早做打算……"

老师的话说得很纠结。

芸说："我明白。"

她的话说得很酸楚。

她没将老师的话告诉父亲，怕父亲又借酒浇愁，并在酩酊大醉之后耍酒疯……

三

此刻，芸背靠床头半躺半坐，微闭着眼睛似睡非睡。她在等待着一件事的发生或是终结，但也有另一件事使她放心不下。

她背后垫着枕头，腿上盖着被。

咪娜趴在她腿旁的被子上，忧郁地望着它的小主人。她面色苍白，脸庞瘦削了许多。

这一天是五月中旬的一天，此刻是上午十点左右，外边的阳光很明媚，赐给地下室这一个房间里的阳光也比往日多了一些，还有一小片斜照在被子上。

芸因为患了肾癌快死了。

学校的老师、同学们为使她的父亲能付得起住院费发起过募捐了，社会上的慈善人士们也以种种方式向她表达过爱心，但为时晚矣。芸太能忍了，她的病一被查出便是晚期，癌细胞已大面积扩散，不论再花多少钱再用多么高级的药都救不了她的命了。

芸是多么敏感的女孩呀！她从医生、护士和她父亲的话语中归纳出了她的真实病情，也就是她的厄运，于是她坚决而强烈地要求回到家里来。既然死是命中注定的事了，那她就不愿自己再成为本市新闻的一个内容再牵动许多人对她的爱心了。

她希望平静地死，希望被忘却地死。

然而医院的医生们却没忘却她，昨天下午派了一位医生和一名护士来探视她。医生转身离去时落泪了，而护士一出门就哭出了声。

于是芸意识到死神迫近着她了。

她所等待的事便是死。

她对死自然是极恐惧的，但现在已不恐惧了。世上只有一件事的发生和结束是同时的，那便是死。她对于死甚至有几分好奇了，就像人对世界末日之说既恐惧又好奇那样。她已没有什么痛苦的感觉，只不过极度困倦而已。初三毕业后不能再以"借读"的方式在城市里上学，这件令她暗自发愁得每每整夜睡不着的事也将不再纠缠她了，她对死反而颇觉欣然了。

她放心不下的是咪娜。

在她住院的日子里，父亲告诉她——咪娜跑了，她偷偷哭了一场。

她回到家里的第一天，发现咪娜出现在小窗外边，将一只爪子伸过铁条的缝隙不停地挠玻璃。她喜出望外地让父亲开了小窗，咪娜便挤过铁条的缝隙跳进来。它与她亲热了好一阵子，她看出它大喜过望。

…………

咪娜轻轻叫了一声。

芸睁开了眼睛。

她父亲到列车站接她母亲去了——她这个女儿就快死了，那作为母亲的女人终于现身了。

然而，芸对于母亲在自己临死前出现还是不出现，已经既不计较也不在意了。

她拍了拍腹部。

咪娜迅速起身趴到她那儿去了。

芸说:"咪娜呀,我死了,你可怎么办呢?"

咪娜说:"我的小主人啊,我不忍看着你死去。"

芸惊讶极了:"怎么,你居然会说话?!"

咪娜仰起头看着她,说:"是的,我的小主人,我不是一只寻常的猫。两年前,你收养了我,按照人类的说法那是我们之间的一种缘分。人类这么说也没错,其实缘分是天地间的一种秘密现象。你小的时候,在你家乡的那个小村里,有一天几个男孩下套子逮住了一只野猫想将它折磨致死,仅仅为了取乐。你还记得那件事吗?"

芸想了想说:"记得。"

咪娜继续说:"是你,趁他们不注意将那只野猫放跑了。我的小主人啊,被你放跑的可是我的母亲呀。我的母亲一直记着你对她的大恩大德,于是我出现在你的生活中,其实是奉了母命前来报答你的。"

咪娜说人话的声音极好听,好听得无法形容。如果有谁听过天使说话的声音,那么便是那一种声音了。

"咪娜呀,可你怎么救呢?即使你们猫真的有九条命,你也没法给我一条命呀!不过,你不是一条寻常的猫这一点真使我高兴,那我就不必担心我死后你的命运了……"

芸忍不住将咪娜抱起来搂在怀里。

于是不可思议的事发生了,当芸的手爱抚着咪娜时,享受着那种爱抚的已不是咪娜,而是芸自己了。

芸的父亲将她的母亲和她的小舅接到了家里。

他们在门外听到了芸的说话声。

"芸"说:"我的小主人啊,现在我们的命相互置换了。我是一只年轻的猫，命中注定还能活上七年多呢。那么，就是说你也还能活上七年多。我最大的本领，只能完成这样的一件事了。别了，我感恩的人……"

芸的父母和小舅都以为她在说胡话，都流下了泪来。毕竟是亲人，不可能不难过。

当房间里安静得没有任何声息了，他们才推开门一个接一个地进入。

芸已经死了。

她怀中抱着不再是一只猫的咪娜……

四

芸的后事简单得不能再简单。

正是期末考试的日子，老师和同学都没去送她。她的父母是重男轻女的父母，当时难过了一阵子倒也是真的，但三天后接到殡仪馆的火化通知时，感情已平静得不能再平静了。最后一次见到她的，只有她的父母和小舅。她小舅主要是为了保护她母亲才去的，怕她母亲单独和她父亲在一起时被她父亲欺负。

芸的父亲和母亲在返回途中便达成了和平离婚的协议。

当他们进入那个地下室的小房间时，见那只猫伏在芸捡来的曾装过水果的篮子里，里边铺了一条旧毛巾，那是咪娜白天常打盹的地方。那三个人不知道咪娜叫什么，而对于他们，它不过就是一只猫而已。

她父亲说："女儿死了，我可不再养它。如果你当妈的愿意替你女儿养，那就抱走。"

她母亲说："我的女儿？芸可姓你的姓，不姓我的姓。我才不替你女儿继续养它！"

她小舅说："行了行了，别又戗戗起来。既然都和平离婚了，分手前将和平进行到底吧！"

那只猫倏地将头扭向了芸的小舅。

她小舅说："你个让人心烦的东西，瞪着我干什么？"又想了想，对她母亲说："我倒有一个好主意，既然芸生前宝贝它，干脆让它为芸陪葬了怎么样？你们双方都不愿浪费钱为芸买骨灰盒，那她的骨灰还不得找个地方埋了吗？让它为芸陪葬，也算你们都对得起芸了不是？"

她父亲说："它终究是只活猫，那么做太伤天害理了吧？我可下不了手弄死它！"

她母亲急赤白脸地说："你不下手谁下手？难道应该我下手吗？"

她小舅便往外推他俩，说："我下手我下手，伤天害理的事由我来做就是！你们先都出去，我一分钟搞定。这还不容易！"

门一关上，她小舅立刻对那只猫下手了。

猫愤怒了，不但挠伤了他的双手，还将他的脸也挠出了深深的血道子。门外那对男女听到他的惨叫声出现在屋里时，猫已从小窗口逃之夭夭了。

一年后，冬季的一天傍晚，几名放学了的初三学生结伴走在回家的路上，他们发现一只野猫从垃圾筒里跃了出来。那时，大雪纷飞。

一名女生指着说："看呀，那只猫多像芸养过的猫啊！"

一名男生望着说："没错，肯定是！我以前见过它，芸给它起的名字是咪娜！"

猫犹豫了一下，缓缓地以尽量显出尊严的样子走向他们。它身上的黑毛已不再发亮，它的一条腿受过伤，走得一瘸一瘸的。

他们都蹲下了，一齐向它伸出戴棉手套的手，而它用头一一蹭他们的手套。

　　一名女生摘下手套想用手爱抚它，却失声叫起来："哎呀，它生癣啦！"

　　于是那女生将手伸入手套赶紧站起来，不禁后退一步。

　　其他同学也看出那猫的身上因生癣有几处脱毛了。

　　他们七言八语起来：

　　"它好可怜，你们谁将它抱回家收养了吧？"

　　"你为什么不呢？"

　　"马上要考高中了，我哪儿有那种心思啊？"

　　"我们就例外了？"

　　"是啊，是啊。再说，我们谁又能像芸那么爱它呢？"

　　在他们默默无言地互相望着且都大动恻隐之心却又都不知如何是好之际，那只猫悄无声息地走开了。

　　一年来，"她"活得特别坚强，也可以说特别顽强。但"她"抱定了一种信念，不论多难也要活下去，因为这一次的命是咪娜给的，以它的死作为代价。

　　"她"与"她"的咪娜有一个约定——七年后，不，再过六年，"她们"还会在一起的。"她"也不知道会以什么样的一种关系，但她的咪娜保证那时"她们"都将是幸福的。

　　"她"确信咪娜的保证，因为它不是一只寻常的猫啊！

　　等那几名学生再低头看时，雪地上只见足迹，而猫已无影无踪，不知去向。

　　天黑了，雪下得更大了……

丢失的心

K先生病了，确切地说，是K先生觉得自己病了。

在不到一个月的时间里，K先生数次对夫人忧郁地说："我肯定病了。"

他觉得他心脏出了问题。

"它好像根本不是我的了。"他第一次指着心口这么说时，引起了K夫人的高度重视。

K夫人问："具体什么感觉呢？"

K先生嗫嚅地回答："说不太清楚，反正我就是觉得它不是我原来的心脏，而是别的什么人的了。"

听了他的话，K夫人反倒不怎么认真对待了。

"它已经开始影响到我这里了。"K先生第二次说时，指的不再是心口，而指的是头颅了。

"你头疼过吗？"又引起了K夫人的重视。

"比头疼还糟糕。我想，也许不久以后，我整个人都会被改变的。我的，也是咱俩共同的生活方式，必将随之改变，可我不愿出现那样的情况。"

确实，K先生这个人有点儿变了，夫妇二人习以为常的生活方式也有点儿变了。自从他们结婚后，三十几年里家中不曾有过一本闲书，有的全是财会方面的、股市交易经验方面的书，因为他退休于证券交易所，而夫人退休于财会科长的岗位。夫妇二人都曾是很敬业的专业人士，从不看闲书的。他们认为看闲书的皆是精神空虚，是对自己的人生找不着北而完全丧失了方向的人。他们不屑于与那样一些人交往，朋友圈里也没有一个那样的人。

"老婆，你看我居然开始买闲书了！不但亲自到书店里去一本本挑选，买回来后还一本本读，读了后居然还要思考写书人的观点对不对，居然还与写书的人进行单方面的探讨、辩论。如果读到欣赏的段落，居然还会再读一遍，甚至反复读；而且还会做出更可笑的事，居然向朋友们推荐！……"

K 先生居然在他并不算长的话语中多次用到"居然"二字，以强调事态的荒唐程度。他们两口子及他们的朋友们，一向将世上所有的书分为两大类——读了有用的和读了没用的。有用的，指能立竿见影地指导人解决实际问题，助人实现实际愿望，达到实际目的之书；其余的，一概是无用之书。对于写前一种书的人，他们尚会颇怀敬意地称其为"作者"；对于后一种写书的人，则往往以"靠写书挣钱的人"来谈论了，往往谈论时还难免流露出不屑的意味。即使在有用的书中，两口子大半辈子以来也基本上只读三类书——菜谱、养生保健、传授如何挣到更多的钱的书。此外，偶尔也读某些已然挣到很多很多钱的跻身富豪阶层的成功人士的传记。

确乎，近半年以来，他们家的书架上多了几十本无用之书，无非是些文学的、文化的、艺术的、历史的以及关于人生与社会的思想类书。一言以蔽之，用他们的话来说，纯粹是"精神极度空虚，无聊到不知究竟该拿自己怎么办才好的人所读的闲书"。

"老婆，难道你居然一点儿都没觉得我已经变得多么不正常了吗？我怎么变成现在这样一个人了呢！难道你居然一次也没问过为什么吗？咱们的朋友们约咱们聚餐、打麻将，我居然变得不怎么情愿了！我也不怎么爱陪你看电视剧了！当你告诉我网上的关于明星的八卦新闻时，我也几乎没有了与你分享的乐趣了！以前，咱俩经常一上午或一下午地自编几段夫妻笑话发给朋友们，可这半年以来咱俩压根儿就没再共同创作过那样的段子也是一个不争的事实吧？更要紧的是，有几次别人请我去讲座我都拒绝了，理由居然是因为正在按照自己给自己定的读书计划读某一本闲书！这他妈的算什么见鬼的理由？！如果一个人对挣钱的态度都开始漠然了，那么这个人岂不是就快变成白痴了吗？！……"

K先生对自己种种不正常的表现忧心如焚，说着说着居然眼泪汪汪了，如同那种种不正常的表现是癌症前兆一样。

K夫人认为，虽然他的那些表现属于不太正常的表现无疑，但显然还没不正常到值得他惶惶不安的地步。

K夫人善于排忧解愁，安慰道："老公，你与从前的你相比，尽管真的有些不正常的、古古怪怪的表现，但那种不正常和古怪不是也不算太出格吗？别忘了，咱俩大学本科学的都是中文，当年都有先见之明，预感到了学中文的没出息才一块儿奋发图强考上了经济系研究生的。我想，那四年的中文底子肯定会在咱们的头脑之中残留下某种影响，而现在那种影响找到你头上了，所以你才会有那种种古怪的表现。你当年是一名优秀的中文学子嘛，残留的影响当然会根深蒂固一些。不像我，我从来就没喜欢过闲书这种浪费人时间和精力的有害无益的东西。我当年考中文只不过是权宜之计罢了。所以呢，那种残留的影响虽然头脑中也有，但奈何不了我。这大概有几分基因遗传的原因，我家几代人中根本没有一个爱读闲书的。可你的家族中，有那种爱读闲书的坏毛病的人太多了吧！你父亲，所谓的文化知识分子，大学教授。你母亲，偏偏又在图书馆工作了一辈子，一年到头经常接触到的十之八九是从闲书中找学问来做的人。往上望，你的先人们中不乏秀才、举人什么的，还出过一位进士。你没退休之前，不是经常说退休以后一定要做一个以读书为乐的人吗？这都是基因所决定的，而一个人不能偏偏与自己的基因较劲儿，只能顺其自然地以平常心看待自己身上的不良基因反应。咱们这样的人家还缺钱吗？不缺钱了，是吧？咱们呢，银行里存的钱足够安度晚年的，单位给缴的医保也很高，退休金也很丰厚，不但在城市最好的地段住着宽敞的大房子，在市郊还有联排别墅，而且私家车也是开出去体面的那一种。儿子呢，在国外学的也是金融，并且已在国外银行稳定工作了，成了年薪颇高的人士。在以上这么一种前提之下，你忽然又爱看闲书了，那就看呗！就算不正常，就算是毛病，但不是也对身心并没多大的危害吗？”

“可在咱们的朋友圈中，有人觉得我变得不正常了。”

K先生没能控制住沮丧，到底还是淌下泪来了。

K夫人看他那可怜的样子很是心疼，却也想不出什么办法，只有接着相劝：“是啊，是啊，我也听到了一些闲言碎语。所以呢，朋友们再聚餐，你还是不要拒绝；再约咱们打麻将，你还是要表现得一如既往的高兴。总之，要使朋友们觉得，你还是和大家一样的人。其实，朋友们也是为你好，怕你在不太正常的道路上滑得越来越远，变得越来越不正常，越来越古怪，所以你大可不必将他们的话当成是嘲讽……”

然而，那一次相劝并没起到什么实际上的良好效果。

某日夫妇上床后，K夫人已关了顶灯开了床头灯，K先生却经久地靠着床头沉思默想。

K夫人白天心情特好，上床之前便对上床之后心怀期待，温语柔言地问："老公，想什么呢？"

K先生一脸严肃地反问："伯阳的话便句句是真理吗？"

K夫人困惑了，又问："伯阳是谁呀？"

K先生似乎也困惑了，看了她一眼，一副不屑于再回答的样子，然后又陷入了沉思默想。

K夫人将他放在枕旁的书拿过去一看，原来是《道德经》注释本，于是大学本科所学过的知识残留遂沉渣泛起。

"你指的是老子？"

"你应该知道的。古往今来，有不少学人对《道德经》的自相矛盾之处，宣扬愚民思想，几乎完全否定其前文化的'世人皆醉我独醒'的个人文化沙文主义，不乏质疑与批判。正因为有那些先哲们的异议存在，我反倒认为老聃是伟大的。好比一件古物，不论是金的银的铜的铁的或玉的石的木的，如果能使现代人觉得早已达到了那等造就水平，就已很不错了，挺了不起了。但若考据它们的精美之点，非说远远高于现代的工艺水平，甚至说成是现代无法企及的，则我就认为是夸大其词了。"

K夫人不认识他似的瞠目结舌，不知说什么好了。

K先生话匣子一打开，便滔滔不绝起来："老聃关于'小国寡民'的思想，明明有闭关锁国、使民愚安的意思嘛。某些当今学者，非要为古哲讳，硬说其伟大，文过饰非嘛。老子言：古之善为道者，非以'明民'，将以'愚之'。民之难治，以其'智'多。'明民''愚民''智'，都是带了引号的原文。原文，原文，哪一种原文才是真正的原文呢？不带引号的原文，自古以来坊间那也是层出不穷的。如果老子确实是反话正说，那么也同样应该用引号里的字词，怎么就不用引号了呢？比如，'绝圣弃智，利民百倍''绝仁弃义，民复孝慈'，人家李耳也没用引号嘛。当今的某些学者，又凭什么非说老子此处所言的'圣、智、仁、义'是指伪圣伪智假仁假义呢？这难道不是有阿谀古哲之嫌吗？但'阿谀'不是老子所鄙唾的吗？老子早已指出，'凡阿谀者，必有所图'。他们图什么呢？"

K先生的目光凝视着夫人，像导师向学生提问似的问："你说说看，他们图什么呢？"

K夫人不仅瞠目结舌，而且大惊失色了。

K先生沉思默想，接着说："我觉得，咱们中国人有一种很古久的毛病，往往一个时期里将自己的文化成就、文明成果自我否定得一无是处，一概地说成是'瞒'和'骗'的文化；一个时期里却又将自己的文化、文明百般美化，仿佛美轮美奂、白玉无瑕。在这世界上，哪一个国家总体的文化会是那样的呢？哪一个国家的文明史又没有往事不堪回首的一面呢？"

K夫人骇然地问："你怎么了？"

K先生神情庄肃地反问："你认为我怎么了？"

K夫人口吃了："你……你胡思乱想些什么呀？老公……你……你……你可从来不这样的啊！没什么正经事可想了吗？值得为……为那些根本不值得一想的破问题费脑子吗？……"

"我是不是又不正常了？是啊，是啊，我这是怎么了？我怎么会变成这样呢？我多次说过我变得不对劲儿了嘛，可你总是不当回事，掉以轻心！可怕，太可怕了！"

于是K先生紧张兮兮的了，如同癌症患者又在自己身上摸到了致命的肿块。

"你捧本闲书看了一天，看一会儿出一会儿神发一会儿呆的，那时候肯定头脑乱成一锅粥了！乖乖睡吧，大宝贝儿，不要再胡思乱想了啊！"

K夫人吻了他的额头一下，将床头灯也关了，并将《道德经》压在了自己枕下。

黑暗中，K先生居然慢条斯理地又说："对'民可使由之，不可使知之'，也有两种不同的解释。我觉得，主张'愚民'的说法上反而更靠谱一点儿。"

K夫人小声地请求般地说："睡吧。"

她眼角流泪了。

第二天是周日，每月的那一个周日，几户人家的夫妇朋友或曰朋友夫妇都要聚餐一次。他们都是生活较优渥且独生儿女工作了、成亲了的人家，都有共同的简单的且感到特别充实的生活乐趣——对吃喝的永不餍足的享受、对股市行情的深入热烈的讨论和对"时事"的本能般的关注，但"时事"在他们之间不是明星或名人们的绯闻就是这个"门"那个"门"的。他们从不谈政治的话题，与政治有间接关系的话题也不谈，认为那些话题太玄幻，容易引发人的不良情绪。他们都愿做中国特色的优秀的中产阶层人士，而优秀当然就要优秀在"从心所欲，不逾矩"方面。他们虽然都离七十岁还有些年头，但都觉得有条件"从心所欲"了。那就何必太教条呢，况且他们的"从心所欲"挺自制，不乱来。为了"不逾矩"，所以不谈政治——这是他们的共识。他们早已将本市上档次的饭店吃了个遍，这次是第三轮从头开始了。

这次，K先生又不愿去了，请求夫人允许他留在家看书。

K夫人不悦地说："前两次你就没去，我再编不出谎言替你解释了。

就算还编得出来，朋友们也不会信的。"

那意思就是，凡事不可一而再再而三，何去何从自己看着办。

K先生怕夫人大为扫兴，又表示愿意去了。临出门，他居然带了本书。K夫人不拿好眼色瞪他，他又赶紧将书放下了。

聚餐时，K先生的表现还算正常。朋友们大快朵颐，他也吃得津津有味。朋友们交流保健经验，他也发表看法或洗耳恭听。他们一向自诩"食者"，以区别于"吃货"，以表明对"美食家"应有的谦虚。不得不承认，他们男男女女皆是"食诣"特高的食者，什么好吃的都不错过、都吃不够，却又不至于吃出健康方面的问题来。他们经常互相传授如何吃却吃不胖或吃不出脂肪肝、"三高"之类的丰富经验，其经验中最宝贵的一条居然不是锻炼之法，而是常服一种据说原属宫廷秘方且如今也只有少数幸运的人才知晓的中草药汤。其中，某几味中草药还不太容易买到，但那对他们不是什么难事，他们都是有门路也不乏神通之人。在互相传授经验这一点上，他们都特无私，谁对谁都不瞒着掖着的。

吃罢，照例是要搓麻将的。

搓麻将时分为三桌，数局之后K先生表现出他的不正常了。

在K先生那桌有位原是区委副书记的D先生，他说："中国玩麻将，外国玩扑克、桥牌，但是若论文化含量，外国的扑克、桥牌是没法与咱们的麻将相提并论的。咱们的麻将可以是良竹的、珍木的、玉石的、玛瑙的，其上的点可以是镀金的、镀银的，那是怎样的一种手感啊，而外国的扑克、桥牌却永远只能是纸的。这就是文化差异，而文化差异决定一个国家的历史、当下和未来。"

同桌另外二人点头称是。

K先生既没点头也不称是，却说："中国、外国，还有更发人深省的文化差距呢。"

他的话及语调听来莫测高深，于是他们的目光一齐望向了他。

D先生说："请道高见，愿听其详。"

K先生索性放下了麻将，双手叠于桌上，垂着目光说："我是没有什么思想可言的。"

他们便也都放下了麻将。

K先生又说："当然，现在也是有一点儿的啰。"

他居然读了《梁启超传》，记住了梁任公给新生上课时的口头禅，并将其中的"学问"改为"思想"，权当成自己的话来表明他知晓自己的斤两。

但他们是绝不读《梁启超传》一类闲书的，当然不明白他只不过是借名人言以炫辞令——掉书袋了。

一人催促："你就别卖关子了，说吧说吧。"

K先生说："如果承认孔子是中华文化的蒙师，那么他的国家思想大体上是一种回头看的思想。在他那个时代以前，有过一个周朝，也许那是一个相对而言较好的时代。一个较好的时代确实存在过，于是使孔子那样的思想家不可能不含情脉脉地回望它，而那样一种太有感情色彩的回望，使较好的在他心目中逐渐变成为很好的、特好的、完美的，这就妨碍了他以向前看的眼光拓展他的思想维度。在思想维度方面，他显然不如老子的思想维度广阔，尽管老子也有老子的思想局限性。与外国对比，就以希腊为例吧，苏格拉底们所处的时代是古城邦文明的鼎盛时代，回头看也没发现有什么更进步的时代可言，所以苏格拉底们也就不会以含情脉脉的目光回望了。又所以言，他们的思想是朝前看的，具有对未来的想象与设计的性质……"

同桌的三个男人一时间你看我我看他，最后又都一齐将目光注视在K先生脸上，仿佛三头猩猩忽然看出原以为是同类的某猩猩其实不是猩猩而只不过是猢狲。甚至，连另外两桌的男人、女人也皆转身或扭头看着K先生了，包括K夫人。

K夫人说："老公，别谈政治，别谈政治行不行？"

K先生说："我没谈政治，我谈的是文化。"

D先生说："孔子、老子，何许人也？你这么谈文化，也太大言不惭了吧？我们维护自己的传统文化还来不及呢，你倒好，一番言论全盘否定了！"

K先生辩道："我何以是全盘否定呢，只不过是在学习的过程中有了一点儿感想。这要感谢书籍，不读书我连现在这点儿感想还没有呢。"

D先生怫然色变，严厉地训斥："我看你是中了某些闲书的毒害了！"

K先生反唇相讥："我读的闲书你又没读过，你怎么知道有没有毒？"

二人你一句我一句，唇枪舌战起来。

D先生一怒之下，拂袖而去。

K夫人尴尬地哭出了声，一帮子朋友不欢而散。

回到家里，K夫人对K先生泣训："你怎么可以对人家那么失礼，人家曾经的地位比你我都高。你又不是不知道？"

K先生懊悔地说："我那是不由自主，我也不想那样啊。我有不正常的表现，能全怪我吗？我的心，我原来的心丢失了啊！……"

他双手抱头坐于沙发，一副深受病魔所害而无辜可怜的样子。

多少年的友情毕竟在那儿，绝不是一阵风就能刮没的。傍晚，几位朋友先后与K夫人通了电话或发了短信。朋友们的一致看法是——K

先生确实病了，他说的那些话证明他真的太不正常了，一个正常的人的头脑里怎么会想那些乱七八糟的呢。以前，K 先生多正常啊，除了养生、股市行情和理财经验，几乎就不往头脑里再装什么了，而那才叫活得简单，做人做得纯粹。现在，他已经那么不正常了，得及时看病，千万别拖着。甚至，连 D 先生也高姿态地做了自我批评，并对 K 先生的不正常情况表示极大关心，还发给 K 夫人一首诗请她让 K 先生看。

诗云：

啊朋友朋友，
哭泣吧哭泣吧哭泣吧！
你丢了你的心，
变成一朵毒之花，
读闲书，这多么可怕！

啊朋友朋友，
看病吧看病吧看病吧！
你要乖乖地听话，
友谊之树长青，
找回心，得靠我们大家！

…………

K 先生大受感动。

K 夫人问："那咱们去不去看病呢？"

318

他乖孩子般地回答:"去。"

但他坚持首先进行心脏方面的检查,问题毕竟出在他自己身上,他自己更能对医生说得明白。像他们那么重视保健、珍惜生命的人士,有病是必定要启动关系网找专家看的,十几分钟后夫人就用手机联络妥了。

在面对一位心脏病主治医生时,K先生才吞吞吐吐道出了实情。原来,半年多前,有一个什么专门组织各类授课活动的公司,看重了他的人脉资源以及股票方面的权威性投资经验,赠予他到某国旅游的往返机票。他患有恐高症,一生最大的遗憾就是害怕出国,但那次不知怎么鬼使神差地竟登上了出国的飞机。他所加入的旅行团多半是第一次出国的中老年人,好奇心都特强。旅游领队一问想不想欣赏"重金属"特色的乐队的演出,他们异口同声地都说:"想!"结果大多数人就都去了,那是一支主要由黑人乐手组成的乐队。他们的座位好,在第一排,离舞台只有两米多远,在舞台灯光下连那乐手手指上的戒指都看得清清楚楚。他们以为第一排是头等座位,其实对于"重金属"特色的乐队来说,那是最廉价的座位。演出开始不久,有位老先生便在震耳欲聋的击打声中心脏病发作而一头栽倒了,随之有几个男女被震得呕吐了……

K先生讲到此处看了夫人一眼,收住了话。

K夫人鼓励道:"说呀,医生在注意听呢。"

医生也耐心可嘉地说:"是的,我在认真听。请讲下去!"

K先生接着说:"我看见他们将心都呕吐出来了,而那位老先生也是呕吐了之后才晕倒的。演出停止了,他们就在地上爬着四处找心。我也那么找,因为我的心也呕吐出来掉在地上了。我是最后才找到一颗心的,便赶紧吞下去了。当时,我就觉得那并不是我的心,我一米八几的身材有的应该是一颗大个儿的心。我也明明看到了我呕出的心是大个儿的，像大红萝卜那么大，掉在地上的响声听起来很瓷实，证明我的心质密度很高。可我找到的是一颗苹果那么大的心，拿在手里也软乎乎的，但我还是将它给吞下去了。"

K夫人听得瞠目结舌了。

医生不动声色地问："明明看出不是自己的心，为什么还要吞下去呢？"

K先生羞愧地说："我怕。万一有人找不到心呢？如果我不赶紧吞下去，连那样一颗我瞧不上眼的心也被别人抢夺去了呢？"

医生又问："苹果那么大的心也不是人想吞下去就能吞得下去的呀，你是怎么做到的呢？"

K先生回答："这我也觉得奇怪，反正当时就是吞下去了，而别人也都将他们找到的心整个儿吞下去了。回国一个月后，我发现我变得不太正常了。以前我是根本不看闲书的，现在我开始变得爱看闲书了。以前我头脑里从不想乱七八糟的问题，现在我头脑里尽想些古古怪怪的问题。我敢肯定，这是因为我胸腔里的心不是我自己的心了。就是这么回事！"

"你的意思是说，有一个别的什么人将你的心找到吞下去了？"

"对。一看那么大个儿的心，心质密度结结实实的上好的一颗心，那还不人见人爱啊，成心将错就错呗！"

"会不会有另一种情况，就是你的心当时滚到了什么犄角旮旯儿没被谁找到呢？"

"不可能！不可能！每一个呕出了心的人最后都找到了一颗心吞了下去！"

"那么，什么人最有可能将错就错将你的心给吞下去了呢？"

"那个晕倒了的老家伙！肯定是他！他是小个子，我吞下去的那颗心的体积正适合他的身材。再说，他就爱看闲书，在飞机上、在大巴上都手不释卷的。都什么时代了，还看书，那不是作秀嘛！"

医生再也什么都没问，指示一名护士带领 K 先生先去做心电图。

当只有 K 夫人与医生时，K 夫人眼泪汪汪地说："医生，你听他那一通神乎其神的乱说乱讲，都不正常到了什么地步了呀！您千万要将他治好，帮他恢复到原先正常的状态啊。拜托了！"

医生说："您先生刚才的话您也亲耳听到了，确实神乎其神。我看这样，只做心电图还不够，得再拍一次心脏的片子，进行一番心血管透视检查。容我想一想，等看了诸项结果后再出结论。好不好？"

大约两小时后，K 先生夫妇回到了医生面前。

医生看过诸项检查报告，恭喜地说："我很负责任地告诉您，以我二十多年的经验判断，不管是不是将错就错，目前你胸腔里的心很健康，一点儿问题都没有。"

"不可能！不可能！难道我是装的不成吗？难道我是编故事吗？" K 先生急了，仿佛自己被当成小孩子哄骗。

医生说："你要相信医疗科学。我们医院的设备是更新了的，是国际水平的。我已经为你开了药，你回去先服着，好好休息。我不是一般医生，是主任医生，又是朋友介绍你找我看病的，所以我会对你负责任的。鉴于你的情况，我将征求其他医生的意见，再为你进行一次会诊，过几天再告诉你结果。"

回家路上，K 先生一边开车一边嘟囔："在我胸腔里跳的心，怎么可能是一颗正常的心呢？明明是那老家伙的衰老心嘛！他可占了大便宜了，又有一颗上等的心了！我就算找到了他也无济于事啊，这年头谁占了大便宜还肯拱手相让呢！"

K夫人却已收到了医生发给她的短信："我现在就可以告诉您结果，您先生肯定精神方面出了问题，而这是我当着他的面不便直言的。趁现在还不严重，建议及早送他去精神病院。我听您说还是他亲自开车来医院的，这太危险了。千万别让他继续开车了，你们打的回家吧。"

K夫人看着短信，心中一时如打翻了五味瓶，说不清是种什么感觉了。她是定力较强的女人，并没乱了方寸，只让K先生将车开往一家商场，然后命K先生去买几样东西。K先生不知是计，买回东西时见夫人已坐于驾驶座了。

一路平安地进了家门，夫人立即命他服药，而医生开的全是稳定情绪及安眠之类的药。K先生倒还听话，也不问是什么药，就乖乖地服了。片刻，他便觉困意上来，说了句"我想睡会儿"就进入卧室仰面睡去了。

此时，K夫人才觉心中慌乱，流下泪来。她不敢一个人和K先生待在家里了，边流泪边按手机号码将住在本市的弟弟唤来壮胆。朋友们不久也都得知了K先生大为不妙的情况，也都互相用手机通话或发短信为K夫人出主意、想办法、献计献策。正所谓，人间自有真情在，忧患之际见友谊。朋友们最终统一了意见，认为像K先生那么要面子、自尊心特强的人，如果一下子就被直接送往精神病院，恐怕反而大大刺激了他的神经，使他尚不严重的精神病由轻转为重。有位朋友的朋友是心理医生，大家建议还是先让K先生接受一个时期的心理治疗，看效果如何再说。

过了几天，K先生在夫人、小舅子及朋友们的轮番说服之下，总算答应接受心理治疗了。

然而，一星期后，K先生的不正常表现一点儿都不见少，心理医生也显得束手无策了。

K夫人失望地问："那你们一谈一上午一下午的，都谈了些什么呢？"

心理医生苦笑道："到我这儿来过的人，就没见过你家先生求知欲望那么强的。他似乎一心想要'饿'补，我说的是饥饿的'饿'，不是凶恶的恶。你家先生多文质彬彬的一个人啊，一点儿都不凶，在我这儿也从没有过恶的目光或表情。不像有些到这里来过的人，动不动就显出与全中国人、全世界人结下了深仇大恨似的。你家先生都是退休的人了，却像要考文凭的青年，一看起书来就那么全神贯注……"

K夫人忍不住打断道："你还没回答我的问题，你们在一起都谈些什么呢？"

心理医生说："他向我请教心理学方面的知识，我听他谈他的种种读书心得。有时，我看我的专业书，他安安静静地看闲书……"

K夫人不满道："可我们送他到您这里，不是让他一上午一下午的来看闲书的。"

心理医生眨眨眼，自有一番道理地解释道："那是，那是。但我如果不多侧面地研究他，就无法搞明白他为什么从一个正常的人变得不正常了。他关于他的心的说法，依我想来，也不全是疯话。他出国旅游了一次，这是事实。他们去听了什么'地动山摇'乐队的演出，这也是可能的。有一位老者当场晕倒，也未必就是他瞎编的。只有一点肯定是疯话，那就是他们中有人包括他自己将心呕吐了出来的胡言乱语。还说他自己将错就错地吞下了那老者的心，更是典型的疯话。这明显是意识幻觉。他头脑中之所以产生那么一种幻觉，分明是因为强烈的现场印象对他的精神造成了刺激……"

"可那种刺激与他变成了一个喜欢看闲书的人，由此又变成了一个爱胡思乱想的人，这之间又有什么因果关系呢？"

"有的，有的。人类的基因返祖现象分两大类：一类是肢体的，一类是大脑的。前一类多，后一类极少。在你家先生的先人中，不是几乎个个都是爱读书的人吗？这种基因，在你家先生身上忽然被唤醒了。我前边说了，可能正是始料不及的强烈的现场印象，对他的脑神经系统造成了巨大的冲击、震撼，于是沉睡的家族基因被激活了，使他不但爱看书了，还爱思想了。一个从不爱看书不爱思想的人一反常态了，当然使亲友们觉得不正常了。虽然对于当下国人而言，爱读书确实太古怪，爱思想肯定证明大脑出了问题，但也就是于己不利、于家庭不利，对社会倒是没什么大危害的，所以您也大可不必过分担忧……"

K 夫人第三次打断心理医生的话，她极不爱听地说："您这是什么话？于我先生自己不利就等同于于我不利，于我们夫妇二人都不利就等同于对我们儿子不利。家庭是社会的细胞，已经于我们一家三口都不利了，岂不等同于社会细胞发生病变了吗？我希望，你作为心理医生要本着对全社会负责任的态度来帮助我先生，也就是帮助我们这个家庭，而不是夸夸其谈、无所作为！"

心理医生说："您别激动嘛！我的想法是，分两个步骤来拯救您丈夫行不行？第一步，先请精神病医生医治他的精神病，也就是通过药物治疗消除他的幻觉。第二步，由我对他进行心理疏导，使他逐步认识到闲书对他的危害性，从而使他不但讨厌闲书，还讨厌一切的书……"

K 夫人强调道："只使他讨厌闲书就行，菜谱、保健之类的书除外。"想了想，又补充道："男女笑话之类的书，也可以不讨厌。"

她似有收获似无收获地回到了家里，见 K 先生在上网。

"你在看什么？"

"不是看什么，是舌战群儒。"

"那是种怎样的游戏？"

"也不是玩游戏，是在进行思想辩论。我只不过发了篇博文，指出中国即将进入老龄化社会是种必然，而多读书乃是将来减少老年痴呆症、孤独症、忧郁症的一剂良方。如果老年人习惯于与书为伴，是比乞怜于儿女的孝心更明智更愉悦的晚年生活方式。结果，引起了不少人的反对，还有抗议。他们乱扣帽子，还辱骂我，说我企图将严重的社会问题转移为个人生活方式问题，替政府充当可耻的辩士！可我博文的意思只不过是——一个人如果年轻时养成了爱读书的良好习惯，晚年就更能体会到书籍是自己多么贴心的老友……"

夫人凑前一看叫苦不迭，已有人在网上诅咒 K 先生断子绝孙、惨遭横死了！

她一言不发，立刻将电脑关了。

她对自己的丈夫不知如何是好了，她的弟弟对大姐夫也不知如何是好了，朋友们更是奉献不出什么良策了。

结果，K 先生在服了安眠药酣睡时被亲人、好友送入了精神病院。

两个月后，院方态度坚决地催促 K 夫人尽快将 K 先生接出院。理由有二：一是根据两个月的观察，医生、护士皆不认为 K 先生的精神有任何问题，而且他对人生和社会现象每有独到的、智慧的、幽默的甚至可以深刻言之的看法，很少人云亦云，这使医生、护士们心怀敬意。即使对自己被当成了精神病患者这件事，他也都能幽默看待，并笑言："外边的世界很精彩，精彩太多了于是无奈。精神病院的生活很无奈，但是看开点儿，除了不怎么精彩也并非多么无奈。"二是医生、护士若背地里向 K 先生请教炒股经验，而 K 先生总是认真地予以指导，这使那些医生、护士在股市上尝到了几分甜头，于是更多的医生、护士背地里向他请教，大有将精神病院演变为炒股讲习所之趋势，虽然院领导三令五申，但仍有阳奉阴违者。因此，院方更加意识到将 K 先生这样一位精神正常的人士当成精神病人收治，不但是不人道的，而且是不利于院方整肃纪律的……

K 夫人没辙，只得接丈夫出院。那时，他们的儿子小 K 已回国了。儿子没见到父亲时，伤心欲绝，及见到了父亲，转忧为喜了。常言道，知子莫若父，反过来说也是那样。儿子并不觉得父亲的精神问题有多么严重，他对于使父亲恢复正常状态把握挺大。

儿子说："我爸不就是想找回属于自己的那颗心吗？"

当舅舅的替当妈的说："谈何容易？"

儿子说："只要舍得花一笔钱，不是太难。"

K 夫人的反应敏感了，问："得多少钱？"

儿子胸有成竹地回答："十万足矣。"

K 夫人松了口气，痛快地说："妈出得起。"

儿子说："那你们就放心，别管了，允许我按我的高招行事即可。"

K 夫人嘱咐："你千万别乱来，绝不许做违法的勾当。"

儿子保证地说："怎么会呢！我的高招很有创意的。"

儿子有位高中同学，后来考上了电影学院制片专业，现今在影视界已有一帮子弟兄了。

儿子找到了自己的高中同学，将自己要求的事一说，同学当即表态："眼下正闲着，这活儿我接了。不就情景再现嘛，小菜一碟。"

过了几天，一个晚上，儿子说要带父亲去看一场只限内部人看的独幕剧彩排，K 先生眉开眼笑地答应了。

彩排在一间不大不小的摄影棚进行，私人的，小 K 那高中同学的哥们儿之一承包了。租金是交税价，六折。小 K 所谓"独幕剧彩排"，其实便是 K 先生"丢心历险"之印象再"创作"。

父子俩进入时，台上已或坐或立着几名"黑人"乐手了，都是些年轻人化了装冒充的。大个的打击乐器之类，中西混杂，业已摆妥位置，只待"指挥"一给手势，便铿锵之声大作。同样化了装冒充的"旅游者"们也已各就各位，"导演"已对他们的表演风格做出了要求——动作要尽量夸张，不夸张不刺激，但同时要表现得特别真实，不真实就往荒诞去了，就没现实感了。用"导演"的话说，那就是——"大家都要带着深厚的、饱满的感情来参与。既然我是你们哥们儿，小 K 是我哥们儿，那么你们也要将他视为哥们儿，哥们儿的老爸便是咱们大家的老爸。咱们老爸的心丢了，咱们当儿子的不急谁急？咱们有责任帮他找回来！干活和干活不一样，这不仅是对得起工钱对不起工钱的问题。咱们中国人是最讲孝道的，不管外国佬们承认不承认这一点，但咱们中国人得想象咱们确实是那样的，所以咱们的合作是对得起、对不起的伦理亲情问题。哥们儿们呀，血浓于水，父子情深比海深，每个人都不能对自己的角色有半点儿含糊！"

那位被严重怀疑见利忘义并成心错吞了 K 先生的心的"老先生"也到场了——当然不是本人，而是一哥们儿化装的。"老先生"本人是位社会学兼文化学学者，领政府津贴的专家级人物，已不幸于一个月前去世了。"他"旁边的空座是留给 K 先生的，但实际上当时"他"与 K 先生的座位并不挨着。不过，为了加强 K 先生的印象，有意那么安排的。年轻人们一旦特有责任感地做事，做起来是很认真的。他们事先征求了那位心理学家的意见，问那么安排是否会引起大家的老爸"出戏"？心理学家也特感动于年轻人的认真，同样很有责任感地翻阅了大量心理学书籍，给出了支持性的结论——只管那么安排就是，只要大情节是真实的，细节的不真实绝不至于影响大情节的可信程度。因为没有任何人的记忆是百分之百全面的，即使具有一等记忆力的人，其记忆也是有空白的。何况，K先生并不是具有一等记忆力的人，他的记忆力的深刻点明显只在于心的丢失，其他部分也明显忽略了。又何况，"老先生"的样子、衣着都是依据K先生最后一次回忆所化装、所搭配的。

小K说："爸，你看就等咱们到场了，快入座吧。"

于是父子二人匆匆走过去坐下了。

"老先生"问："您是这个位置吗？"

K先生不由得看了"老先生"一眼，表情顿时无比惊讶，不仅惊讶而且目光里还有谴责与怨恼。

"老先生"那句"台词"是小K亲笔加到台本中的。因为没那么一句台词，K先生可能就不会看对方，不看就不会立刻认出对方来，而没立刻认出对方来，就不会立刻"穿越"到再现的情景之中。

小K之目的达到了。

"对，这是我父亲的座位。"

小K替父亲回答了。霎时，灯光齐暗，不是暗到像电影院那样，是像烛光舞会——三步内见表情，五步外见身影。几乎同时，"乐手们"大动大作，各显其能，于是震耳欲聋之乐声响起，又恐其声欠响，并辅助以录音。除K先生父子，别人都是预先堵了耳的。小K坚持不堵耳，非要与乃父体验同等感受。片刻，小K觉胸腹翻江倒海，两眼金星乱冒，受不了啦。K先生却定力超强没怎么样似的，注意力全集中在旁边的"老先生"身上了，不错眼珠地瞪着对方，专等对方将原本属于他的那颗心呕出。又片刻，"老先生"开始干呕了，于是一片混乱。众人纷纷站起，捧腹弯腰的，扒胸顿足的，捂耳撞墙的，仿佛一个个都被孙悟空钻进了肚子里似的干呕不止，状态难以形容。

就在那时，灯全灭了，黑暗中但听这里那里有人高叫：

"哎呀，我的心呕出来了，别踩了我的心！"

"放手，是我刚呕出来的心，别抢我的！"

"是我的，才不是你的。我咬你手了啊！"

已经掉在地上的心引起了人们的争夺，斥骂声、殴打声不绝于耳；还有些心刚掉落，听来像气足的皮球拍在水泥地上，几乎都蹦了几蹦才滚向四面八方。

"停止！停止！赶快停止！"

"心！我找不到我的心啦，要出人命啦！"

"他妈的聋了，立刻让乐队停止！"

在又一阵喊叫声中，乐声戛然而止，随之全部的灯同时亮了。

这时，除了小K，已无人再坐着了。有人保持着爬的姿势，分明还没找到一颗心。有人在捋脖子，有人在抚胸腔，看上去是已吞下了一颗心，却不知是自己的还是别人的，是健康的还是有病的，惊魂甫定，满脸茫然。有人则在双脚离地尽量高跳着，看上去吞心吞得极不顺溜，心堵在食道或胃门了，想要吞将下去。

"乐手们"皆以击打之姿僵在舞台上，犹如被人使了定身法。"指挥"出现，朝他们做了个手势，他们才一个个"活"转来。"指挥"又做了个手势，他们恓恓惶惶地退到台后去了，有的在台口居然还不忘反身谢幕。

当下之中国，几乎人人都是一流演员，年轻人尤善此道，更是无师自通，于角色表演与本色表演结合得水乳交融。

"老先生"仰面朝天昏在地上。

小K在用目光寻找K先生。K先生不知从哪儿爬过来了，一见"老先生"，速爬过去，双手使劲按压"老先生"的胸膛。

小K一边往上扶父亲，一边关切地问："怎么样，老爸？您是外行，别帮倒忙了，已经有人传呼过120了。"

K先生将儿子推开，急赤白脸地说："我不是要抢救他！我胸膛里的心又呕出来了，可我还没再吞下去一颗心！黑暗之中，我根本没抢到心！现在，我的胸膛里空空如也，没有心不是比有一颗次等的心更糟糕吗？！"

小K装模作样地说："是啊，是啊。老爸，您是想……把他的心从他胸膛中按出来？"

K先生又急又气，怒斥道："那颗心原本就是我的！今天是物归原主的日子到了，你倒是左挡右挡地拦着我干什么？！"

小K也不敢不拦着呀——怕父亲使一通蛮劲儿真闹出人命来，那麻烦不就大了嘛！

小K说："老爸，你省省劲儿，我替你来按！今儿，咱父子不达目的誓不罢休！"——于是小K替父亲按压起"老先生"的胸膛来。

"公民们，请安静！"——又一个至关重要的人物出现了，单手举一颗大红萝卜似的心，像莎士比亚戏剧演出中的串场人。

继续趴在地上找着的和胸膛仍不适的人们，无一例外地将目光望向了那人。

那人朗声道："本人是这里的负责人！出现了如此意外的情况，非谁所能预料。本人虔诚道歉，保证承担诸位的精神损失。"说完话锋一转，他另一只手指着高举过头的手，又大声说："我们的工作人员捡到了一颗心，但我们的工作人员都是道德品质很高的人，不是自己的东西，哪怕再好也不会据为己有。不像有的人，明明不属于自己的心，一看好，便成心将错就错。这一颗大个的心，分量重，弹性好，外表光滑漂亮，肯定是一颗质地优良的心，富有旺盛生命力的心！……"

他高举着一颗大个儿的心的艺术范儿，令人联想到高尔基笔下的丹柯。

"我的！"

"我的！！"

"我的！！！"

所有双手着地的人全都站了起来，争先恐后向举心之人冲过去。

此时，及时出现了十几名身强力壮的保安，一个个手挽手围成一圈，将举心之人围在中央。他们虽然也是花钱雇的，却真的是保安。

K 先生没挤过别人，被挤到一边去了。他在边缘处喊道："可耻！他们全都撒谎！那是我的心！我丢失了它已经很久很久了！我儿子可以做证！儿子！儿子！"

小 K 也站起来喊："我做证！那是我老爸的！谁他妈敢抢，我跟谁玩命！"

仰躺在地的"老先生"见没人理自己的死活了，一个鲤鱼打挺跃将起来，人不知鬼不觉地找地方吸烟去了。

举心之人大声说："真的假不了，假的真不了。我从骨子里相信你们父子！"

他将心有把握地一抛，便被小 K 的双手准准地接到了。为了那一抛一接之绝不会失误，二人互练了无数次。那是成败在此一举的抛与接，否则极可能局面失控，前功尽弃。

"老爸，给！"

K 先生从儿子手中捧接过那颗心，顿时激动得泪如泉涌。

小 K 催促："别呆看着了，老爸。快把它吞下去！"

那么大个儿的一颗心，人嘴怎么可能吞得下去呢？

但紧急之下，人是不会多想的。

K 先生竭力将嘴张大，吞劲加上双手往嘴里的塞劲儿并使，用老北方的民间话说——就是"秃溜"一下居然将那颗心吞了下去。——果冻类的东西做的，吞下去也不难。

所有欲抢夺那颗心的人皆转过了身，一个个如狼似虎地瞪着 K 先生。

此时，响起了轻柔的歌声：

    在很久很久以前，

      你拥有我，我拥有你

K 先生被众人瞪得发毛，小声对儿子说："咱快回家，我恐怕……"

小 K 不待 K 先生说完，拽着他的一只手逃也似的离开了。

正是中午时分，旭日当头，阳光普照，蓝天白云。真是老天配合呀！那么好的天气，在中国绝大多数季节的绝大多数城市都是可遇而不可求的，越来越被珍惜的了。

K 先生仰望天空，不禁流下泪来，喃喃道："拥有自己的心，感觉真好。"

他一回到家里就困了。——在他吞下去的心里，有安眠药成分。

K 先生一觉睡到快中午了才醒，起床后发现书架上那几排自己买的书，奇怪地问："谁买回家这么多闲书？"

K 夫人撒谎道："你儿子呗。"

他问小 K：“你从什么时候有看闲书的坏毛病了？”

小 K 也撒谎道：“其实还没养成毛病，也就偶尔翻翻。”

K 先生谆谆教诲起来：“儿子，你要小心了，坏毛病都是偶尔为之才养成的。你小时候，我不是一再告诉过你吗，一个人一生所要读的书无非那么几类——应试的、保健的、教人如何头脑聪明地挣钱的，加上菜谱。在'吃喝玩乐'四字中，'吃喝'二字在前是有道理的，因为有讲究，凡有讲究之事皆有学问。'玩乐'是无须教与学的，本能加信息就行。你忘了吗？”

小 K 只有诺诺连声说：“不敢忘。”

K 先生边亲自清理书架边自言自语：“下去，下去，下去吧！一会儿，通知收废品的全收走，有闲书的家庭会出精神空虚、不务正业的人。”

于是一本本书掉在地上。

吃午饭时，K 先生意犹未尽，继续教诲儿子：“人生的真谛，乃是生活目标明确、生活欲望单纯、始终保持旺盛的挣钱能力。生活目标明确，那就是指吃喝玩乐。生活欲望单纯，那就是指头脑里想的事要少。头脑单纯了，欲望必然单纯。以上两点，都要由钱来辅助。如果头脑里想太多不相干的事，挣钱能力就没有不下降的。”

K 夫人由衷地说：“对，对。”

小 K 半由衷半不由衷地说：“老爸，我一定铭记在心。”

那时，小 K 的高中同学正跟哥们儿们在分钱。

一哥们儿说：“每人才分几千元钱，多乎哉？不多也。”

另一哥们儿说：“中国人口太多，咱们这样的，既非官二代，也非富二代，又不具备天才般的商业头脑，比上不足，比下有余。满意吧，你。”

小 K 的同学忽然笑了。

大家问他："笑什么？"

他忍住笑说："想想小 K 他老爸老 K 也真够二的，一个受过高等教育的人啊！难道他居然就不明白，如果谁觉得自己变成了一个喜欢胡思乱想的人，其实和心脏没甚关系。可话又说回来，他要是非换脑子而不是心脏，咱每人这区区几千元钱还挣不成了。"

哥们儿们便都苦笑。

小 K 又回外国去了。

K 先生又回到朋友圈中了，用他的话说就是"以一个更加纯粹的人的崭新面貌回到了纯粹的中国人中间"。

他与 D 先生也和好如初了。